南水北调 2021 年
新闻精选集

水利部南水北调工程管理司　编

中国水利水电出版社
www.waterpub.com.cn
·北京·

内 容 提 要

本书主要收集整理了2021年度各级各类新闻媒体关于南水北调工程的宣传报道文稿，详细介绍了2021年度南水北调工程建设和运行管理过程中发生的重要事件、产生的重大影响。本书主要内容分为两大部分，即日常报道和南水北调通联系统报道。新媒体类报道采用拓展资源形式，通过扫描二维码阅读和观看。

本书语言生动，内容翔实，可供水利工作者、新闻工作者以及社会大众阅读使用。

图书在版编目（CIP）数据

南水北调2021年新闻精选集 / 水利部南水北调工程管理司编. -- 北京 : 中国水利水电出版社, 2022.6
ISBN 978-7-5226-0789-4

Ⅰ. ①南… Ⅱ. ①水… Ⅲ. ①新闻报道—作品集—中国—当代 Ⅳ. ①I253

中国版本图书馆CIP数据核字(2022)第107806号

书　　名	**南水北调2021年新闻精选集** NANSHUIBEIDIAO 2021 NIAN XINWEN JINGXUAN JI
作　　者	水利部南水北调工程管理司　编
出版发行	中国水利水电出版社 （北京市海淀区玉渊潭南路1号D座　100038） 网址：www.waterpub.com.cn E-mail：sales@mwr.gov.cn 电话：（010）68545888（营销中心）
经　　售	北京科水图书销售有限公司 电话：（010）68545874、63202643 全国各地新华书店和相关出版物销售网点
排　　版	中国水利水电出版社微机排版中心
印　　刷	清淞永业（天津）印刷有限公司
规　　格	170mm×240mm　16开本　14.25印张　241千字
版　　次	2022年6月第1版　2022年6月第1次印刷
印　　数	0001—2000册
定　　价	**88.00**元

《南水北调 2021 年新闻精选集》
编 辑 人 员 名 单

编　　审：李　勇

主　　编：袁其田

副 主 编：高立军　梁　祎

编　　辑：袁凯凯　单晨晨　闵祥科　沈子恒　王梓瑄
杨乐乐　宋晓东　陆　帆　张　波　王新雷
赵跃彬　原　雨　杨　虎　李伟东　宋　滢
李　萌　张小俊　王晓惠　王新欣

前言

2021年是中国共产党成立100周年，是实施“十四五”规划、开启全面建设社会主义现代化国家新征程的第一年。这一年是具有里程碑意义的一年，习近平总书记视察南水北调工程，亲自主持召开推进南水北调后续工程高质量发展座谈会并发表重要讲话，为南水北调事业发展谋篇布局、举旗定向。在水利部党组坚强领导下，南水北调工程管理司围绕贯彻落实“3·14”“5·14”等重要讲话精神和部党组工作部署，聚焦推进新阶段南水北调工程高质量发展工作目标，在新冠肺炎疫情和重大汛情考验下，担当作为、稳扎稳打，奋力做好南水北调工作，确保了工程安全、运行安全、水质安全，综合效益持续发挥，人民群众获得感、幸福感和安全感不断增强，南水北调高质量发展的基础进一步巩固。

东、中线一期工程全面通水7年多来，工程质量可靠，运行安全平稳，供水水质稳定达标，经受住了冰期输水、汛期暴雨洪水、大流量输水、新冠肺炎疫情冲击等多重重大考验。截至2021年12月31日，东中线累计调水498.68亿立方米，其中东线调水52.88亿立方米，中线调水445.80亿立方米，受水区直接受益人口超1.4亿，成为沿线40多座大中城市的主要水源，有效提升了受水区城市供水保证率，改变了北方地区供水格局。通过水源置换、生态补水等综合措施，工程有效保障了沿线河湖生态安全。东线沿线受水区各湖泊，利用抽江水及时补充蒸发渗漏水量，湖泊蓄水保持稳定，生态环境持续向好，济南“泉城”再现四季泉水喷涌景象；中线已累计向北方50余条河流生态补水70多亿立方米，推动了滹沱河、瀑河、南拒马河、大清河、白洋淀等一大批河湖重现生机；2021年8—9月，首次通过北京段大宁调压池退水闸向永定河生态补水，助力永定河实现了1996年以来865公里河道首次全线通水，工程效益进一步凸显。

为讲好南水北调故事，传播南水北调声音，塑造南水北调品牌形象，2021年，中央和地方各级各类媒体认真贯彻落实全国宣传思想工作会议精神，聚焦南水北调工程效益发挥，开展了一系列形式多样、内容丰富的宣传报道，形成了良好的正向引领，进一步彰显了南水北调“国之大事、世纪工程、民心工程”的重要地位。

为充分展现2021年南水北调宣传工作成果，系统梳理总结南水北调工程宣传报道成果和经验，积累和丰富工程文献资料，为做好南水北调宣传提供参考和借鉴，特收集整理2021年度中央主要媒体、沿线省（直辖市）有关新闻媒体、行业媒体及南水北调通联系统报道内容并编印成册，供关心、支持、参与南水北调工程的人们更好地了解一年来南水北调工作的最新进展和成效，更加深刻全面地认识到南水北调工程的重大意义；同时，也希望社会各界的读者通过阅读本书，更加理解、支持南水北调工作，共同为推进南水北调事业高质量发展营造更加和谐的环境。

本书在编辑过程中，得到了有关媒体和记者的支持与帮助，在此特致以诚挚的感谢。

编者

2022年6月

目录

前言

日常报道

中央媒体报道

行业媒体报道

地方媒体报道

南水北调通联系统报道

报 纸 类

新 媒 体 类

日常报道

中央媒体报道

南水北调东、中线2020年累计调水94.63亿立方米

记者从水利部获悉，5日，中国南水北调集团有限公司（以下简称集团公司）在北京召开2021年工作会议暨党风廉政建设工作会议。集团公司董事长、党组书记蒋旭光在会上表示，南水北调东、中两线圆满完成2020年度供水任务，累计调水94.63亿立方米，工程运行安全平稳，设备设施正常，水质稳定达标。

水利部副部长叶建春在会上指出，南水北调正式通水以来，累计调水超过400亿立方米，为保障上亿群众饮水安全、促进沿线地区经济社会发展、助力华北地区地下水超采治理和沿线生态环境改善作出了重要贡献。集团公司于2020年10月23日在京正式挂牌成立以来，深入贯彻落实党中央、国务院重大决策部署，一手抓集团公司组建，一手抓南水北调建设运行管理，各项工作扎实有效开展，取得了重要成绩，实现了良好开局。

叶建春强调，加快推动南水北调事业高质量发展一要提高政治站位，把准南水北调这一“大国重器”的政治方向；二要聚焦主责主业，认真履行好党中央、国务院赋予的职责使命；三要全面改革创新，努力打造国际一流跨流域供水工程开发运营集团化企业；四要坚持全面从严治党，为集团公司发展提供政治引领和保障。

蒋旭光表示，2021年是“十四五”开局之年，是全面建设社会主义现代化国家新征程启程之年，是中国共产党建党100周年。站在新起点上，迈好第一步、启好新征程至关重要。目前东线二期工程、中线引江补汉工程可研报告已报送国家发改委。中线雄安调蓄库于去年年底正式开工，观音寺调蓄库前期工作正有序推进。

“今后一个时期，集团公司将为南水北调事业高质量发展提供坚强引领和保障。要立足新发展阶段，深刻认识新使命；要贯彻新发展理念，准确把握新要求；要构建新发展格局，牢牢把准主攻方向；努力在‘四横三纵’国家

骨干水网建设中发挥核心作用，在构建国家水网中发挥主力军作用。”蒋旭光说。

（余璐　人民网　2021年2月7日）

南水北调实现调水逾400亿立方米

记者7日从水利部了解到，南水北调正式通水以来，东线和中线调水累计超过400亿立方米，其中2020年度调水94.63亿立方米。

水利部副部长叶建春在近日举行的2021年南水北调集团公司工作会议上表示，南水北调正式通水以来，累计调水超过400亿立方米，为保障上亿群众饮水安全、促进沿线地区经济社会发展、助力华北地区地下水超采治理和沿线生态环境改善作出了重要贡献。

南水北调集团公司是2020年10月在北京挂牌成立的。集团公司董事长蒋旭光说，目前，南水北调东线二期工程、中线引江补汉工程可研报告已经报送国家发展和改革委员会，中线雄安调蓄库已经正式开工，观音寺调蓄库前期工作正在有序推进。

蒋旭光表示，集团公司将努力在构建国家水网中发挥主力军作用。不断推进东、中线运行管理标准化、规范化建设，扎实推进东、中线后续工程建设和西线工程前期工作。同时，着力加强集团公司自身建设。

（刘诗平　新华社　2021年2月7日）

南水北调累计调水超400亿立方米

记者从水利部获悉：经过不懈努力，南水北调东、中线圆满完成2020年度供水任务，累计调水94.63亿立方米，工程运行安全平稳，设备设施正常，水质稳定达标。南水北调工程正式通水以来，累计调水超过400亿立方米，

为保障上亿群众饮水安全、促进沿线地区经济社会发展、助力华北地区地下水超采治理和沿线生态环境改善作出了重要贡献。

据悉，目前东线二期工程、中线引江补汉工程可研报告已报送国家发改委。中线雄安调蓄库于去年年底正式开工，观音寺调蓄库前期工作正有序推进。

今年，南水北调集团公司将不断推进东、中线运行管理标准化、规范化建设，扎实推进东、中线后续工程建设和西线工程前期工作，努力在国家水网建设中发挥更大作用。

（王浩　《人民日报》　2021 年 2 月 8 日）

南水北调累计调水超过 400 亿立方米，2020 年度供水任务完成

2 月 7 日，记者从水利部获悉，水利部副部长叶建春在中国南水北调集团有限公司召开的 2021 年工作会议暨党风廉政建设工作会议上介绍，南水北调正式通水以来，累计调水超过 400 亿立方米，为保障上亿群众饮水安全、促进沿线地区经济社会发展、助力华北地区地下水超采治理和沿线生态环境改善作出了重要贡献。

中国南水北调集团有限公司于 2020 年 10 月 23 日在京正式挂牌成立。集团公司董事长、党组书记蒋旭光表示，经过不懈努力，东、中两线圆满完成 2020 年度供水任务，累计调水 94.63 亿立方米，工程运行安全平稳，设备设施正常，水质稳定达标。目前，东线二期工程、中线引江补汉工程可研报告已报送国家发改委。中线雄安调蓄库于去年年底正式开工，观音寺调蓄库前期工作正有序推进。

蒋旭光指出，2021 年是“十四五”开局之年，是全面建设社会主义现代化国家新征程启程之年，是中国共产党建党 100 周年。站在新起点上，迈好第一步、启好新征程至关重要。全面推动南水北调事业高质量发展，一要坚持总体国家安全观，统筹做好疫情防控和安全生产工作；二要不断推进东、中

线运行管理标准化、规范化建设；三要扎实推进东、中线后续工程建设和西线工程前期工作；四要立足当前，着眼长远，做好集团公司高质量发展的顶层谋划；五要加强投资管理和成本管控，促进提质增效，积极拓展业务布局，实现国有资产保值增值；六要强化创新主体地位，坚持创新驱动发展，提升发展优势。着力加强集团公司自身建设，要加快推进总部建设，要进一步完善公司治理结构，要建立完善组织架构和内控体系，要实施人才强企战略。

（《农民日报》　2021 年 2 月 9 日）

南水北调中线工程累计向天津供水突破 60 亿立方米

记者从天津市水务局获悉，截至 3 月 1 日，南水北调中线工程已累计向天津市引调长江水超 60 亿立方米，1200 多万天津市民直接受益。

南水北调中线一期工程 2014 年 12 月正式通水以来，已经连续 2270 多天不间断向天津市安全供水。目前该工程已进入第 7 个调水年度，向天津供水量呈逐年提高趋势，2019—2020 调水年度更是创历史新高，达到规划分水量的 150％。2020—2021 调水年度，计划向天津供水 11.03 亿立方米。

天津是资源型缺水的特大城市，南水北调中线工程通水前，地表水利用率接近 70％，远远超出水资源承载能力。“南水”入津后，天津供水紧张局面得到有效缓解，全市供水总量由 2014 年的 24.1 亿立方米增加至 2020 年的 27.82 亿立方米。

在“南水”的支撑下，天津不仅基本实现了城乡供水一体化，还逐步实现对海河、子牙河、北运河等中心城区重点河道的常态化补水，推动生态环境显著改善。据相关部门监测，天津市国控断面优良水质比例由 2017 年的 35％提高到了 2020 年的 55％，劣Ⅴ类水质断面比例已降至零，主要河流基本实现蓄起来、动起来、净起来。

（黄江林　新华社　2021 年 3 月 1 日）

南水北调中线向京津供水
各超60亿立方米

记者2日从南水北调中线建管局了解到，南水北调中线工程已累计向京津冀豫供水345.27亿立方米。其中，向河北供水量突破100亿立方米，向京津供水分别超过60亿立方米，达到60.06亿和62.13亿立方米，工程综合效益凸显。

2014年12月，南水北调中线工程正式通水。6年多来，南来之水优化京津冀水源配置，促进生态环境改善，推动京津冀协同发展。

在北京，南水改变了首都水资源保障格局和供水格局。超过40亿立方米的南水被用于自来水厂供水，占入京水量约七成，直接受益人口超过1300万人。同时，向密云、十三陵等水库存蓄的南来之水接近9亿立方米，并向城市河湖补水及回补地下水，使地下水水位得到显著回升。

在天津，南水北来，形成了以南水北调、引滦工程为骨架的供水新格局，中心城区、滨海新区等经济核心区域实现了引江、引滦双水源保障。逐步用南水代替地下水源，提升了2817个村、286.8万农村居民的饮水质量。

在河北，通过40多座分水口、128座地表水厂送达的南水，改善了冀中南部地区供用水结构。截至2020年底，沧州、衡水、邢台、邯郸等7市实施南水置换工程，受益人口达1354万。

保障生活用水的同时，南水北调工程向河北省实施生态补水，累计向白洋淀等20多条河流补水30亿立方米，形成有水河道2578公里、水面面积175.6平方公里；向天津市子牙河、海河生态补水量连年增长，累计达12.7亿立方米，生态环境和人居环境得到改善。

南水北调中线建管局相关负责人表示，中线工程贯穿京津冀，形成了京津冀三地水系互联、互通、共济的供水新格局，对实现水资源的统一调度、疏解北京非首都功能，推动京津冀协同发展，调整区域经济结构和空间结构，推动河北雄安新区和北京城市副中心建设，提供了强有力的水资源保障。

（刘诗平　新华社　2021年3月2日）

钮新强代表：加快推进引江补汉工程建设　发挥南水北调中线效益

“引江补汉工程作为南水北调中线后续水源，对于完善国家水网、优化水资源配置总体格局具有战略意义。”全国人大代表、中国工程院院士、长江勘测规划设计研究院院长钮新强表示，要加快推进引江补汉工程，充分发挥南水北调中线效益。

钮新强表示，引江补汉工程的建成，对于优化中线工程整体资源配置具有重要作用，既可以大大提高中线供水保障能力，还可有效缓解汉江流域生态环境与社会压力、实现南北两利。

在提高中线供水保障能力方面，引江补汉工程建成后，中线一期工程多年平均调水量将由原来的95亿立方米增加至117亿立方米，增幅相当于每年多调约160个西湖的水量；最小年调水量达到74亿立方米，增加了21亿立方米，增加水量约北京市全社会年用水量的一半。综合来看，将显著提升一期工程的供水保障能力。

钮新强称，工程建成之后，将连通三峡水库这一“大水缸”和丹江口水库这一“大水盆”，在南水北调工程总体规划提出的“四横三纵”水资源配置格局基础上进一步完善水网，充分发挥中线一期工程总干渠输水潜力，增加中线供水量，提高中线工程稳定供水能力，同时对于保障中线受水区、汉江中下游经济社会持续健康发展和生态环境修复意义重大。

据悉，长江勘测规划设计研究院技术牵头国内顶尖勘察、设计、科研、高校以及院士团队，针对引江补汉开展了一系列科研探索和勘察设计工作，可行性研究报告上报国家主管部门。钮新强表示，要尽快解决中线受水区供水保障能力提升和汉江流域用水矛盾两大突出问题，才能充分发挥南水北调中线效益。综合考虑国家“十四五”战略推进以及引江补汉工程重要性、迫切性和建设难度，希望能够尽快开工建设。

（人民网　2021年3月10日）

南水北调东中线累计调水超408亿立方米超1.3亿人直接受益

记者从水利部获悉：3月22日是第二十九届“世界水日”。为了珍惜来之不易的“南水”，南水北调工程受水区实行区域内用水总量控制，加强用水定额管理。南水北调东、中线一期工程全面通水以来，累计调水超408亿立方米，超1.3亿人直接受益。工程运行安全平稳，经济、社会、生态等效益显著。据统计，受水区40余个大中城市的260余个县区用上了南水北调水，实现了城市供水外调水与当地水的双供水保障，有效提高了受水区城市供水保证率。通水6年来，丹江口水库水质95%达到Ⅰ类水，中线干线供水水质稳定在Ⅱ类标准及以上，东线工程水质稳定在Ⅲ类标准。

此外，南水北调中线工程向沿线受水区河道开展生态补水，充分助力黄淮海平原尤其是华北地区生态修复与地下水超采综合治理。目前，南水北调东线北延应急供水工程主体完工，通水后将为华北地区生态环境改善提供更多的水资源。

（王浩　《人民日报》　2021年3月23日）

南水北调，惠泽亿万人民

四月，春意正浓，江苏扬州江都水利枢纽站，一块刻有“源头”字样的石碑静静矗立；湖北与河南交界，丹江口水库碧波荡漾。从江都水利枢纽，长江水踏上“水往高处流”的征程，沿京杭大运河及平行河道逐级提水北送至山东；自丹江口水库，清澈南水出南阳陶岔渠首后一路过垭口、飞渡槽、钻暗涵，向北穿行1432公里，奔流至京津冀豫等北方城市。

一路东线、一路中线，它们有一个共同的前缀——南水北调。

没错，就是那个世界上覆盖区域最广、调水量最大、工程实施难度最大的超级工程南水北调；那个规划东、中、西线与长江、黄河、淮河、海河连接，共同编织“四横三纵、南北调配、东西互济”大水网的南水北调；那个

南水北调东线梁山县段渠道。南水北调东线总公司供图

南水北调中线穿黄工程。南水北调中线建管局宣传中心供图

目前润泽 40 多座大中型城市、惠泽人口超 1.3 亿人的南水北调！

从 1952 年提出伟大构想到 2002 年开工建设，从 2014 年全面通水到调水超 418 亿立方米，如今，南水北调东、中线所到之处，百姓喝上甘甜好水，干渴大地得到喘息，干涸河湖重获生机，绿色发展光彩夺目。

正如习近平总书记所言：南水北调工程功在当代，利在千秋。

五十年研究论证，伟大构想开始变为现实

缺水！缺水！

在我国这个水资源严重不足的国家，如果仔细翻看水资源版图，还会发

现一个令人揪心的不等式：长江流域及其以南地区，水资源量占全国河川径流80%以上；黄淮海流域总人口占全国的35%，而水资源量仅占全国的7.2%，水资源量与人口、经济等布局极不匹配。

“南方水多，北方水少，如有可能，借点水来也是可以的。”1952年10月30日，在河南视察黄河的毛泽东主席，在和当时的黄河水利委员会主任王化云谈话时，一个宏伟设想横空出世。

这一伟大构想，开启了改变我国水资源空间分布的新课题，这是水利专家们之前未曾想象的领域，也是水利专家们之后潜心谋划的事业。1958年，中共中央发布《关于水利工作的指示》，提出全国范围较长远的水利规划，首先是以南水北调为主要目的，即将江、淮、黄、汉、海河各流域联系为统一的水利系统的规划应加速制订，“南水北调”一词第一次正式见诸中央文件。

此后，南水北调这一伟大构想的实现路径一步步清晰。1978年的政府工作报告提出，兴建把长江水引到黄河以北的南水北调工程；1992年，党的十四大把“南水北调”列入我国跨世纪的骨干工程之一；1995年，南水北调工程开始全面论证……

原淮委规划设计研究院总工程师王先达回忆起1997年国务院召开会议讨论《南水北调工程审查报告（送审稿）》的场景时说：“关于南水北调走哪条线路，大家意见不一。上东线，还是上中线，会场上争论不休。经过激烈讨论，规划布局得到彻底调整：东、中、西三条线并非你存我亡，而是实行统筹兼顾、全面规划、分步实施。”

2002年12月，国务院正式批复《南水北调工程总体规划》，提出先期实施东线和中线一期工程，西线工程先继续做好前期工作。规划中涉及的建设项目，要按照基本建设程序审批。

至此，经50载岁月、6000人次知名专家献计献策、100多次研讨会、50多种南水北调规划方案比选，凝聚新中国无数技术人员心血和智慧的南水北调线路，在历史的长河中走向清晰。

2002年12月27日上午，南水北调工程开工典礼在北京人民大会堂和江苏省、山东省施工现场同时举行，随着“南水北调工程开工！”一声令下，北京人民大会堂内掌声雷动，江苏、山东施工现场马达轰鸣……南水北调这一伟大工程终于从构想开始变为现实。

十余年攻坚克难，铸就人类水利史上的奇迹

北京五棵松地铁站，列车穿梭呼啸，乘客往来匆匆，看起来和其他地铁站没有什么不同，但很少有人知道，站台下 3.67 米处，两条内径 4 米的输水涵道穿行而过，南水由此继续北上。这是世界上第一次大管径浅埋暗挖有压输水隧洞从运营的地下车站下部穿越，创下暗涵结构顶部与地铁结构距离仅 3.67 米、地铁结构最大沉降值不到 3 毫米的纪录。

南水北调，简单四字，实现起来谈何容易。即便是有京杭大运河等现成通道，有洪泽湖、南四湖等天然调蓄水库，看上去只待水到渠成的东线，一路北上也没有这么简单。因为从调水起点到山东半岛，地面高程升高近 40 米，这意味着南水要北上，必须实现“水往高处流”。于是，世界最大的泵站群拔地而起——东线一期工程沿线建有 34 处站点、160 台水泵，共计 13 级泵站。为降低泵站群能耗，1/3 水泵使用我国技术人员耗时 3 年研发的灯泡贯流泵，水流不需转弯便可直接通过。

中线的建设难度从丹江口水库便开始显现，要让南水自流进京，需要对丹江口大坝加高 14.6 米。在一座服役近 40 年的老坝上重新浇筑“新坝”，难度不亚于甚至超过新修一座大坝。切割出一道道键槽、植入一根根钢筋，施工最高峰时 3000 人奋战在一线，从 2005 年开始，加高壮举历时近 8 年终于完成。升级改造后的大坝加高到 176.6 米，水库正常蓄水位抬高到 170 米，与北京形成约百米落差，实现南水自流北上。

另一个前所未有的挑战是穿黄工程。黄河河底地质条件复杂特殊，给施工带来极大困难。压力亦是动力，于是，国内最深的调水竖井、国内穿越大江大河直径最大的输水隧洞、国内水利工程最深的盾构始发等科技创新成果在这里诞生，两条长达 4250 米的穿黄隧洞，让长江水与黄河成功“握手”。

一个个攻坚故事不胜枚举。十余年建设，110 项国内专利，数十万建设者奋战一线，南水北调人用“中国智慧”筑起世界最大调水工程。

南水北调，成败在水质。治污顺理成章地成为另一片攻坚战场。在东线，江苏省推行环保问责、一票否决，沿岸仅化工企业累计关停 800 多家；山东省对沿线城镇污水处理厂进行升级改造。在中线，核心水源地湖北十堰调水前实现“管网全覆盖、污水全收集、收集全处理、处理全达标”治污目标，

丹江口库区此前延续多年的网箱养鱼产业被忍痛取缔，河南南阳累计关闭重污染企业800多家，关停转迁污染企业460多家……

一渠清水能北上，还离不开一个不能被忘记的群体：丹江口库区34.5万移民和中线干线9万征迁群众，告别祖祖辈辈生活的故土，“舍小家、顾大家”默默奉献。

“这么短的时间内建成如此大规模、涉及面如此之广的工程，在世界上任何一个别的国家都是不可能做到的。”中国工程院院士、著名水文水资源专家王浩如此评价南水北调。2013年11月15日，东线一期工程正式通水；2014年12月12日，中线一期工程正式通水，意味着南水北调东、中线一期工程全面通水。当南来之水涌入北方大地，历史注定铭记这一高光时刻。

六年多调水超418亿立方米，清水永续润北方

截至2021年4月2日，南水北调累计调水418.55亿立方米，相当于超过2989个西湖的水量，超1.3亿人口直接受益，发挥了巨大的经济、社会、生态等效益。

改变供水格局，水资源配置得到优化——受水区40余个大中城市的260余个县区用上南水，实现了城市供水外调水与当地水双供水保障，有效提高了供水保证率。

改善供水水质，群众幸福感增强——通水六年多来，丹江口水库水质95%达到Ⅰ类水，中线干线供水水质稳定在Ⅱ类标准及以上，东线工程水质稳定在Ⅲ类标准。

改善河湖生态，生态环境得到修复——中线工程向沿线受水区河道开展生态补水，助力黄淮海平原尤其是华北地区生态修复与地下水超采综合治理，截至今年4月2日，累计补水54.29亿立方米，河湖生态有效改善，华北部分地区地下水水位止跌回升，其中，北京地下水位自2016年以来累计回升超3米。

优化产业结构，助推经济社会发展——工程受水区实行区域内用水总量控制，加强用水定额管理，带动发展高效节水行业，淘汰限制高耗水、高污染产业，带动沿线地区产业结构调整和优化升级。

汩汩南水虽然一定程度上缓解了北方地区的用水难题，改善了北方地区

的水生态，但滴滴南水来之不易，用水不能“任性”。习近平总书记强调，南水北调工程在一定程度上缓解了北方地区用水困难问题，但总的来讲，我国在水资源分布上仍然是北缺南丰。要把实施南水北调工程同北方地区节水紧密结合起来，以水定城、以水定业，注意节约用水，不能一边加大调水、一边随意浪费水。

为让这汩汩南水能永续北上，受水区沿线各地先后建立水资源刚性约束制度，拧紧节水“龙头”——北京 16 个市辖区全部建成节水型区，万元地区生产总值用水量由 2015 年的 15.4 立方米下降到 2019 年的 11.8 立方米；天津坚持“多渠道开源节流，节水为先”，出台全国第一部地方节水条例；山东将“单位 GDP 水资源消耗降低”节水指标纳入对各市经济社会发展综合考核指标体系；河南郑州统一调度地表水、地下水，统一取水许可管理，统一下达计划用水指标，统一征收超计划超定额加价水费。

千里水脉润北方。南水北调东中线在我国水资源版图刻下的输水大动脉，犹如一条生命线，为沿线地区发展注入澎湃生机和无尽活力。今天，新的辉煌还在继续：南水北调东线北延应急供水工程顺利完成主体建设，于今年 3 月 23 日通过通水阶段验收；西线工程 2020 年规划方案比选论证报告已报送国家发展改革委……南水北调，这一超级工程，正“不舍昼夜”书写新的历史。

（陈晨　姚亚奇　《光明日报》　2021 年 4 月 8 日）

南水北调集团公司部署今年安全度汛工作

当前，我国已经进入汛期，防汛工作已提上重要日程。中国南水北调集团有限公司日前在北京召开 2021 年安全生产工作会议，分析安全生产工作面临的形势，部署 2021 年南水北调安全生产和安全度汛工作。

南水北调集团有限公司董事长蒋旭光表示，作为世界上规模最大的调水工程，南水北调工程线路长，节点多，结构复杂，运行风险大，安全生产面临着复杂的内外部形势。随着南水北调后续工程开工建设，移民征迁、工程建设也将对安全维稳带来新的挑战，安全生产管理仍存在薄弱环节。要切实增强政治意识、责任意识、忧患意识，以高度的政治责任感、使命感和紧迫感做好南水北调安全生产各项工作。

针对今年的防汛工作，蒋旭光表示，应重点做好以下工作：一是树牢安全意识，压实主体责任。层层落实防汛抗洪和抢险救灾的主体责任，建立责任人台账，把防汛责任落实情况作为安全生产监督检查的重要内容，对玩忽职守、推诿扯皮的人和事要严肃追责问责。

二是开展汛前检查，组织应急演练。各运管单位要针对重大风险隐患、重点工作环节、重要组织协调、关键技术难题等开展应急演练。

三是做好“四预”工作，科学组织应对。建立横向联通、纵向顺畅的预测预报信息网络，进入汛期后，时刻关注天气情势变化，跟踪掌握雨情、水情、工情实时信息和发展变化趋势，及时分析研判。建立行之有效的预警机制，发生超标准洪水、发现重大险情隐患要及时启动应急响应，科学有序、有条不紊、忙而不乱组织做好各项工作。

四是落实专家队伍，备足防汛物资。建立分层级、分专业、分地域的防汛抗洪和抢险救灾专家队伍。集团层面要组建高水平的综合专家组，各项目法人要分地域、分区段组建专家组，充分发挥专家组的重要作用。备足防汛物资，汛前要对防汛物资储备情况进行盘点检查，建立动态台账。

五是加强应急值守，引导舆论宣传。强化领导带班、轮流值班制度，组织对值班人员进行岗位培训，汛情紧张阶段要增加值守人员。遇到突发情况，立即报告，及时处置。

南水北调集团有限公司总经理张宗言表示，安全生产重在预防、要在治理、贵在持续。南水北调集团公司在保障供水安全特别是首都供水安全中肩负着重大责任，要坚决守住不发生安全事故的底线。

张宗言表示，要切实健全安全生产管控体系，着力加强安全生产管理体制、安全生产管理机制的建设。切实提升安全生产管控水平，总结安全生产管理经验，加强对标管理，使企业的安全生产管控体系更加科学、管理能力不断提升。

南水北调中线建管局、东线公司、江苏水源公司、山东干线公司负责人就安全生产工作做了交流发言。

（刘春沐阳　中国经济网　2021 年 4 月 19 日）

半年内两次考察南水北调，总书记关注这一国之大事

河南淅川县陶岔渠首枢纽工程，南水北调中线起点，闸门开启、水花欢腾，“南水”自此浩荡北上。

13日下午，习近平总书记来到淅川县，先后考察了陶岔渠首枢纽工程、丹江口水库和九重镇邹庄村。

江苏扬州江都水利枢纽，南水北调东线起点。去年11月，习近平总书记在这里强调：“南水北调，我很关心。这是国之大事、世纪工程、民心工程，同三峡工程是等量齐观的。”

半年内两次考察南水北调，足见习近平总书记对这一世纪工程的重视，传递出了多重深意。

一条“发展线”——优化水资源配置，惠泽民生，助力发展

从淅川到北京，1000多公里，南水北调中线携盈盈清水贯穿南北，把两地紧紧联系在一起。

打开中国地图，有一道水资源不等式：长江流域及其以南地区，水资源量占全国河川径流80%以上；黄淮海流域总人口占全国的35%，而水资源量仅占全国的7.2%。

2020年11月，在江都水利枢纽展览馆，习近平总书记指出，“北缺南丰”是我国水资源分布的显著特点。党和国家实施南水北调工程建设，就是要对水资源进行科学调剂，促进南北方均衡发展、可持续发展。

把南方的水调到北方！经历50多年论证，数十万建设者10多年奋战，跨越半个世纪的梦想变成现实，南水北调工程充分体现了我国集中力量办大事的制度优势。2014年12月，南水北调中线一期工程正式通水，习近平总书记作出重要指示，这是我国改革开放和社会主义现代化建设的一件大事，成果来之不易。

全面通水以来，南水北调工程效益显著，成为横亘大地上的一条“发展线”。

汩汩“南水”惠泽民生。超1亿人直接受益，喝上了“放心水”。在北京

中心城区，一杯自来水中有七成来自“南水”。天津形成引滦、引江“双水源”保障的供水格局。河南的郑州、鹤壁等地，河北的邯郸、邢台、石家庄等地纷纷用上“南水”。

汩汩“南水”助力发展。中线为京津冀协同发展战略实施、雄安新区建设提供了水支撑。东线流经江苏、山东，有效畅通南北经济交流。

南水北调工程建设管理，更要久久为功。今年水利部将重点做好南水北调东线二期、引江补汉等前期工作。

一条“生态线”——
全力治污，坚持节水，确保一江清水向北流

南水北调，成败在水质。水质好坏，关键看源头。

淅川县云山拥翠，草木蓊郁，中线水源地——丹江口水库揽山抱水，碧波荡漾。

为了守好“大水缸”，淅川县担起责任，守山头、管斧头、护源头，淘汰污染产业，治理水土流失。通水以来，丹江口水库水质95%达到Ⅰ类水。

能否调来干净水？习近平总书记十分关心。2013年12月，习近平总书记就南水北调东线一期工程正式通水作出重要指示要求，南水北调工程是事关国计民生的战略性基础设施，希望大家总结经验，加强管理，再接再厉，确保工程运行平稳、水质稳定达标，优质高效完成后续工程任务，促进科学发展，造福人民群众。2020年11月，在江都水利枢纽，总书记再次关注水质：“一定要确保一江清水向北流。”

南水北调工程坚持先治污后通水。沿线各地铁拳治理，目前中线干线供水水质稳定在Ⅱ类标准及以上，东线工程水质稳定在Ⅲ类标准。

节水，是习近平总书记对南水北调的又一个殷殷嘱托。2020年11月，在江都水利枢纽，习近平总书记指出：“要把实施南水北调工程同北方地区节约用水紧密结合起来，以水定城、以水定业，调水和节水这两手要同时抓。”

坚持节水优先，一以贯之。2015年2月，习近平总书记主持召开中央财经领导小组第九次会议强调，保障水安全，关键要转变治水思路，按照“节水优先、空间均衡、系统治理、两手发力”的方针治水，统筹做好水灾害防治、水资源节约、水生态保护修复、水环境治理。

一条“民生线”——
加强扶持、对口协作，促进水源地发展

饮水思源。甘洌“南水”的背后，离不开淅川群众“舍小家为大家”的奉献精神。

习近平总书记一直牵挂着移民群众的生活。“12 月 12 日，南水北调中线一期工程正式通水，沿线 40 多万人移民搬迁，为这个工程作出了无私奉献，我们要向他们表示敬意，希望他们在新的家园生活幸福。”在 2015 年新年贺词中，总书记的关怀温暖了移民群众的心窝。

2020 年 11 月，在江都水利枢纽展览馆，习近平总书记再次强调：“南水北调东线工程取得的重大成就，离不开数十万建设者长期的辛勤劳动，离不开沿线 40 万移民的巨大奉献。”

完善基础设施，发展乡村产业，补上教育、医疗等公共服务短板……淅川县出台多项帮扶政策，一个个移民村换新颜，移民群众搬得出、稳得住、能致富，在乡村振兴的道路上不断向前迈进。

调水线更是“友情线”。受惠区和水源地开展对口协作，北京市与河南、湖北两省相关市县，天津市与陕西相关市县“手牵手”，实施对口协作项目、互派挂职干部，带动水源地发展迈上新台阶。

南水北调工程功在当代，利在千秋。调水、治水、节水，一渠清水徐徐北上，世纪工程为推动经济社会高质量发展提供绵绵动力。

（王浩　《人民日报》　2021 年 5 月 14 日）

水利部：南水北调中线工程累计向地方供水 363.9 亿立方米

据水利部消息，南水北调中线工程全线通水以来，沿线受水区用水量逐年增加，年度供水量连续攀升。截至 2021 年 5 月 13 日，全线累计入渠水量

380 亿立方米，累计向地方供水 363.9 亿立方米，其中，向河南省供水 128.7 亿立方米，向河北省供水 107.8 亿立方米，向天津市供水 62.6 亿立方米，向北京市供水 64.9 亿立方米。

据悉，南水北调中线工程全线通水以来，目前供水范围直接受益人口已达 7900 万人（东线 6735 万人，东中线合计总计突破 1.46 亿人）。主要供水范围为：北京市；天津市；河北省的邯郸、邢台、石家庄、保定、衡水、沧州（新增）、廊坊 7 个省辖市及定州（直管市）、辛集（直管市）等 90 余个县（市）区；河南省的南阳、平顶山、漯河、周口、许昌、郑州、焦作、新乡、鹤壁、安阳、濮阳 11 个省辖市及邓州（直管市）、滑县（直管市）等 80 余个县（市）。

（陈锐海　央广网　2021 年 5 月 14 日）

镜观中国｜南水北调展画卷

新中国成立之初
毛泽东视察黄河时提出南水北调伟大设想
如今，通过这一工程
长江之水源源不断汇入
淮河、黄河和海河流域
勾画出南北调配、东西互济的水网格局

↑位于江苏扬州的南水北调东线工程源头江都水利枢纽（2020 年 11 月 14 日摄，无人机照片）。

↑位于河南南阳淅川县的南水北调中线工程渠首（2019 年 12 月 9 日摄，无人机照片）。

↑2002 年 12 月 27 日，南水北调东线工程正式开工，工程机械在位于江苏扬州宝应县的潼河工地上投入施工。

↑2003 年 12 月 30 日，南水北调中线工程正式启动，施工机械在河北省滹沱河倒虹吸工程作业。

南水北调工程分东、中、西三条线路
分别从长江下游、中游和上游向北方调水
其中
西线工程是从长江上游调水到黄河上中游
及西北内陆河部分地区
目前正在进行前期论证工作
中线一期工程从丹江口水库引水
全程自流到河南、河北、北京、天津
全长 1432 公里
已于 2014 年 12 月通水

↑位于湖北十堰丹江口市的丹江口水库大坝（2019 年 11 月 26 日摄，无人机照片）。

↑位于河南南阳淅川县的南水北调中线工程渠首（2019 年 12 月 9 日摄，无人机照片）。

↑位于河南平顶山鲁山县的南水北调中线总干渠沙河渡槽（2019 年 12 月 9 日摄，无人机照片）。

↑这是跨越黄河的南水北调中线穿黄工程（2020 年 5 月 26 日摄，无人机照片）。工程位于黄河南岸（画面下方）的河南郑州荥阳市和北岸（画面上方）的焦作温县境内，主要任务是安全有效地将中线调水从黄河南岸输送到黄河北岸。

↑位于河北邯郸境内的南水北调中线干渠及沿岸景色（2019 年 11 月 14 日摄，无人机照片）。

↑位于河北石家庄境内的南水北调中线干渠及沿岸景色（2019 年 11 月 26 日摄，无人机照片）。

↑位于北京房山的南水北调中线北拒马河暗渠节制闸（2019 年 9 月 3 日摄）。

↑南水北调中线天津外环河出口闸（2019 年 12 月 6 日摄）。

↑在河南南阳淅川县污水处理厂，工作人员巡察设备运转状况（2015年11月27日摄）。作为南水北调中线工程的核心水源区和渠首所在地，淅川县是南水北调水质的重要护卫者。

↑工作人员在南水北调中线陶岔渠首监测水质（2020年11月12日摄）。

东线一期工程从扬州江都抽引长江水北送
经过京杭大运河及其平行的输水航道
最终向北可输水到天津
向东可输水到烟台、威海
全长1467公里
已于2013年11月通水

↑位于江苏扬州的江都水利枢纽（2020 年 11 月 14 日摄，无人机照片）。江都水利枢纽位于京杭大运河、新通扬运河和淮河入江水道交汇处，南濒长江、北连淮河，是南水北调东线工程的源头。

↑工作人员在南水北调东线工程源头江苏扬州江都水利枢纽第三抽水机站巡检（2019 年 12 月 5 日摄）。

↑南水北调东线江苏淮安水上立交枢纽工程（2020 年 11 月 10 日摄，无人机照片）。

↑位于山东济南的南水北调东线小清河枢纽（2016 年 12 月 8 日摄）。

↑位于山东枣庄的南水北调东线台儿庄泵站（2021 年 3 月 18 日摄，无人机照片）。

↑位于山东枣庄的南水北调东线万年闸泵站（2021 年 3 月 18 日摄，无人机照片）。

清泉奔流，南北情长

南水北调惠泽京津冀鲁豫

沉睡的河流恢复了往日生机

黄淮海平原地下水快速下降得到遏制

↑山东济南小清河及沿岸风光（2020年6月1日摄，无人机照片）。南水北调东线为泉城济南保泉补源、小清河补水提供了有力支撑。

↑河北石家庄滹沱河景色（2021年4月13日摄，无人机照片）。滹沱河是石家庄的母亲河，干涸几十年的滹沱河重现生机，正是南水北调工程生态补水的结果。

↑北京密云水库风光（2020 年 9 月 1 日摄，无人机照片）。北调的“南水”输入北京的“大水缸”——密云水库，使其蓄水量大增。

↑位于天津市城区的水西公园风光（2020 年 11 月 19 日摄，无人机照片）。南水北调中线工程有效补给了城市生产生活用水，为天津市生态补水和减少深层地下水开采创造了条件，替换出一部分引滦外调水，有效补充农业和生态环境用水，水系循环范围不断扩大。

↑河南焦作市区南水北调干渠及两岸风景（2019 年 12 月 5 日摄，无人机照片）。焦作是中线工程总干渠唯一从中心城区穿越的城市，主干渠两侧廊道美景让城市气质悄然而变。

南水北调工程
是实现我国水资源优化配置
促进经济社会可持续发展
保障和改善民生的重大战略性基础设施
功在当代，利在千秋
注定将是人类治水史上的一座丰碑

（新华社　2021 年 5 月 14 日）

深入分析南水北调工程面临的新形势新任务
科学推进工程规划建设提高水资源
集约节约利用水平

■ 南水北调工程事关战略全局、事关长远发展、事关人民福祉。进入新发展阶段、贯彻新发展理念、构建新发展格局，形成全国统一大市场和畅通的国内大循环，促进南北方协调发展，需要水资源的有力支撑。要深入分析南水北调工程面临的新形势新任务，完整、准确、全面贯彻新发展理念，按照高质量发展要求，统筹发展和安全，坚持节水优先、空间均衡、系统治理、两手发力的治水思路，遵循确有需要、生态安全、可以持续的重大水利工程论证原则，立足流域整体和水资源空间均衡配置，科学推进工程规划建设，提高水资源集约节约利用水平

■ 南水北调等重大工程的实施，使我们积累了实施重大跨流域调水工程的宝贵经验。一是坚持全国一盘棋，二是集中力量办大事，三是尊重客观规律，四是规划统筹引领，五是重视节水治污，六是精确精准调水

■ 继续科学推进实施调水工程，要在全面加强节水、强化水资源刚性约束的前提下，统筹加强需求和供给管理。一要坚持系统观念，二要坚持遵循规律，三要坚持节水优先，四要坚持经济合理，五要加强生态环境保护，六要加快构建国家水网

■ 要审时度势、科学布局，准确把握东线、中线、西线三条线路的各自特点，加强顶层设计，优化战略安排，统筹指导和推进后续工程建设。要加强组织领导，抓紧做好后续工程规划设计，协调部门、地方和专家意见，开展重大问题研究，创新工程体制机制，以高度的政治责任感和历史使命感做好各项工作，确保拿出来的规划设计方案经得起历史和实践检验

■ 人民就是江山，共产党打江山、守江山，守的是人民的心，为的是让人民过上好日子。我们党的百年奋斗史就是为人民谋幸福的历史

本报河南南阳5月14日电　中共中央总书记、国家主席、中央军委主席习近平14日上午在河南省南阳市主持召开推进南水北调后续工程高质量发展座谈会并发表重要讲话。他强调，南水北调工程事关战略全局、事关长远发展、事关人民福祉。进入新发展阶段、贯彻新发展理念、构建新发展格局，形成全国统一大市场和畅通的国内大循环，促进南北方协调发展，需要水资源的有力支撑。要深入分析南水北调工程面临的新形势新任务，完整、准确、全面贯彻新发展理念，按照高质量发展要求，统筹发展和安全，坚持节水优先、空间均衡、系统治理、两手发力的治水思路，遵循确有需要、生态安全、可以持续的重大水利工程论证原则，立足流域整体和水资源空间均衡配置，科学推进工程规划建设，提高水资源集约节约利用水平。

中共中央政治局常委、国务院副总理韩正出席座谈会并讲话。

座谈会上，水利部部长李国英、国家发展改革委主任何立峰、江苏省委书记娄勤俭、河南省委书记王国生、天津市委书记李鸿忠、北京市委书记蔡奇、国务院副总理胡春华先后发言。

听取大家发言后，习近平发表了重要讲话。他强调，水是生存之本、文明之源。自古以来，我国基本水情一直是夏汛冬枯、北缺南丰，水资源时空分布极不均衡。新中国成立后，我们党领导开展了大规模水利工程建设。党的十八大以来，党中央统筹推进水灾害防治、水资源节约、水生态保护修复、水环境治理，建成了一批跨流域跨区域重大引调水工程。南水北调是跨流域跨区域配置水资源的骨干工程。南水北调东线、中线一期主体工程建成通水以来，已累计调水 400 多亿立方米，直接受益人口达 1.2 亿人，在经济社会发展和生态环境保护方面发挥了重要作用。实践证明，党中央关于南水北调工程的决策是完全正确的。

习近平指出，南水北调等重大工程的实施，使我们积累了实施重大跨流域调水工程的宝贵经验。一是坚持全国一盘棋，局部服从全局，地方服从中央，从中央层面通盘优化资源配置。二是集中力量办大事，从中央层面统一推动，集中保障资金、用地等建设要素，统筹做好移民安置等工作。三是尊重客观规律，科学审慎论证方案，重视生态环境保护，既讲人定胜天，也讲人水和谐。四是规划统筹引领，统筹长江、淮河、黄河、海河四大流域水资源情势，兼顾各有关地区和行业需求。五是重视节水治污，坚持先节水后调水、先治污后通水、先环保后用水。六是精确精准调水，细化制定水量分配方案，加强从水源到用户的精准调度。这些经验，要在后续工程规划建设过程中运用好。

习近平强调，继续科学推进实施调水工程，要在全面加强节水、强化水资源刚性约束的前提下，统筹加强需求和供给管理。一要坚持系统观念，用系统论的思想方法分析问题，处理好开源和节流、存量和增量、时间和空间的关系，做到工程综合效益最大化。二要坚持遵循规律，研判把握水资源长远供求趋势、区域分布、结构特征，科学确定工程规模和总体布局，处理好发展和保护、利用和修复的关系，决不能逾越生态安全的底线。三要坚持节水优先，把节水作为受水区的根本出路，长期深入做好节水工作，根据水资源承载能力优化城市空间布局、产业结构、人口规模。四要坚持经济合理，统筹工程投资和效益，加强多方案比选论证，尽可能减少征地移民数量。五要加强生态环境保护，坚持山水林田湖草沙一体化保护和系统治理，加强长江、黄河等大江大河的水源涵养，加大生态保护力度，加强南水北调工程沿线水资源保护，持续抓好输水沿线区和受水区的污染防治和生态环境保护工作。六要加快构建国家水网，“十四五”时期以全面提升水安全保障能力为目标，以优化水资源配置体系、完善流域防洪减灾体系为重点，统筹存量和增量，加强互联互通，加快构建国家水网主骨架和大动脉，为全面建设社会主义现代化国家提供有力的水安全保障。

习近平指出，《南水北调工程总体规划》已颁布近20年，凝聚了几代人的心血和智慧。同时，这些年我国经济总量、产业结构、城镇化水平等显著提升，我国社会主要矛盾转化为人民日益增长的美好生活需要和不平衡不充分的发展之间的矛盾，京津冀协同发展、长江经济带发展、长三角一体化发展、黄河流域生态保护和高质量发展等区域重大战略相继实施，我国北方主要江河特别是黄河来沙量锐减，地下水超采等水生态环境问题动态演变。这些都对加强和优化水资源供给提出了新的要求。要审时度势、科学布局，准确把握东线、中线、西线三条线路的各自特点，加强顶层设计，优化战略安排，统筹指导和推进后续工程建设。要加强组织领导，抓紧做好后续工程规划设计，协调部门、地方和专家意见，开展重大问题研究，创新工程体制机制，以高度的政治责任感和历史使命感做好各项工作，确保拿出来的规划设计方案经得起历史和实践检验。

韩正在讲话中表示，要认真学习贯彻习近平总书记重要讲话和指示批示精神，深刻认识南水北调工程的重大意义，扎实推进南水北调后续工程高质量发展。要加强生态环境保护，在工程规划、建设和运行全过程都充分体现人与自然和谐共生的理念。要坚持和落实节水优先方针，采取更严格的措施抓好节水工作，坚决避免敞口用水、过度调水。要认真评估《南水北调工程总体规划》实施情况，继续深化后续工程规划和建设方案的比选论证，进一步优化和完善规划。要坚持科学态度，遵循客观规律，扎实做好各项工作。要继续加强东线、中线一期工程的安全管理和调度管理，强化水质监测保护，充分发挥调水能力，着力提升工程效益。

为开好这次座谈会，13日下午，习近平在河南省委书记王国生和代省长王凯陪同下，深入南阳市淅川县的水利设施、移民新村等，实地了解南水北调中线工程建设管理运行和库区移民安置等情况。

习近平首先来到陶岔渠首枢纽工程，实地察看引水闸运行情况，随后乘船考察丹江口水库，听取有关情况汇报，并察看现场取水水样。习近平强调，南水北调工程是重大战略性基础设施，功在当代，利在千秋。要从守护生命线的政治高度，切实维护南水北调工程安全、供水安全、水质安全。吃水不忘挖井人，要继续加大对库区的支持帮扶。要建立水资源刚性约束制度，严格用水总量控制，统筹生产、生活、生态用水，大力推进农业、工业、城镇等领域节水。要把水源区的生态环境保护工作作为重中之重，划出硬杠杠，坚定不移做好各项工作，守好这一库碧水。

位于渠首附近的九重镇邹庄村共有 175 户 750 人，2011 年 6 月因南水北调中线工程建设搬迁到这里。习近平走进利用南水北调移民村产业发展资金建立起来的丹江绿色果蔬园基地，实地察看猕猴桃长势，详细了解移民就业、增收情况。听说全村 300 余人从事果蔬产业，人均月收入 2000 元以上，习近平十分高兴。他强调，要继续做好移民安置后续帮扶工作，全面推进乡村振兴，种田务农、外出务工、发展新业态一起抓，多措并举畅通增收渠道，确保搬迁群众稳得住、能发展、可致富。随后，习近平步行察看村容村貌，并到移民户邹新曾家中看望，同一家三代围坐在一起聊家常。邹新曾告诉总书记，搬到这里后，除了种庄稼，还在村镇就近打工，住房、医疗、小孩上学也都有保障。习近平指出，人民就是江山，共产党打江山、守江山，守的是人民的心，为的是让人民过上好日子。我们党的百年奋斗史就是为人民谋幸福的历史。要发挥好基层党组织的作用和党员干部的作用，落实好“四议两公开”，完善村级治理，团结带领群众向着共同富裕目标稳步前行。离开村子时，村民们来到路旁同总书记道别。习近平向为南水北调工程付出心血和汗水的建设者和运行管理人员，向为“一泓清水北上”作出无私奉献的移民群众表示衷心的感谢和诚挚的问候。他祝愿乡亲们日子越来越兴旺，芝麻开花节节高。

习近平十分关心夏粮生产情况，在赴渠首考察途中临时下车，走进一处麦田察看小麦长势。看到丰收在望，习近平指出，夏粮丰收了，全年经济就托底了。保证粮食安全必须把种子牢牢攥在自己手中。要坚持农业科技自立自强，从培育好种子做起，加强良种技术攻关，靠中国种子来保障中国粮食安全。

12 日，习近平还在南阳市就经济社会发展进行了调研。他首先来到东汉医学家张仲景的墓祠纪念地医圣祠，了解张仲景生平和对中医药发展的贡献，了解中医药在防治新冠肺炎疫情中发挥的作用，以及中医药传承创新情况。他强调，中医药学包含着中华民族几千年的健康养生理念及其实践经验，是中华民族的伟大创造和中国古代科学的瑰宝。要做好守正创新、传承发展工作，积极推进中医药科研和创新，注重用现代科学解读中医药学原理，推动传统中医药和现代科学相结合、相促进，推动中西医药相互补充、协调发展，为人民群众提供更加优质的健康服务。

离开医圣祠，习近平来到南阳月季博览园，听取当地月季产业发展和带动群众增收情况介绍，乘车察看博览园风貌。游客们纷纷向总书记问好。习近平指出，地方特色产业发展潜力巨大，要善于挖掘和利用本地优势资源，加强地方优质品种保护，推进产学研有机结合，统筹做好产业、科技、文化这篇大文章。

随后，习近平来到南阳药益宝艾草制品有限公司，察看生产车间和产品展示，同企业经营者和员工亲切交流。习近平强调，艾草是宝贵的中药材，发展艾草制品既能就地取材，又能就近解决就业。我们一方面要发展技术密集型产业，另一方面也要发展就业容量大的劳动密集型产业，把就业岗位和增值收益更多留给农民。

丁薛祥、胡春华、何立峰等陪同考察并出席座谈会，中央和国家机关有关部门负责同志、有关省市负责同志参加座谈会。

（《人民日报》　2021 年 5 月 15 日）

扎实推进南水北调后续工程高质量发展

——习近平总书记在推进南水北调后续工程高质量发展座谈会上的重要讲话引发热烈反响

5 月 14 日上午，习近平总书记在河南省南阳市主持召开推进南水北调后续工程高质量发展座谈会并发表重要讲话，在广大干部群众中引发热烈反响。大家表示，将认真学习贯彻习近平总书记重要讲话精神，深入分析南水北调工程面临的新形势新任务，完整、准确、全面贯彻新发展理念，按照高质量发展要求，统筹发展和安全，坚持节水优先、空间均衡、系统治理、两手发力的治水思路，遵循确有需要、生态安全、可以持续的重大水利工程论证原则，立足流域整体和水资源空间均衡配置，科学推进工程规划建设，提高水资源集约节约利用水平。

积极推进后续工程高质量发展

“习近平总书记的重要讲话，为推进南水北调后续工程高质量发展指明了方向，提供了根本遵循。”水利部部长李国英表示，将认真学习贯彻落实习近平总书记重要讲话精神，按照总书记推进南水北调后续工程的总体要求，准确把握东线、中线、西线三条线路的各自特点，抓紧做好后续工程规划设计，积极推进后续工程高质量发展。李国英表示，在推进南水北调后续工程规划建设过程中，我们将时刻牢记“国之大者”，以高度的政治责任感和历史使命感，全力以赴、扎扎实实做好有关工作，确保拿出来的规划设计方案经得起历史和实践检验。

“总书记强调，要坚持遵循规律，研判把握水资源长远供求趋势、区域分布、结构特征，科学确定工程规模和总体布局，处理好发展和保护、利用和修复的关系，决不能逾越生态安全的底线。”水利部长江水利委员会总工程师仲志余说，我们要科学评估《南水北调工程总体规划》实施情况，在坚持节水优先、以水定需、遏制不合理用水需求的基础上，按照“确有需要、生态安全、可以持续”的原则，加强重大问题研究，科学谋划南水北调后续工程的总体布局。

“总书记强调，要坚持经济合理，统筹工程投资和效益，加强多方案比选论证，尽可能减少征地移民数量。”江苏省水利厅厅长陈杰表示，江苏将统筹长江、淮河、沂沭泗水资源情势，充分利用江苏水网体系，挖掘工程潜力，优化洪泽湖、骆马湖、微山湖三湖调度，科学比选工程布局和建设方案，减少移民征迁和工程用地，降低南水北调后续工程建设投资和运行成本，为加快构建国家水网主骨架和大动脉作出江苏贡献。

截至目前，南水北调中线工程累计向北京调水约 65 亿立方米。“为了让更多市民喝上南水，北京市正在积极加快输水管线和自来水厂的建设。”北京市水务局副局长杨进怀介绍，下一步，北京市南水北调配套工程后续规划以做足节水、用足中水、立足客水补充为前提，以保重点、强安全、优生态、促宜居为目标，逐步建设形成“四条外部水源通道、两道输水水源环线、七处战略保障水源地、分级调蓄联动共保、水系湖库互联互通”的城乡供水格局。

采取更严格的措施抓好节水工作

习近平总书记强调，要坚持节水优先，把节水作为受水区的根本出路，长期深入做好节水工作，根据水资源承载能力优化城市空间布局、产业结构、人口规模。各地干部群众表示，一定认真贯彻落实总书记重要指示，全面落实节水优先方针，采取更严格的措施抓好节水工作，坚决避免敞口用水、过度调水。

“北京坚决落实‘以水定城、以水定地、以水定人、以水定产’的要求，大力推进节水型城市建设。近年来，北京市万元地区生产总值用水量由15.4立方米下降至11.3立方米。”北京市节约用水办公室主任赵潭表示，北京将继续实行用水总量强度双控制度，科学制订全市年度用水计划，并逐级分解下达到区、乡镇（街道）、村庄（社区），深入做好节水工作。

“坚持让南水北调的每滴水都用在关键处。”天津市水务局局长张志颇表示，天津将强化最严格水资源管理，实行用水总量和强度双控，大力推进农业、工业、城镇等重点领域节水，科学合理配置外调水、地表水、再生水、淡化海水等多种水资源，用好来之不易的每一滴水，进一步提高水资源利用效率和效益。

“我们将在建立水资源刚性约束制度上下更大工夫，严格用水总量控制。”河南省水利厅党组书记刘正才表示，河南将全面落实节水评价制度，将节水作为约束性指标纳入地方党政领导班子和领导干部政绩考核内容。同时，提高工业用水超定额水价，倒逼高耗水项目和产业有序退出；推进农业水价综合改革，推进农业灌溉定额内优惠水价、超定额累进加价制度。

河南省农业农村厅党组成员谢长伟说，河南将持续推广高效节水灌溉技术，创新集成适合粮食作物和经济作物应用的水肥一体化技术模式，力争到2025年水肥一体化技术模式应用面积超过1000万亩。

“作为南水北调工程受水区，枣庄市近年来已累计调用长江水约2亿立方米，切身体会到了南水北调重大工程的显著效益。”山东省枣庄市委副秘书长、市城乡水务局局长张德忠表示，枣庄市将坚决落实节水优先原则，长期深入做好节水工作，保障经济社会高质量发展。

加强生态环境保护

习近平总书记强调，要加强生态环境保护，坚持山水林田湖草沙一体化保护和系统治理，加强长江、黄河等大江大河的水源涵养，加大生态保护力度，加强南水北调工程沿线水资源保护，持续抓好输水沿线区和受水区的污染防治及生态环境保护工作。

“总书记的重要讲话为南阳今后更好地肩负起‘一渠清水永续北送’的政治责任指明了方向、提供了遵循。”河南省南阳市委书记张文深说，南阳将从守护生命线的政治高度，持续加强水源地生态建设和环境保护，坚决打好污染防治攻坚战，统筹推进水资源集约节约利用工作，坚决守护好一渠清水。

“加强南水北调工程生态环境保护，守好水源地一库碧水，事关战略全局、事关长远发展、事关人民福祉，是全省生态环境系统肩负的重大政治任务。”河南省生态环境厅厅长王仲田表示，河南将强化源头防控，编制实施丹江口库区及上游水污染防治规划，建立水源区产业准入负面清单，严格禁止高耗能、高污染、高排放项目建设；强化治污减排，完善跨区域、跨部门生态环境保护协调联动机制，建立重点风险源防控清单，抓好水源地和总干渠（河南段）两侧饮用水水源保护区环境问题排查整治。

湖北省十堰市委书记胡亚波说，作为南水北调中线工程的水源区，我们将认真学习贯彻落实习近平总书记重要讲话精神，把水源区的生态环境保护工作作为重中之重，以更高目标、更大力度、更实举措，忠实履行“守井人”责任，确保一库碧水永续北送，用实际行动更好践行绿水青山就是金山银山理念。

“总书记的重要指示为江苏南水北调东线段的生态环境保护、系统治理指明了方向，明确了目标。”江苏省生态环境厅厅长王天琦说，江苏是南水北调东线一期工程源头，近年来我们不断加强长江大保护力度，守护好一江碧水；不断加大输水通道污染防治，保证一泓清水安全北送。下一步，我们将以维护输水干线及流域健康、实现沿线河湖功能永续利用为总目标，以防治水污染、改善水环境、保护水资源、修复水生态、管护水域岸线、提升河湖综合功能为主要任务，推进南水北调东线水环境治理和质量全面提升。

早上8点，北京密云水库综合执法大队水上执法分队队长崔小军和同事们乘上快艇开始巡护任务。“密云水库既是首都战略水源地，又是南水北调来水调蓄库。”崔小军说，“要像保护眼睛一样保护密云水库”，是队员们说得最多的一句话。近年来，北京市以密云水库周边小流域为单位，以水源保护为中心，构筑了“生态修复、生态治理、生态保护”三道防线，确保“清水下山、净水入库”。

“总书记的重要讲话，让我们倍感振奋、倍增干劲。”天津市生态环境局水环境管理处处长赵文喜说，将以南水北调输水沿线为重点，对工业、城镇、农业农村等各类污染源，实行控源（源头预防）、治污（末端治理）两手抓，“一河一策”系统治理。

“去年我市科学调度南水北调引江水等，开展河道生态补水，全市水环境质量达到近20年来最好水平。”河北省保定市水利局负责同志张海波说，我们将坚持节水优先、空间均衡、系统治理、两手发力的治水思路，加大生态保护修复力度，加强南水北调工程沿线水资源节约，持续抓好受水区的污染防治，全力推进白洋淀流域水环境治理。

“我们始终把南水北调东线聊城段水污染防治工作摆在突出位置，努力保障邱屯闸、石槽两个南水北调国控断面稳定达标。”山东省聊城市生态环境局局长张建军表示，下一步，将结合目前正在开展的入河排污口溯源整治和汛前重点河湖水质隐患排查整治工作，做好雨污分流改造、汛期生活污水直排防控、农业面源污染防治、涉水工业企业监管、饮用水源地保护等水生态环境保护重点工作，研究确定一批水污染防治重点项目，在确保省控以上考核断面水质稳定达标的基础上，推动南水北调沿线水质持续改善。

继续做好移民安置后续帮扶工作

5月13日下午，习近平总书记深入南阳市淅川县的水利设施、移民新村等，实地了解南水北调中线工程建设管理运行和库区移民安置等情况。

“总书记强调，吃水不忘挖井人，要继续加大对库区的支持帮扶。我们将按照总书记的要求，坚持生态优先、产业为重，继续做好库区移民安置后续帮扶工作。”河南省发展和改革委员会副主任李迎伟表示，河南将深入实施汉江生态经济带战略，支持水源区发展特色产业和现代农业，保障移民群众持续致富。

“总书记指出，人民就是江山，共产党打江山、守江山，守的是人民的心，为的是让人民过上好日子。”张文深表示，南阳将奋力做好“民富”文章，加大投入力度，创新扶持方式，多措并举畅通增收渠道，让作出巨大牺牲和奉献的移民群众稳得住、能发展、可致富；加快转型发展，着力培育科技含量高、市场前景好、经济效益优、节能环保型的项目和企业，努力走出一条生态优先、创新引领、水清民富的高质量发展之路。

湖北省丹江口水库移民工程共搬迁安置 18.2 万人。“总书记强调，要继续做好移民安置后续帮扶工作，全面推进乡村振兴，种田务农、外出务工、发展新业态一起抓，多措并举畅通增收渠道，确保搬迁群众稳得住、能发展、可致富。总书记的重要指示，让我们进一步明确了努力方向、更有信心干好工作。”湖北省水利厅移民处处长曹德权说，我们将着力扩大移民的就业渠道，开展移民创业就业和技能培训等，增强移民发展内生动力。

（龚金星　马跃峰　王浩　贺勇　富子梅　张志锋　肖家鑫　朱佩娴　尹晓宇　范昊天　吴君　强郁文　毕京津　高炳　《人民日报》　2021 年 5 月 16 日）

“中华民族的世纪创举”

——记习近平总书记在河南专题调研南水北调并召开座谈会

“我对这件事一直十分重视。南水北调工程事关战略全局、事关长远发展、事关人民福祉。之前看到相关报告，我说这件事要专门来研究一次。”

河南南阳，西依秦岭、南临汉江、绾毂中原，南水北调中线一期工程“水龙头”“总开关”所在地。逶迤近 3000 里的丹江口水库的水，就从这里起步，走中原、穿黄河、依太行、入华北。

正值初夏时节，水波浩荡，习近平总书记来到这里，专题调研南水北调。

13 日，在陶岔渠首，察看工程运行情况，乘船考察丹江口水库；再赴移民新村，看一看那些为南水北调搬离故土的乡亲们。

14 日，南阳宾馆，推进南水北调后续工程高质量发展座谈会开到中午时分。

水运连着国运。习近平总书记一席话语重心长：

“在我们五千多年中华文明史中，一些地方几度繁华、几度衰落。历史上很多兴和衰都是连着发生的。要想国泰民安、岁稔年丰，必须善于治水。”

泱泱大国的治水史，气吞山河。

相隔半年时间，从东线起点到中线渠首
“吃水不忘挖井人”

巨闸揽江卧，船行碧波间。

习近平总书记伫立船头，他的目光望向烟波浩渺的水、望向林木葱郁的山。

半年前的江苏扬州之行历历在目。江都水利枢纽，东线一期工程的起点。一泓碧水从那里出发，沿京杭大运河提水北送。

而今，来到中线一期工程渠首。青山环峙，浪花翻卷，思绪万千。

“这个地方我一直想来。南水北调工程建设，这个地方的运行以及这里的移民工作，我一直关注着，这一次看一看我很高兴。”

端起一杯新打上来的水库水，总书记迎着光看了又看，笑着说：“‘水龙头’水质不错!”

这些水千里奔流，由一个个渡槽护送，长途跋涉 1432 公里，润泽豫冀津京。

供水线，一条生命线。昔日北京三杯水中就有一杯来自密云水库，现在中线水源占城区供水的 70%左右。过去，沿途有的地方“自来水能腌咸菜”，有的“泡茶没有茶味儿”。如今，清澈甘甜的引江水替代了北方某些地区的苦咸水、高氟水。习近平总书记打了个比方：“窝窝头换馒头了。”

考察时，总书记讲述了他所亲历的水的故事。

在河北正定工作期间，“地下水水位年年降，每年降 0.5 米左右。”“看县志，滹沱河水丰草茂。可到实地一看，哪还有什么河，都是干沙床子。骑自行车到了那儿，扛起车就能过河。”

时过境迁。正定的地下水位止跌回升，滹沱河水波光粼粼。碧水、飞鸟、花海、林荫道，色彩斑斓。

南水北调，造福人民，也依靠人民。

下了船，习近平总书记乘车前往丹江口水库的一个移民村，九重镇邹庄村。

途中，省里的负责同志介绍了当地口口相传的一句话，习近平总书记听了不由动容：

“老百姓很朴实啊，说‘北京人渴了，咱们得给他们供点儿水’。多么朴实的语言，但又体现了一种多么伟大的奉献精神。”

8 省市 150 多个县市 40 多万移民，他们的日子过得好不好？习近平总书记走进移民户邹新曾家。

种田、务工，还有电商直播新业态，这家日子红红火火。总书记接过土坯房老照片端详：

“移民之后，乡亲们 10 年收入提高了 3.6 倍，这是我们欣慰的地方。”

听了总书记的话，老邹有些激动：“共产党好，都是为着人民。”

“我们党的一百年多不容易、多么艰难，但有一条，这个党建起来就是为了老百姓。人民就是江山。共产党打江山、守江山，守的是什么？就是守人民的心啊。人民拥护我们党，我们党就有生命力。”

临别时，习近平总书记看到墙上贴的奖状，驻足细看，叮嘱要把孩子教育搞好，将来做对社会有用的人。

一出院门，村里的乡亲们都赶来了。鼓掌声、欢呼声沸腾了宁静村落。习近平总书记动情地说：

“我很牵挂你们。咱们过去那个家啊，离开是不容易的，我听说‘有山有水、有田有林’，有的还有船是吧？为了沿线人民能够喝上好水，大家舍小家为大家，搬出来了。这是一种伟大的奉献精神。沿线人民、全国人民都应该感谢你们，滴水之恩涌泉相报，吃水不忘挖井人呐，你们就是挖井人。”

从大气魄畅想到大工程落地
“功在当代，利在千秋”

追溯南水北调的历史，要从 1952 年讲起。

那一年深秋，毛泽东同志视察黄河。在研究黄河水涨上去怎么办、没水了怎么办等问题时，他说："南方水多，北方水少，如有可能，借点水来也是可以的。"

次年2月19日，春寒料峭。毛主席从武汉登船，顺江东去南京。船上，他再次提到这个话题。

14日的座谈会，习近平总书记回忆这段历史，感慨道："毛主席这个伟大而浪漫的畅想，是有科学根据的。建设新中国的奠基工程中，水利占重要位置，治国先治水。"

坝怎么建、闸如何修、渠往哪开、水怎么流？自20世纪50年代起，中国行动起来了。一代代研究论证、推敲方案，一次次跋山涉水、实地勘探。

2002年，《南水北调工程总体规划》出炉，"四横三纵、南北调配、东西互济"的水资源配置格局落地。

"这一格局是中华民族的世纪创举。"习近平总书记分析道：

"我们国家的水系分布是东西向的。'四横'，长江、淮河、黄河、海河四大江河水系，基本是天然形成的。'三纵'，东、中、西3条调水线路，是工程性的。"

2002年东线、中线一期工程开工建设，分别于2013年、2014年主体工程建成通水。

碧水北送，扬波千重；长河泱泱，利泽万方。中国的发展格局由此掀开了新篇章。

2014年3月，习近平总书记主持召开中央财经领导小组第五次会议，研究水安全问题，提出"节水优先、空间均衡、系统治理、两手发力"的"十六字"治水新思路。

当年4月，到南水北调团城湖调节池参加首都义务植树活动，总书记问起了南水北调有关情况。

当年年底，中线一期工程通水之际，他再次强调"三先三后"："希望继续坚持先节水后调水、先治污后通水、先环保后用水的原则。"

两条线的一期主体工程建成通水，效果立竿见影。座谈会上，沿途8省市负责人都来了，中央和国家机关有关部门负责同志也来了。发言的省市负责同志中，有的来自"送水区"，有的来自"受水区"。他们汇报时，不约而同都引用了一组组数字。

东线、中线一期主体工程通水以来，累计调水 400 多亿立方米，直接受益人口达 1.2 亿人。

“这是很了不起的事情，在国家的经济社会生活中产生了巨大效益。功在当代，利在千秋。”习近平总书记感慨系之：“实践证明，党中央关于南水北调工程的决策是完全正确的。”

“禹之决渎也，因水以为师。”

实施重大跨流域调水工程的经验，在恢弘而丰富的实践中，一点点积累、一次次完善。总书记将其概括为六方面经验：坚持全国一盘棋，集中力量办大事，尊重客观规律，规划统筹引领，重视节水治污，精确精准调水。

问渠那得清如许？这项民生工程，同时也是生态工程。水质是否达标，是衡量调水输水的硬杠杠。

库区工程启动时，达标河段不足一半。补生态欠账迫在眉睫。重拳减排、铁腕治污。河南仅淅川县一个县就关停企业 386 家，依法取缔“小散乱污”企业 216 家。南水成为转型之水，二类水质的丹江口，堪称“重视节水治污”这一经验的生动写照。

大江大河大治理。古时的郑国渠、都江堰、灵渠、京杭大运河……习近平总书记回想起考察都江堰的情景：“按照‘深淘滩、低作堰’的思路建设，真是巧妙，我们先人多么智慧。”

南水北调工程宏大、复杂、艰巨，规模前所未有，难度世界罕见。

世界最大输水渡槽、首次隧洞穿越黄河、世界最大规模现代化泵站群……数十万建设者矢志奋斗，攻克一个个世界级难题，书写了“集中力量办大事”的生动实践。

抚今追昔，习近平总书记赞叹道：“建设过程高质高效，运行也很顺利。体现了中国速度、工匠精神、科学家精神。”

“十四五”时期和更长远未来，摸清底数、厘清问题、研判趋势、优化对策“科学推进后续工程规划建设”

水已经成为了我国严重短缺的产品。解决不好将影响我们第二个百年奋斗目标实现，影响中华民族伟大复兴目标实现。

用之不觉，失之难存。总书记拿空气类比水，“这个问题非常关键，而且情况非常严重，人无远虑必有近忧。”

自古以来，我国基本水情一直是夏汛冬枯、北缺南丰，水资源时空分布极不均衡。

南水北调，缓解了北“渴”。从“极度紧缺”到“紧平衡”，北方水资源安全却依然容不得喘口气。座谈会上，有部委负责同志拿京津冀地区举例，以全国 0.9%的水资源量、2.3%的国土面积，养育了全国 8%的人口、贡献了 10%的 GDP。数字发人深思。

习近平总书记语重心长：“我一直在思考这个问题，黄淮海流域作为北方地区的主要组成部分，在国家发展格局中具有举足轻重的作用，关乎经济安全、粮食安全、能源安全、生态安全。进入新发展阶段、贯彻新发展理念、构建新发展格局，形成全国统一大市场和畅通的国内大循环，促进南北方协调发展，需要水资源的有力支撑。”

对于这次座谈会，总书记定位为：“深入分析南水北调工程面临的新形势新任务，研究论证下一步怎么干，对南水北调后续工程建设做一个总体性、指导性意义的部署。”“既积极，又慎重。既要有大格局，又要很缜密。要遵循确有需要、生态安全、可以持续的重大水利工程论证原则。”

世界上规模最大、距离最长、受益人口最多、受益范围最广的调水工程，也是极端复杂的系统性工程。跨水跨山、跨省跨市，供水、防洪、排涝、航运、生态、移民……烟波浩渺的水，流淌过熙熙攘攘的城、阡陌灯火的乡，牵一发动全身。

习近平总书记将“坚持系统观念”，放在下一步做好南水北调工作的首位。“不要顾此失彼，南水北调的各个环节像多米诺骨牌似的，都是连着的。”“处理好轻重缓急，什么时候干什么事，哪些是当务之急，哪些是战略性的储备。”

“要深化各可能方案的比选论证，协调部门、地方和专家意见，确保规划设计方案经得起历史和实践检验。”习近平总书记作出明确指示要求。

“要统筹来讲。一方面是南水北调下一步怎么做，一方面是调过去的水怎么发挥最佳效应。好钢用在刀刃上，怎么把调过去的水用在刀刃上。”

节水，拧紧水龙头的事，是个等不得、拖不了的当务之急。一路走来，习近平总书记反复强调。

有省市负责同志发言说：“建议国家出台相关政策，激励南水北调沿线省市节约用水。”

总书记感同身受：“不能是会哭的孩子有奶喝。节水做得好，是否给予激励奖励？有的地方怎么浪费水都没感觉，花点小钱就打发了，那是不行的。要建立更规范、更严格的节水制度，把节水作为受水区的根本出路。”

有省市负责同志提到“受水区”和“送水区”的对口帮扶。

“我从看东线时就讲，滴水之恩涌泉相报。这哪是滴水之恩？是涌泉之恩啊。沿途吃水的人怎么涌泉相报？”习近平总书记娓娓道来：

“除了对口帮扶，最主要的措施是不辜负送水人的关怀。我们不能糟蹋水啊。南水北调沿线，无论城市建设、产业布局、农业生产，都要考虑节水这个因素。要更科学用水、更合理布局。”

“围绕节水的方方面面，采取大中小各类举措。‘是以泰山不让土壤，故能成其大；河海不择细流，故能就其深。’涵养水源，大大小小的措施都汇集在一起，北方地区节水要实实在在去落实。”

他接着说：“就像粮食，千辛万苦丰收了，收割、运输、保藏、加工、餐饮，哪个环节都得注意。节水也得这样。节水是关键，调水是补充。不能一边调水一边浪费，更不能无节制用水。”

“加快构建国家水网主骨架和大动脉”提上了日程，相关任务写入“十四五”规划纲要。总书记感慨：“水网建设起来，会是中华民族在治水历程中又一个世纪画卷，会载入千秋史册。”

一截截垒砌，一寸寸夯实，一汩汩流淌，一方方润泽。从畅想到落地，再到新的梦想、新的梦圆……治水历程，伴随着中华民族伟大复兴的漫漫征程。

（本报记者杜尚泽　龚金星，新华社记者张晓松　朱基钗《人民日报》2021年5月16日）

王浩院士：遵循“三先三后”原则促南水北调后续工程高质量发展

5月14日，推进南水北调后续工程高质量发展座谈会在河南南阳召开。会议强调，要深入分析南水北调工程面临的新形势新任务，科学推进工程规划建设提高水资源集约节约利用水平。

“十四五”时期，如何推动南水北调后续工程高质量发展？近日，中国工程院院士、水文水资源专家王浩在接受人民网记者专访时表示，要始终坚持“节水优先、空间均衡、系统治理、两手发力”的治水思路，遵循“先节水后调水、先治污后通水、先环保后用水”的“三先三后”原则。

加快构建“四横三纵”国家骨干水网

水是国家发展战略的重要支撑。自古以来，我国基本水情一直是夏汛冬枯、北缺南丰，水资源时空分布极不均衡。南水北调，这个世纪工程重塑着我国水资源分配格局。

2002 年，《南水北调工程总体规划》出炉，明确指出要以长江丰富水源为依托，南水北调东线、中线和西线工程通过与长江、淮河、黄河、海河 4 大江河的联系，构成以“四横三纵”为主体的国家水网骨干。

“从 1952 年开启宏伟设想，到 2002 年开工建设，再到 2013 年和 2014 年南水北调东线、中线工程相继通水，如今累计调水 400 多亿立方米、直接受益人口 1.2 亿人。”作为深度参与南水北调工程规划建设的专家，王浩深有感触地说，历经近 70 年的发展，我国水资源配置已迈向构建“四横三纵、南北调配、东西互济”的格局。这次座谈会的召开，吹响了新时期国家水网建设的进军号，为南水北调后续工程高质量发展指明了方向，提供了根本遵循。

“十四五”规划纲要提出，实施国家水网等重大工程。在这次座谈会上，“国家水网”被再次提及，明确“要加快构建国家水网”。

加快建设国家水网的关键是什么？王浩指出，国家水网骨干工程的规划要秉持全国“一盘棋”的原则，有大局意识、整体观念，不能局限于一城、一地、一域，要紧扣国家发展形势，多角度、多层次、多学科地深入分析面临的新形势新任务。要坚持节水优先的理念，把节水工作贯穿于工农业生产和社会生活的全过程，真正落实“以水定城、以水定地、以水定人、以水定产”。

“同时，要在南水北调后续工程规划设计全过程充分论证，准确把握东线、中线、西线三条线路的各自特点，尊重客观规律、科学论证方案，既讲人定胜天、也讲人水和谐。”王浩说。

做好节水文章　守护一渠“南水”永续北送

南水北调，既是一条调水线，也是一条生命线。“十四五”时期，南水北调后续工程面临哪些新形势新任务？

王浩表示，首先，人民日益增长的美好生活需要和水资源保障不足仍是重要矛盾。其次，受气候变化和人类活动双重影响，我国北方地区主要流域水资源衰减，深刻影响流域供水安全形势。三是，实现流域生态保护和高质量发展兼顾，也是“十四五”时期面临的重大挑战。

水是生存之本、文明之源、生产之要、生态之基。“要建立水资源刚性约束制度”“把节水作为受水区的根本出路”，这次座谈会上，节水被摆在更加突出的位置。

王浩谈到，我国北方大部分地区水资源形势严峻，南水北调缓解了北“渴”，为受水区加快发展创造了有利的条件，同时也为节水用水提出了更高的标准。

怎样提高南水北调工程受水区水资源集约节约利用？王浩建议，一是要以水资源为刚性约束，切实以适水发展为城市顶层设计原则，确定城市适水规模与适水布局，以水定城强化循环利用。二是要在深层地下水超采区、浅层地下水严重超采区，坚决贯彻以水定地的原则，优化农业种植。三是要以水资源承载能力为约束，建立城市多点发展格局，均化区域用水压力，以水定人降低水耗强度。四是要以水定产实施效率准入，以节水倒逼产业高质量发展。五是要建管并重构建长效机制，实现规模化节水灌溉，发挥节水灌溉设施的效益。六是要完善建立“井田制”，以机电井为基本单元精细化管理，实现节水压采目标。

“南水北调，水资源、水生态、水环境必须统筹协调、系统治理。”王浩说，无论是节水、还是治水，都要把水资源作为刚性约束，要从守护生命线的政治高度，切实维护南水北调工程安全、供水安全、水质安全，有力提升南水北调工程综合效益，实现高质量发展。

科学推进后续工程规划建设　助力高质量发展

南水北调，功在当代，利在千秋。

2014年12月，随着南水北调工程中线一期工程正式通水，东线、中线一期工程建设目标已全面实现。作为世纪工程，南水北调后续工程怎样推进？这是需要科学回答的命题。

王浩表示，一方面，后续工程需要加强运行管理的科学性、合理性和高效性，提高水源区来水预报精度，为中线水资源调度提供可靠的预报信息。另一方面，东线后续工程规划，既要瞄准当前京津冀水资源短缺问题，更要以百年尺度考量华北平原生态高质量修复。例如，东线后续工程经白洋淀调水将有利于恢复华北地区水生态环境。再一方面，南水北调西线工程规划要立意高远，立足构建国家水网的核心骨架和主动脉来考量，除了完成向黄河流域补水的首要任务，也应将眼光瞄准广大的西部地区。

“南水北调，目前仍在一期工程阶段，后续工程规划建设不仅要注重科学性，更要注重现实可行性，需要广泛听取各方面意见，集合当代智慧，确保拿出来的规划设计方案经得起历史和实践检验。要以历史视野、全局眼光谋划，推动其高质量发展。”王浩充满期待地说。

（余璐　人民网　2021年5月19日）

南水北调中线水源区探秘

有“亚洲第一大人工湖”之称的丹江口水库，是南水北调中线工程的水源区。新华社南水北调全媒调研小分队20日来到这里，随水质监测员深入库区，与大坝管理者登临坝上，驱车来到千里长渠之始——陶岔渠首，找寻一江清水向北流的水源区“密码”。

水质：“水中大熊猫”现身水库

10时许，记者与南水北调中线水源公司库区水质监测人员韩佰辉搭乘水质监测船，来到库区16个重要水质监测断面之一——坝前监测断面。

他告诉记者，中线水源公司水质监测人员2018年曾在库区中心发现大量群聚的活体桃花水母，并成功采集到多个活体标本。

“桃花水母有‘水中大熊猫’之称，是极度濒危的物种，对水环境要求高。”韩佰辉说，活体桃花水母现身水库，与这里的生态环境改善直接相关，是检验水源地保护体系成效的有力证明。

韩佰辉采集的水样通过实验室分析检测，结果显示库区水质优良，符合Ⅱ类水质标准。

同船的中线水源公司供水部高级工程师秦赫表示，为做好水库水质监测，中线水源公司已建成库区水质监测站网。多年监测数据显示，库区水质稳定，且能达到或优于地表水Ⅱ类标准。

大坝：“穿衣戴帽”只为更多南水北调

11 时 05 分，记者随中线水源公司技术委员会常务副主任汤元昌来到坝上，放眼四望，库区碧波万顷、坝区绿意无限。

“水库如此浩渺，是因为有了这座加高的大坝。没有它，再多的水也没法汇聚。”汤元昌说。

记者在大坝安全监测中心站看到，当天丹江口水库坝前水位为 160.98 米，超过夏季防洪限制水位，意味着南水北调中线水源地目前有充足的水量可被调往北方。

截至 20 日，丹江口水库已往北方累计调水 383 亿立方米。拦蓄这一库清水的，正是加高之后的丹江口大坝。

丹江口大坝加高，是将 20 世纪 70 年代竣工的大坝高程，由 162 米升至 176.6 米，使水库正常蓄水位由 157 米抬高到 170 米，正常蓄水位库容相应由 156.65 亿立方米增至 272.05 亿立方米，从而满足了中线向北方供水的需要，同时可以用新开明渠输水自流抵京，向沿线京、津、冀、豫供水。

“加高工程是在初期工程基础上进行培厚加高和改造，业内将这比喻为‘穿衣戴帽’，技术要求高、施工难度大，不亚于新建一座大坝。”汤元昌说，一系列重大技术难题的解决，较好地保证了加高工程质量。2017 年 10 月，水库水位达 167 米，加高后的大坝经受住了考验。

截至 5 月 18 日，本供水年度丹江口水库向北方供水 40.89 亿立方米，完成年度供水计划的 55.08%，确保了中线供水安全。

调水："朋友圈"协作畅通大水脉

"水质改善可让北调之水澄澈，大坝加高使调水数量获得保障，接下来就是如何进行水库调度控制运用，以确保水库防洪、供水安全，充分发挥水库综合利用效益。"汉江集团公司水调中心水库调度科科长胡永光说。

据介绍，通水后，汉江集团公司与中线水源公司共同成立了中线水源工程供水领导小组，统筹协调水库供水管理工作。

"按照长江水利委员会授权，汉江集团公司、中线水源公司与南水北调中线建管局协商，建立了陶岔渠首供水调度流程：由南水北调中线建管局发出调度请求，汉江集团公司报请长江委审核同意后发出调度令，陶岔渠首严格执行供水调度令，并及时反馈执行情况。"胡永光说。

南水北调中线工程从陶岔渠首枢纽引水北上。如果说丹江口水库是南水北调的"大水池"，陶岔渠首的作用就相当于控制丹江口水库出水的"水龙头"，控制和调节北上的水量。

15时，记者从湖北丹江口市驱车约40分钟，来到位于河南淅川县的陶岔渠首。南水北调中线陶岔管理处处长王西苑说，作为中线的"水龙头"，渠首段工程是中线干线千里长渠之始，我们全力做好输水调度，确保一渠清水从陶岔渠首进入总干渠，一路奔向北方。

问渠那得清如许，为有源头活水来。目前，来自丹江口水库的优质南水，已经成为京津冀豫20多座大中型城市的主要水源。

（刘诗平　新华社　2021年5月20日）

今夏滹沱河大清河生态补水启动

7日，水利部、河北省人民政府联合启动2021年夏季滹沱河、大清河（白洋淀）生态补水工作。生态补水从6月7日开始，预计7月上旬结束，预计补水约2.2亿立方米。力争7月前实现滹沱河补水线路和大清河（白洋淀）补水线路全线贯通，形成水流贯通河长467公里，补水河道周边地下水得到回补，水生态系统将得到一定改善。特别是近年来多数时间处于断流或干涸状态的子牙新河、赵王新河、大清河等下游河道将实现全线复流。

当前，全国已进入汛期，各地水库需要及时腾空防洪库容迎汛。本次生态补水抓住这一重要窗口期，充分利用丹江口水库、白洋淀、岗南水库、黄壁庄水库、安格庄水库、旺隆水库的蓄水，科学调度，推进补水向滹沱河、白洋淀下游河湖延伸，促进河湖生态系统恢复。

（王浩　人民网　2021 年 6 月 7 日）

今夏滹沱河和大清河生态补水启动 预计补水约 2.2 亿立方米

水利部、河北省人民政府 7 日联合启动 2021 年夏季滹沱河、大清河生态补水，进一步发挥南水北调工程综合效益、推进华北河湖生态系统复苏和地下水超采综合治理。

本次生态补水预计 7 月上旬结束，补水水源包括南水北调中线工程的南水、当地水库、白洋淀下泄水量，预计补水约 2.2 亿立方米。

滹沱河补水线路自南水北调中线总干渠滹沱河退水闸开始，经滹沱河、子牙新河至南运河周官屯闸，全长 251 公里。大清河补水线路包括南拒马河和瀑河两条补水支线。

水利部相关负责人表示，当前全国已进入汛期，各地水库需及时腾空防洪库容迎汛。本次生态补水抓住这一重要窗口期，利用丹江口水库、白洋淀、岗南水库、黄壁庄水库、安格庄水库、旺隆水库的蓄水，科学调度，加大生态补水力度，推进补水向滹沱河、白洋淀下游河湖延伸，促进河湖生态系统恢复。

通过补水，预计补水河道周边地下水得到回补，水生态系统将获得一定改善，特别是近年来多数时间处于断流或干涸状态的子牙新河、赵王新河、大清河等下游河道将实现全线复流。

（刘诗平　新华社　2021 年 6 月 7 日）

南水北调　利国利民

河北省石家庄市正定县滹沱河段，水清岸绿，生机盎然。近年来，石家庄市通过统筹南水北调引江水和本地上游水库水，持续推进滹沱河生态修复工程，使曾经干涸几十年的滹沱河水波荡漾，重现生机。

武志伟摄（影像中国）

在河南省南阳市淅川县南水北调中线工程陶岔渠首处，监测员李楠查看提取的水样本。

新华社记者　李嘉南摄

南水北调东线工程在山东省聊城市东阿县刘集镇位山村与黄河交汇，和位山引黄干渠一起，形成了一道美丽的风景线。

李子敏摄（人民视觉）

南水北调中线源头湖北省丹江口市丹江口水库的怡人景色。
新华社记者　才扬摄

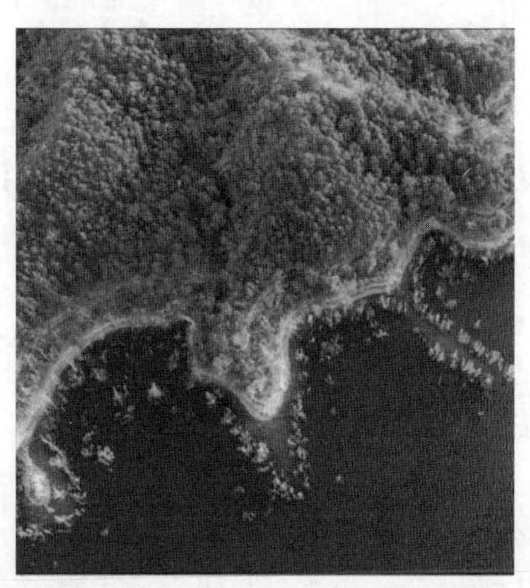

北京密云水库一角，从丹江口水库引来的南水一部分注入水库，
改善了北京水资源状况。新华社记者　才扬摄

在河南省南阳市淅川县拍摄的南水北调中线起点——
陶岔渠首枢纽工程。霍亚平摄（人民视觉）

南水北调是我国跨流域跨区域配置水资源的骨干工程，事关战略全局、事关长远发展、事关人民福祉。东中线全面通水6年多来，累计调水440亿立方米，汩汩清水惠泽1.4亿人，在经济社会发展和生态环境保护方面发挥了重要作用。

世界最大输水渡槽、首次隧洞穿越黄河、世界最大规模现代化泵站群……南水北调工程宏大、复杂、艰巨，规模前所未有，建设难度世界罕见。数十万建设者矢志奋斗，攻克一个个世界级难题。

一泓清水向北流，功在当代，利在千秋，见证着国泰民安，岁稔年丰。

（《人民日报》 2021年6月27日）

南水北调中线工程累计调水四百亿立方米京津冀豫近八千万人受益

记者从水利部获悉：截至19日，南水北调中线一期工程自陶岔渠首累计调水入渠水量达400亿立方米，中线工程连续安全平稳运行2400多天，水质达到或优于地表水Ⅱ类标准，已成为京津冀豫沿线大中城市地区主力水源，直接受益人口增加至7900万人，比通水初期的3800万人增加1倍多。

中线工程优化了水资源配置格局，保障了群众用水安全。通水近7年来，工程供水已由规划时的受水区沿线大中城市生活用水的补充水源，转变为主要水源，改变了京津冀豫受水区供水格局。中线各受水城市的生活供水保证率从最低不足75%提高到95%以上，累计惠及沿线20余个大中城市及131个县，受益人口逐年攀升。

北京1300万群众喝上南水，南水占主城区供水量的七成多，大兴、门头沟、昌平、通州等部分区域也用上了南水；天津市累计有1200万人受益，南水成为天津城区生活用水的主要水源，14个主城区居民全部用上南水；河南郑州、南阳、平顶山、漯河、周口等11个市的2400万群众全部用上南水；河北有3000万群众受益，中线工程供水范围已覆盖石家庄、邯郸、邢台等7个市。

南水北调中线工程发挥了重要生态功能。生态补水促进沿线河湖生态持

续恢复，为淮河、海河、黄河流域的河湖健康、华北地区地下水超采综合治理提供了重要支撑。截至目前，中线工程累计向北方 48 条河流生态补水 59 亿立方米，其中，华北地区地下水超采综合治理河段回补 37.89 亿立方米。

（王浩 《人民日报》 2021 年 7 月 20 日）

南水北调中线一期工程累计调水 400 亿立方米

记者从水利部获悉，截至 2021 年 7 月 19 日 8 时，南水北调中线一期工程累计调水 400 亿立方米，向河南省供水 135 亿立方米，向河北省供水 116 亿立方米，向天津供水 65 亿立方米，向北京供水 68 亿立方米。中线工程已成为京津冀豫沿线大中城市地区主力水源，直接受益人口增加至 7900 万人，比 2015 年通水一周年时的 3800 万受益人口增加 1 倍多。

据悉，中线工程连续安全平稳运行 2400 多天，水质达到或优于地表水Ⅱ类标准。

截至目前，中线工程累计向北方 48 条河流生态补水达 59 亿立方米，其中，华北地区地下水超采综合治理河段回补 37.89 亿立方米。河湖水质提高，水生态系统修复，区域水环境质量和宜居性明显提升。

（陈锐海 央广网 2021 年 7 月 19 日）

南水北调中线工程累计调水 400 亿立方米

记者陈晨从水利部获悉，截至 2021 年 7 月 19 日 8 时，南水北调中线一期工程自陶岔渠首累计调水入渠水量达 400 亿立方米，除渠中存有的水量之外，向河南省供水 135 亿立方米，向河北省供水 116 亿立方米，向天津供水 65 亿立方米，向北京供水 68 亿立方米。其中，向津冀豫生态补水 59 亿立方米。中线工程连续安全平稳运行 2400 多天，水质达到或优于地表水Ⅱ类标准，优化了水资源配置格局，保障了群众用水安全，复苏了沿线河湖生态环境，受水区人民群众的获得感、幸福感、安全感显著增强。

南水北调中线一期工程通水近 7 年来，已由规划时的受水区沿线大中城市生活用水的补充水源，转变为主要水源，改变了京津冀豫受水区供水格局，惠及沿线 20 余个大中城市及 131 个县，各受水城市的生活供水保证率从最低不足 75％提高到 95％以上。受益人口逐年攀升，目前京津冀豫直接受益人口增至 7900 万人，比 2015 年年底通水一周年时的 3800 万直接受益人口增加 1 倍多。

在优化供水格局的同时，南水北调中线工程还发挥着重要的生态功能。截至目前，中线工程累计向北方 48 条河流生态补水 59 亿立方米，其中，华北地区地下水超采综合治理河段回补 37.89 亿立方米。河湖水质提高，水生态系统修复，区域水环境质量和宜居性明显提升。如今，白洋淀蓄水量达 3.67 亿立方米，水面面积达 267 平方公里，水质持续好转，湖心区水质稳定为Ⅳ类，达到近 10 年最好水平；天津市海河水位升高，河道水质明显改善；北京永定河、潮白河水量丰沛，重现清水灵动、鸟语蛙鸣的自然景观。在南水的持续补充下，近年来，北京逐步关停自备井、大幅压采地下水，地下水水位显著回升，目前平原区地下水埋深已累计回升 3.72 米。

为确保供水安全，南水北调中线工程通过“统一调度、集中控制、分级管理”实现调水过程自动化、远程监控可视化、运维管理信息化。为保障一渠清水永续北送，中线工程建立由“1 个中心、4 个实验室、13 个自动监测站、30 个固定监测断面”构成的水质监测体系，对水体进行定期“体检”。此外，南水北调中线工程开发了自动化调度与决策支持系统、工程巡查维护实时监管系统等，为工程安全运行保驾护航。

（陈晨　《光明日报》　2021 年 7 月 20 日）

北方的你，喝上长江水了吗？南水北调中线调水达 400 亿立方米

你知道吗？在北京主城区，我们喝的水中，有七成多是来自南水北调的水。

南水北调中线工程以湖北、河南交界的丹江口水库为水源地，出陶岔、穿黄河，一路穿行在河南、河北、天津、北京。截至7月19日早上8时，南水北调中线工程自陶岔渠首累计调水入渠水量达400亿立方米，水质达到或优于地表水Ⅱ类标准。

这400亿立方米的“南水”，能让多少人受益？工程有哪些生态效益？如何确保工程安全运行？蓝蓝天记者用三个数字为您解读。

7900万人——
京津冀豫直接受益人口已增加至7900万人，较通水初期增加1倍多

华北大地上，有多少人喝上了长江水？

从丹江口水库到北京，一渠清水徐徐北上，惠泽沿线地区。最新数据显示，南水北调中线累计向河南省供水135亿立方米，向河北省供水116亿立方米，向天津供水65亿立方米，向北京供水68亿立方米。

在南水北调中线工程的陶岔渠首，“南水”自此北上。
（南水北调中线建管局供图）

据统计，中线工程惠及沿线20余个大中城市及131个县，受益人口逐年攀升，目前京津冀豫直接受益人口已增加至7900万人，比通水初期的3800万人增加1倍多。

南水北调中线建管局有关负责人介绍，中线工程通水近7年来，已由规划时沿线大中城市生活用水的补充水源，转变为主要水源，改变了京津冀豫受水区供水格局。中线各受水城市的生活供水保证率从最低不足75%提高到

95%以上。

在北京，1300万群众喝上甘甜的“南水”。“南水”已成为保障首都城区用水的主力水源，占主城区供水量的7成多，大兴、门头沟、昌平、通州等部分区域也用上了“南水”。北京市累计完成市内配套输水管线约130公里，其中含团城湖调节池向密云水库反向输水管线22公里，实现了南水北调中线与密云水库的连通。

在天津，1200万人受益，“南水”已成为天津城区生活用水的主要水源，14个主城区居民全部用上“南水”。为提升农村居民饮水质量，天津建设集中供水厂，延伸自来水管网，基本实现城乡供水一体化，逐步用南水北调水代替地下水源。

在河南，郑州、南阳、平顶山、漯河、周口、许昌、焦作、新乡、鹤壁、安阳、濮阳等11个市，及邓州、滑县等40个县（县级市）的2400万群众全部用上“南水”。

在河北，中线工程供水范围已覆盖石家庄、邯郸、邢台等7个市，以及定州、辛集等90余个县（县级市），惠及3000万群众。中线总干渠与河北配套工程构筑起安全供水网络体系，通过40余座分水口、128座地表水厂，将优质的“南水”送达受水市县。

48条河流——
中线工程累计向北方48条河流生态补水达59亿立方米

华北地区水资源严重短缺，自然河常常断流，地下水一度超采严重。

南水北调中线工程在保障群众用水安全的前提下，充分利用水资源，通过生态补水，促进沿线河湖生态不断恢复，水环境持续改善，为淮河、海河、黄河流域河湖水系健康、水生态系统良性循环提供了重要支撑。

滹沱河是河北石家庄的母亲河。曾几何时，河水断流，河道垃圾遍地。这几年，通过南水北调中线工程实现生态补水，滹沱河重现波光粼粼的景象。

数据显示，与2018年补水前相比，滹沱河沿线两侧10公里范围内，地下水水位回升0.54米。同时，石家庄市启动滹沱河综合整治工程、滹沱河生态修复工程等一系列工程，石家庄市形成了近2700公顷水面、万余公顷绿地，沿线形成一个个网红打卡地。

生态补水后的白洋淀波光粼粼。（南水北调中线建管局供图）

变化不仅仅发生在滹沱河。如今，河南、河北境内白河、滏阳河、七里河、瀑河、大清河等多条河流重现水清岸美。白洋淀蓄水量达 3.67 亿立方米，水面面积达 267 平方公里，水质持续好转，湖心区水质稳定为Ⅳ类，达到近 10 年最好水平。天津市海河水质明显改善。北京永定河、潮白河的水多起来了。

有了生态补水，华北地下水超采大大缓解。以北京为例，近年来，北京逐步关停自备井、大幅压采地下水，还利用“南水”向重点水源地及城市河湖补水。水务部门数据显示，自 2016 年起，北京地下水水位开始“止降回升”，目前平原区地下水埋深已累计回升 3.72 米。延庆、昌平等京郊地区干涸多年的山泉，在通水后陆续出现了复涌现象。

截至目前，中线工程累计向北方 48 条河流生态补水达 59 亿立方米，其中，华北地区地下水超采综合治理河段回补 37.89 亿立方米，区域水环境质量明显提升。

2400 多天——
中线工程连续安全平稳运行 2400 多天

冬天，遇到结冰，水还能顺畅北上吗？夏天，遇到暴雨天，工程如何安全度汛？平日里，如何确保水质安全？

清水跋涉上千公里，一路上遇到的难题不少。连续 2400 多天平稳运行的背后，是南水北调工程管理水平的不断提升。

一套完善的制度，确保工程安全运行。为确保冰期顺利输水，相关部门建立完善的水量调度、巡查制度；增加拦冰索、拦冰桶等方式，消除冰冻灾害对输水调度的安全影响。在汛期，相关部门加强预警预测，值守巡查，最大限度确保防汛安全。

“南水”正流经南水北调中线工程邢台市区段渠道。
（南水北调中线建管局供图）

一系列新技术，让南水北调中线变成一条“智慧线”。南水北调中线建管局依托信息化手段，开发自动化调度与决策支持系统、工程巡查维护实时监管系统等，推进了中线工程 44 个管理处全场景视频智能分析，为工程安全运行保驾护航。

目前，中线工程建立由“1 个中心、4 个实验室、13 个自动监测站、30 个固定监测断面”构成了水质监测体系。视频监控、电子围栏、水质日常巡查、警务室人员联动配合，可及时发现并处置水质异常情况。

“惠南庄水质自动监测站每天开展 4 次监测，监测 12 项指标参数。目前中线工程水质稳定或优于地表水Ⅱ类。”南水北调中线建管局北京分局水质检测员李燕说。

（《人民日报》 2021 年 7 月 23 日）

中线，400 亿立方米！

不舍昼夜护送一渠清水北上的超级工程南水北调再写新纪录——7 月 19

日8时，南水北调中线一期工程自陶岔渠首累计调水入渠水量达400亿立方米，向河南省供水135亿立方米，向河北省供水116亿立方米，向天津供水65亿立方米，向北京供水68亿立方米。其中，向津冀豫生态补水59亿立方米。工程连续安全平稳运行2400多天，水质达到或优于地表水Ⅱ类标准，优化了水资源配置格局，保障了群众用水安全，复苏了沿线河湖生态环境，受水区人民群众的获得感、幸福感、安全感显著增强。

2014年12月12日14时32分，随着河南南阳陶岔渠首大闸缓缓开启，蓄势已久的南水奔涌而出。自此，南水北调中线工程正式通水。近7年来，工程供水由“辅”变“主”，已由规划时的受水区沿线大中城市生活用水的补充水源，转变为主要水源，改变了京津冀豫受水区供水格局。中线各受水城市的生活供水保证率从最低不足75%提高到95%以上。

工程供水目标达效速度由“慢”变“快”，中线工程调水量逐年递增，通水6年即达效，2020年度实际供水86.22亿立方米，超过中线工程规划多年平均供水规模。

随着调水量的递增，受水区用水需求由“弱”变“强”，沿线各省市在节水优先的前提下，高效利用南水北调水源，北京已3个年度、天津已连续5个年度加大南水用水水量，河南、河北两省年度南水用水量呈逐年增加趋势。

中线工程惠及沿线20余个大中城市及131个县，受益人口逐年攀升，目前京津冀豫直接受益人口已增加至7900万人，比通水初期的3800万受益人口增加1倍多。北京1300万群众喝上甘甜的南水，南水占主城区供水量的7成多；天津1200万人受益，14个主城区居民全部用上南水；河南郑州、南阳、平顶山、漯河、周口、许昌、焦作、新乡、鹤壁、安阳、濮阳等11个省辖市及邓州、滑县等40个县级市的2400万群众全部用上南水；河北3000万群众受益，中线工程供水范围已覆盖石家庄、邯郸、邢台等7个省辖市，及定州、辛集等90余个县级市。

在优化供水格局的同时，南水北调中线工程还发挥着重要的生态功能。截至目前，中线工程累计向北方48条河流生态补水达59亿立方米，其中，华北地区地下水超采综合治理河段回补37.89亿立方米。河湖水质提高，水生态系统修复，区域水环境质量和宜居性明显提升。

如今，白洋淀蓄水量达3.67亿立方米，水面面积达267平方公里，水质持续好转，湖心区水质稳定为四类，达到近10年最好水平。天津市海河水位升高，河道水质明显改善。北京永定河、潮白河水量丰沛，重现清水灵动、鸟语蛙鸣的自然景观。而且，由于南水的持续补充，近年来，北京逐步关停自备井、大幅压采地下水，地下水水位显著回升，目前平原区地下水埋深累计回升3.72米。

为保证工程安全、供水安全和水质安全，南水北调中线工程还运用了许多高新技术手段，如建设自动化调度闸控系统，实现水位、流量、闸门开度等调度信息的自动采集和各类闸门的远程自动控制，各级调度机构可精准开展输水调度；如建立由“1个中心、4个实验室、13个自动监测站、30个固定监测断面”构成的水质监测体系对水体进行定期“体检”；如开发自动化调度与决策支持系统、工程巡查维护实时监管系统等为工程安全运行保驾护航。

解渴北方居民、解渴北方大地、解渴北方河湖——南水北调东中线在我国水资源版图刻下的输水大动脉，犹如一条生命线，为沿线地区发展注入澎湃生机和无尽活力。一路奔流，一路润泽，这就是南水北调！滴滴南水，来之不易，请珍惜每一滴水！

（陈晨 《光明日报》 2021年7月20日）

南水北调中线工程运行安全平稳

记者从水利部获悉：7月17日以来，南水北调中线工程河南段沿线大部分地区及河北段部分地区遭遇入汛以来范围最广、强度最大的强降雨。南水北调中线河南河北段工程迎来了通水后最大的考验。截至目前，中线工程险情可控，防汛抢险各项工作正紧张有序开展，工程总体运行安全平稳，供水总体有序，水质稳定达标。监测数据显示，总干渠沿线输水水质满足要求。

（王浩 《人民日报》 2021年7月25日）

推进南水北调后续工程高质量发展（深入学习贯彻习近平新时代中国特色社会主义思想）

习近平总书记在推进南水北调后续工程高质量发展座谈会上的重要讲话中，充分肯定南水北调工程的重大意义，系统总结实施重大跨流域调水工程的宝贵经验，明确提出继续科学推进实施调水工程的总体要求，对做好南水北调后续工程的重点任务作出全面部署，为推进南水北调后续工程高质量发展指明了方向、提供了根本遵循。推进南水北调后续工程高质量发展，必须认真学习贯彻习近平总书记重要讲话、重要指示批示精神，科学推进实施调水工程，加强和优化水资源供给，为全面建设社会主义现代化国家提供有力水安全保障。

深刻认识南水北调工程的重大意义

水是生存之本、文明之源。为全面建设社会主义现代化国家提供有力水安全保障，必须心怀“国之大者”，从讲政治、谋全局、顾长远的战略高度深刻认识南水北调工程的重大意义，进一步强化推进南水北调后续工程高质量发展的责任担当。

习近平总书记强调：“南水北调工程事关战略全局、事关长远发展、事关人民福祉。”南水北调工程是党中央决策建设的重大战略性基础设施，是优化水资源配置、保障群众饮水安全、复苏河湖生态环境、畅通南北经济循环的生命线和大动脉，功在当代、利在千秋。南水北调东线、中线一期主体工程建成通水以来，已累计调水 400 多亿立方米，直接受益人口达 1.2 亿，在经济社会发展和生态环境保护方面发挥了重要作用。推进南水北调后续工程高质量发展，需要深入分析南水北调工程面临的新形势新任务，完整、准确、全面贯彻新发展理念，按照高质量发展要求，统筹发展和安全，坚持节水优先、空间均衡、系统治理、两手发力的治水思路，遵循确有需要、生态安全、可以持续的重大水利工程论证原则，立足流域整体和水资源空间均衡配置，科学推进工程规划建设，提高水资源集约节约利用水平。

进入新发展阶段、贯彻新发展理念、构建新发展格局，形成全国统一大市场和畅通的国内大循环，促进南北方协调发展，需要水资源有力支撑。要立足全面建设社会主义现代化国家新征程，锚定全面提升水安全保障能力的目标，加强前瞻性思考、全局性谋划、战略性布局、整体性推进，在全面加强节水、强化水资源刚性约束的前提下，统筹加强需求和供给管理，坚持系统观念，坚持遵循规律，坚持节水优先，坚持经济合理，加强生态环境保护，加快构建国家水网，全面促进水资源利用和国土空间布局、自然生态系统相协调，不断增强我国水资源统筹调配能力、供水保障能力和战略储备能力。

传承发扬实施重大跨流域调水工程的宝贵经验

习近平总书记指出："南水北调等重大工程的实施，使我们积累了实施重大跨流域调水工程的宝贵经验。"新中国成立后，我们党领导开展了大规模水利工程建设。党的十八大以来，以习近平同志为核心的党中央统筹推进水灾害防治、水资源节约、水生态保护修复、水环境治理，建成了一批跨流域跨区域重大引调水工程，积累了丰富而宝贵的经验，对于更好推进南水北调后续工程规划建设具有重要意义。

坚持全国一盘棋。习近平总书记强调："要合理安排生产力布局，对关系国民经济命脉、规模经济效益显著的重大项目，必须坚持全国一盘棋，统筹规划，科学布局。"重大跨流域调水工程涉及多流域、多省市、多领域、多目标，规模宏大、系统复杂、任务艰巨。在南水北调工程实践中，党中央统一指挥、统一协调、统一调度。从中央层面优化资源配置，鲜明体现我国国家制度和国家治理体系的显著优势。实践证明，必须坚持局部服从全局、地方服从中央，实现各个方面良性互动、各项政策衔接配套、各项举措相互耦合，有序推进南水北调后续工程各级各项各环节工作，在统筹协调中提升整体效能。

集中力量办大事。习近平总书记指出："正是因为始终在党的领导下，集中力量办大事，国家统一有效组织各项事业、开展各项工作，才能成功应对一系列重大风险挑战、克服无数艰难险阻，始终沿着正确方向稳步前进。"在南水北调工程实施过程中，党中央统一推动，把方向、谋大局、定政策、促改革，集中保障资金、用地等建设要素，举全国之力规划论证和组织实施，广泛调动经济资源、人才资源、技术资源，统筹做好移民安置等工作；各地区各部门和衷共济，43.5 万移民群众顾全大局，数十万建设者矢志奋斗，一大批科研单位攻坚克难，形成了实施重大跨流域调水工程的强大合力。实践证明，只要充分发挥社会主义集中力量办大事的制度优势，必定能战胜一切艰难险阻，推动治水事业不断取得新成效。

尊重客观规律。习近平总书记强调："要处理好尊重客观规律和发挥主观能动性的关系。"南水北调工程从规划论证到建设实施，始终坚持科学比选、周密计划，始终坚持生态优先、绿色发展，先后组织上百次国家层面会议，6000 多人次专家参加论证，合理确定工程规模、总体布局和实施方案，最终实现经济、社会、生态效益相统一。实践证明，重大跨流域调水工程关系经济社会发展全局，必须遵循经济规律、自然规律、社会规律，科学审慎论证方案，重视生态环境保护，既讲人定胜天，也讲人水和谐。

规划统筹引领。从提出设想到实施建设，多年来南水北调工程始终把规划作为推进工作的重中之重。经过几代人广泛深入的勘测、研究、论证、比选，最终形成《南水北调工程总体规划》，统筹长江、淮河、黄河、海河四大流域水资源情势，兼顾各有关地区和行业需求，确定了"四横三纵、南北调配、东西互济"的总体格局。实践证明，实施重大跨流域调水工程，必须加强顶层设计，优化战略安排，充分发挥规划的先导作用、主导作用和统筹作用。

重视节水治污。南水北调工程始终把节水、治污放在突出位置。一方面，加强节水管理，倒逼产业结构调整和转型升级，受水区节水达到全国先进水平；另一方面，探索形成"政府主导、企业参与、社会监督、多方配合"的治污工作模式，强化东线治污和中线水源地保护。实践证明，调水工程是生态工程、绿色工程，必须坚持先节水后调水、先治污后通水、先环保后用水，促进人与自然和谐共生。

精准调度水量。水量调度是重大调水工程运行管理的重点内容。南水北调东线、中线一期工程通水后，通过多种措施全面掌握调水区来水情况和受水区用水需求，统筹经济社会发展和生态环境保护需要，科学编制年度水量调度计划，根据实时水情精准调度，确保优质水资源安全送达千家万户、江河湖泊。实践证明，面对工程沿线不同地域、不同受众、不同水情、不同需求，必须细化制定水量分配方案，加强从水源到用户的精准调度，不断增强人民群众的获得感、幸福感、安全感。

高质量推进调水工程，努力提升水安全保障能力

习近平总书记强调：“继续科学推进实施调水工程，要在全面加强节水、强化水资源刚性约束的前提下，统筹加强需求和供给管理。”高质量推进调水工程，努力提升水安全保障能力，事关保持经济社会持续健康发展。必须从守护生命线的政治高度，扎实推进南水北调后续工程高质量发展，抓紧做好后续工程规划设计，继续加强东线、中线一期工程的安全管理和调度管理。

科学统筹指导和推进后续工程建设。深入分析南水北调工程面临的新形势新任务，准确把握东线、中线、西线三条线路的各自特点，审时度势、科学布局。认真评估《南水北调工程总体规划》实施情况，分析其依据的基础条件变化，研判这些变化对加强和优化水资源供给提出的新要求。处理好发展和保护、利用和修复的关系，继续深化后续工程规划和建设方案比选论证，科学确定工程规模和总体布局。准确研判受水区经济社会发展形势和水资源动态演变趋势，深入开展重大问题研究，创新工程体制机制，摸清底数、厘清问题、优化对策，确保拿出来的规划设计方案经得起历史和实践检验。

坚持和落实节水优先方针。从观念、意识、措施等各方面把节水放在优先位置，把节水作为受水区的根本出路，长期深入做好节水工作。加快建立水资源刚性约束制度，严格用水总量控制，根据水资源承载能力优化城市空间布局、产业结构、人口规模。大力实施国家节水行动，统筹生产、生活、生态用水，大力推进农业节水增效、工业节水减排、城镇节水降损，提高水资源集约节约利用水平。处理好开源和节流、存量和增量、时间和空间的关系，坚决避免敞口用水、过度调水。依托南水北调工程等水利枢纽设施及各类水情教育基地，积极开展国情水情教育，增强全社会节水洁水意识。

确保南水北调工程安全、供水安全、水质安全。优化南水北调东线、中线一期工程运用方案，实现工程综合效益最大化。建立完善的安全风险防控体系和应急管理体系，加强对工程设施的监测、检查、巡查、维修、养护，确保工程安全。精确精准调水，科学制订落实水量调度计划，优化水量省际配置，最大限度满足受水区合理用水需求，确保供水安全。加大生态保护力

度，加强水源区和工程沿线水资源保护，抓好输水沿线区和受水区污染防治和生态环境保护工作，完善水质监测体系和应急处置预案，确保水质安全。结合巩固拓展水利扶贫成果、推进乡村振兴，继续做好移民安置后续帮扶工作，确保搬迁群众稳得住、能发展、可致富。

加快构建国家水网。以全面提升水安全保障能力为目标，以优化水资源配置体系、完善流域防洪减灾体系为重点，统筹存量和增量，加强互联互通，加快构建国家水网主骨架和大动脉，加快形成“系统完备、安全可靠，集约高效、绿色智能，循环通畅、调控有序”的国家水网。立足流域整体和水资源空间均衡配置，遵循确有需要、生态安全、可以持续的重大水利工程论证原则，实施重大引调水、供水灌溉、防洪减灾等骨干工程建设。坚持科技引领和数字赋能，综合运用大数据、云计算、仿真模拟、数字孪生等科技手段，提升国家水网的数字化、网络化、智能化水平，更高质量保障国家水安全。

（李国英　《人民日报》　2021 年 7 月 29 日）

南水北调中线工程水源区水生态环境保护第一次联席会议在鄂举行

南水北调中线工程水源区水生态环境保护联席会议第一次会议日前在湖北省丹江口市召开，水源区水生态环境保护联席会议制度正式建立。

南水北调中线工程水源区水生态环境保护联席会议制度由陕西省汉中、安康、商洛市人民政府，河南省南阳市人民政府、湖北省十堰市人民政府，陕西省、河南省、湖北省生态环境厅和生态环境部长江流域生态环境监督管理局共同协商建立，旨在形成跨区域跨部门合作机制，联合治水、治污，确保“一泓清水永续北上”。

会议提出推进完善现有生态保护补偿机制，综合运用财政和市场手段，国家补偿和外部补偿相结合，为水源区保护构建“造血”机制。生态保护补偿分为纵向补偿与横向补偿，其中纵向补偿为中央和国家有关部委对水源区生态环境保护和经济可持续发展提供的政策扶持、纵向引导和奖励资金支持；横向补偿为按照谁受益谁补偿的原则，由调水受益方对水源区给予项目和资金支持。

会议还提出构建水生态环境保护评估体系，建立补偿评估指标，资金的使用去向和执行率、项目的完成率指标，并根据既定指标、标准对水源区水生态保护情况进行定期评估。

会议还商讨了近期重点推动水源区保护规划落实、信息共享机制建设、联合监督执法与应急防控、生态环境专项调查与治理等工作。

（贾金明　新华社　2021 年 8 月 11 日）

南水北调中线水源地蓄水创新高——

丹江口水库首次实现 170 米满蓄目标

记者从水利部获悉，10 月 10 日 14 时，丹江口水库水位蓄至 170 米正常蓄水位，这是水库大坝自 2013 年加高后第一次蓄满。此次蓄至 170 米，丹江口水库的有效库容首次达到规划设计的 161.22 亿立方米，标志着今年汉江秋汛防御与汛后蓄水取得胜利，为南水北调中线工程和汉江中下游供水打下坚实的基础，也为丹江口枢纽工程整体竣工验收创造了有利条件。

据悉，在设计条件下，丹江口水库多年平均蓄满率约为 11%，这意味着平均每十年左右丹江口水库才能蓄满一次。秋汛以来，汉江上游降水量 520 毫米，较常年偏多 1.5 倍，丹江口水库秋汛累计来水量约 340 亿立方米，较常年同期偏多约 4 倍，为 1969 年建库以来历史同期第 1 位。

水利部分析研判汉江流域水雨情、丹江口水库蓄水形势，强化丹江口等干支流水库群联合调度，统筹安排部署秋汛洪水防御和汛末蓄水工作。长江水利委员会科学精细调度以丹江口水库为核心的汉江上中游干支流控制性水库群，在确保防洪安全的前提下，充分利用洪水资源，实现了丹江口水库加高后首次蓄水至正常蓄水位的调度目标。水利部组织长江水利委员会批复了丹江口水库 2021 年汛末提前蓄水计划，根据来水情况逐日动态优化调整，特别是10月1日以来，发出11道调度令，精准控制泄洪流量和蓄水进程，精细合理控制水库水位，确保防洪安全和水库满蓄双目标的圆满实现。

目前，各项安全监测数据表明，丹江口水库大坝运行状态正常。

（王浩 《人民日报海外版》 2021年10月19日）

南水北调工程实现2020—2021年度调水逾91亿立方米

记者21日从中国南水北调集团有限公司了解到，南水北调工程经受住自2014年建成通水以来最严峻的防汛风险考验，供水正常有序。截至10月15日8时，中线工程实现年度调水84.64亿立方米，完成2020—2021年度调水计划的114%；东线工程调水入山东6.74亿立方米，已完成2020—2021年度调水任务。

据南水北调集团有关负责人介绍，今年以来，南水北调中线工程沿线共发生9次大暴雨以上等级的强降雨过程，降雨量和持续时间均超常年；东线工程沿线有6个雨量站降雨超过有气象记录以来极值。从水情看，中线工程沿线交叉河流的洪水规模和发生次数均超常年，东线工程沿线洪泽湖、骆马湖等出现超汛限、超警戒水位情况。

对此，南水北调集团把“预报、预警、预演、预案”作为安全度汛的关键抓手。南水北调中线工程几十座节制闸、退水闸、控制闸全线联调，稳定控制陶岔渠首入总干渠流量和渠道水位，及时对风险渠段闸门作出应急响应；东线工程为应对台风来袭，相继开启有关泵站、闸站，全力投入排涝运行。

与此同时，南水北调集团深化与水利、应急管理部门和工程沿线省市县政府的联防联动机制建设，主动融入地方防汛体系，并全力配合地方政府及时处置险情，形成了防汛保安全的合力。

目前，南水北调中线工程运行安全平稳，供水正常有序，水质稳定达标，正以400立方米每秒的加大流量向北方地区调水，努力实现洪水资源化利用，同时为减轻汉江防汛压力作出贡献；东线工程在确保工程安全的同时，积极发挥排涝泄洪作用，正全力协助东平湖泄洪，确保黄河下游防汛安全。

（刘诗平　新华社　2021 年 10 月 21 日）

扎实推进南水北调后续工程高质量发展

习近平总书记在推进南水北调后续工程高质量发展座谈会上的重要讲话中，充分肯定南水北调工程的重大意义，系统总结实施重大跨流域调水工程的宝贵经验，明确提出继续科学推进实施调水工程的总体要求，对做好南水北调后续工程的重点任务作出全面部署。习近平总书记的重要讲话，为扎实推进南水北调后续工程高质量发展指明了方向、提供了根本遵循，中国南水北调集团有限公司（以下简称“中国南水北调集团”）要深入贯彻落实。

切实增强政治责任感和历史使命感

南水北调工程是实现我国水资源优化配置、促进经济社会可持续发展、保障和改善民生的重大战略性基础设施。党的十八大以来，南水北调东线、中线一期主体工程建成通水，已累计调水近 500 亿立方米，直接受益人口达 1.4 亿，在经济社会发展和生态环境保护方面发挥了重要作用。

习近平总书记指出：“进入新发展阶段、贯彻新发展理念、构建新发展格局，形成全国统一大市场和畅通的国内大循环，促进南北方协调发展，需要水资源的有力支撑。”推进南水北调后续工程高质量发展，对于进一步提高我国水资源支撑经济社会发展能力，优化国家中长期发展战略格局具有重要意义。中国南水北调集团在保障国家水安全、改善生态环境等方面肩负着重要责任、发挥着重要作用。我们一定要不断提高政治判断力、政治领悟力、政治执行力，切实增强做好南水北调工作的政治责任感和历史使命感，心怀“国之大者”，在高质量推进南水北调后续工程、加快构建国家水网中发挥好国家队、主力军作用，确保向党和人民交出一份满意答卷。

牢牢把握推进南水北调后续工程高质量发展的内在要求

推进南水北调后续工程高质量发展，必须完整、准确、全面贯彻新发展理念，统筹发展和安全，坚持“节水优先、空间均衡、系统治理、两手发力”的治水思路，遵循确有需要、生态安全、可以持续的重大水利工程论证原则，立足流域整体和水资源空间均衡配置，科学推进工程规划建设。

坚持以人民为中心。当前，人民群众对美好生活的需要日益增长，对优质水资源、健康水生态、宜居水环境的需求也在不断提升。近年来，居民生活用水和生态环境用水呈增长态势，受水区对南水北调的供水需求进一步提升。必须坚持加强供需趋势分析研判，更加精确精准调水，促进已建工程提质增效，推进后续工程规划建设，让人民群众享有更加安全、更加可靠、更加优质的水资源。

全力服务国家战略。这些年，我国经济总量、产业结构、城镇化水平等显著提升，京津冀协同发展、长江经济带发展、长三角一体化发展、黄河流域生态保护和高质量发展等区域重大战略相继实施，这些都对加强和优化水资源供给提出了新的要求。我们要准确把握南水北调东线、中线、西线的各自特点，加强顶层设计，优化战略安排，统筹推进后续工程建设。

坚决守住安全底线。推进南水北调后续工程高质量发展，必须牢固树立总体国家安全观，坚定不移把安全作为重中之重，坚持底线思维，增强风险意识，把安全工作做深入做扎实，确保南水北调工程安全、供水安全、水质安全。

统筹调水节水。高质量推进南水北调后续工程，调水、节水同等重要。要积极响应国家节水行动，在工程规划论证中加强节水评估，积极协调推进南水北调供水价格改革，着力促进优水优用、节约用水，不断提高水资源集约节约利用水平。

坚持绿色发展。推进南水北调后续工程高质量发展，必须牢固树立绿色发展理念，充分尊重自然、顺应自然、保护自然，加强水源区和沿线地区生态环境保护，科学布局调水线路、合理确定调水规模、精准把握调水时序，促进生态环境改善。

做到“两手发力”。推进南水北调后续工程高质量发展，必须做到政府和市场两手发力，充分发挥市场在资源配置中的决定性作用，更好发挥政府作用。建立完善现代企业制度，厘顺南水北调工程建设运营体制机制，推进水价和水费收缴机制改革，建立合理回报机制，引导和支持更多社会资本参与工程投资运营。

坚持创新驱动发展。习近平总书记指出：“抓住了创新，就抓住了牵动经济社会发展全局的‘牛鼻子’。”南水北调东、中线一期工程在建设期间积累了一大批科技创新成果。推进南水北调后续工程高质量发展，必须坚持把创新作为引领发展的第一动力，全面加强科技创新、管理创新、制度创新，努力培养造就一批战略科技人才、科技领军人才、青年科技人才和创新团队。

在推进南水北调后续工程高质量发展中积极担当作为

中国南水北调集团成立以来，深入学习贯彻习近平总书记重要讲话、重要指示批示精神和党中央决策部署，全面对接国家重大发展战略，对接水利部总体工作安排，找准目标定位和发展方向，积极担当作为，扎实推进南水北调后续工程高质量发展。

办好“国之大事”。习近平总书记指出：“南水北调工程事关战略全局、事关长远发展、事关人民福祉。”南水北调是“国之大事”，推进南水北调后续工程高质量发展，必须以政治建设为统领，坚持和加强党的全面领导，切实增强“四个意识”、坚定“四个自信”、做到“两个维护”，进一步加强顶层设计，优化战略安排，统筹推进后续工程建设。

把安全责任扛在肩上。牢固树立总体国家安全观，坚定不移把维护南水北调工程安全、供水安全、水质安全的责任扛在肩上，既重视已建工程运行安全，又重视后续工程建设安全，建立健全统一高效的水资源配置和调度运行机制，探索建立生态补水长效机制，充分发挥南水北调工程的社会、经济、生态效益。

加快构建国家水网。中国南水北调集团以全面提升水安全保障能力为目标，以优化水资源配置体系、完善流域防洪减灾体系为重点，加快构建国家水网主骨架和大动脉。充分利用自身优势，不断延展水网布局，积极参与区域水网、地方水网建设，助力形成“系统完备、安全可靠，集约高效、绿色智能，循环通畅、调控有序”的国家水网。

聚焦主责主业。围绕推进南水北调后续工程高质量发展，着力延长水产业链、生态环保产业链、工程建设运营产业链，不断做大做强集团公司和国有资本。充分利用新技术提高数字化、网络化、智能化能力水平，构建数字赋能平台，推动数字化与水产业链、工程建设运营产业链等深度融合。

建设国际一流企业。以打造国际一流跨流域供水工程开发运营集团化企业为目标，全面盘活存量资产、优化增量配置，高标准推进国企改革三年行动，建立健全中国特色现代企业制度。努力打造调水行业龙头企业、国家水网建设领军企业、水安全保障骨干企业，全面提升企业竞争力、创新力、控制力、影响力和抗风险能力，锻造一流工程、一流企业、一流品牌，充分展现水资源宏观配置的中国速度和中国力量。

（蒋旭光 《人民日报》 2021 年 10 月 22 日）

调水超 90 亿立方米！南水北调中线一期工程超额完成年度调水计划

记者从水利部获悉，截至 11 月 1 日零点，南水北调中线一期工程 2020—2021 年度调水任务结束，向河南、河北、北京、天津四省市调水超 90 亿立方米，为水利部下达年度调水计划 74.23 亿立方米的 121%，创历史新高。通水近 7 年来，中线一期工程累计调水超 430 亿立方米，为京津冀协同发展、雄安新区建设等国家战略实施提供了有力水安全保障。

据介绍，今年以来，南水北调中线一期工程沿线共发生 10 次强降雨过程，降雨量和持续时间均超常年，尤其是郑州地区，降水量突破历史极值，工程经历了建成通水以来降雨强度最大、影响范围最广、破坏力最强的特大暴雨洪水考验。

水利部相关负责人表示，面对汛情，水利部督导工程运行管理单位加强工情水情监测和调度运行管理，强化责任落实和值班值守，保障信息畅通，确保各项指令迅速、及时执行到位。针对多轮强降雨，中线工程调度工作提前预判、快速反应、灵活应对、动态跟踪，几十座节制闸、退水闸、控制闸全线联调，累计下达调度指令4300多门次，稳定控制陶岔渠首入总干渠流量和渠道水位。在强降雨影响区域范围，提前预置抢险资源，布设87个驻守点，累计投入抢险人员7650余人次、设备1600余台次。同时，与沿线省市防汛部门建立联防联动机制，实现了应急抢险互相支援，及时发现险情并快速处置，确保工程安全度汛。

2020—2021调水年度，按照水利部统一安排，中线一期工程加大生态补水力度，为华北地下水超采综合治理发挥了重要作用，6月7日至7月8日，向滹沱河、大清河（白洋淀）夏季生态补水1.14亿立方米，推动了滹沱河、瀑河、南拒马河等河流生态环境持续向好。8月至9月，首次通过北京段大宁调节池退水闸向永定河生态补水，助力永定河实现了865公里河道自1996年以来首次全线通水。

8月下旬以来，汉江发生秋季大洪水。丹江口水库累计来水量340亿立方米，较常年同期偏多约4倍，为1969年建库以来历史同期第1位，10月10日丹江口水库首次蓄水至正常蓄水位170米。在水利部联合调度和统筹安排下，中线一期工程充分利用洪水资源加大流量向北方调水，推进生态补水常态化。9月3日，中线一期工程开启2020—2021年度加大流量每秒超350立方米输水。10月7日，陶岔渠首入总干渠流量达400立方米每秒。

在加大流量输水状态下，中线一期工程本年度生态补水总量达19.89亿立方米，其中华北地区地下水超采综合治理河湖生态补水13.32亿立方米，为水利部下达生态补水计划5.8亿立方米的230%。其中，向河北生态补水12.82亿立方米，向河南生态补水6.58亿立方米，向北京生态补水0.50亿立方米。

据统计，通水以来，中线一期工程累计向北方50余条河流进行生态补水，补水总量达69亿立方米，全面助力华北地下水超采综合治理和河湖生态环境复苏，部分区域地下水位止跌回升，生态环境得到有效改善，工程生态效益明显。

中国南水北调集团相关负责人介绍，截至目前，中线一期工程向北京、天津、石家庄、郑州等20多座大中城市、130个县供水，已成为京津冀豫沿线大中城市主力水源，受益人口连年攀升，直接受益人口达7900万人，其中北京市1300万人、天津市1200万人、河北省3000万人、河南省2400万人。工程从根本上改变了受水区供水格局，改善了用水水质，提高了供水保证率，特别是河北省黑龙港地区500多万人告别了苦咸水和高氟水，人民群众的幸

福感、安全感、获得感显著增强。

（余璐　人民网　2021 年 11 月 1 日）

南水北调中线一期工程超额完成调水计划

年度调水超 90 亿立方米创历史新高

记者从水利部获悉，截至 11 月 1 日零时，南水北调中线一期工程 2020—2021 年度调水任务结束，向河南、河北、北京、天津四省市调水超 90 亿立方米，为水利部下达年度调水计划 74.23 亿立方米的 121%，创历史新高。通水近 7 年来，中线一期工程累计调水超 430 亿立方米，为京津冀协同发展、雄安新区建设等国家战略实施提供了有力水安全保障。

据介绍，截至目前，中线一期工程向北京、天津、石家庄、郑州等 20 多座大中城市、130 个县供水，已成为京津冀豫沿线大中城市主力水源，直接受益人口达 7900 万人，其中北京市 1300 万人、天津市 1200 万人、河北省 3000 万人、河南省 2400 万人。工程从根本上改变了受水区供水格局，改善了用水水质，提高了供水保证率，其中河北省黑龙港地区 500 多万人告别了苦咸水和高氟水，人民群众的幸福感、安全感、获得感显著增强。

据统计，通水以来，中线一期工程累计向北方 50 多条河流进行生态补水，补水总量达 69 亿立方米，全面助力华北地下水超采综合治理和河湖生态环境复苏，部分区域地下水位止跌回升，生态环境得到有效改善，工程生态效益明显。

（潘旭涛　《人民日报海外版》　2021 年 11 月 2 日）

南水北调中线年度调水超九十亿立方米

近七年累计调水超四百三十亿立方米

记者从水利部获悉：截至 11 月 1 日零时，南水北调中线一期工程 2020—

2021年度调水任务结束，向河南、河北、北京、天津四省份调水超90亿立方米，约为水利部下达年度调水计划74.23亿立方米的121%，创历史新高。通水近7年来，中线一期工程累计调水超430亿立方米。

截至目前，中线一期工程向北京、天津、石家庄、郑州等20多座大中城市、130个县供水，已成为京津冀豫沿线大中城市主力水源，受益人口连年攀升，直接受益人口达7900万人。工程从根本上改变了受水区供水格局，改善了用水水质，提高了供水保证率，其中河北省黑龙港地区500多万人告别了苦咸水和高氟水。

今年以来，南水北调中线一期工程沿线共发生10次强降雨过程，降雨量和持续时间均超常年。水利部加强督导，中国南水北调集团全力做好调度运行管理，强化责任落实和值班值守，调度工作提前预判，几十座节制闸、退水闸、控制闸全线联调，累计下达调度指令4300多门次，稳定控制陶岔渠首入总干渠流量和渠道水位。

2020—2021调水年度，按照水利部统一安排，中线一期工程加大生态补水力度，为华北地区地下水超采综合治理发挥了重要作用。本年度生态补水总量达19.89亿立方米，其中华北地区地下水超采综合治理河湖生态补水13.32亿立方米，约为水利部下达生态补水计划5.8亿立方米的230%。据统计，通水以来，中线一期工程累计向北方50多条河流进行生态补水，补水总量达69亿立方米，全面助力华北地区地下水超采综合治理和河湖生态环境复苏，部分区域地下水位止跌回升，生态环境得到有效改善，工程生态效益明显。

（王浩 《人民日报》 2021年11月2日）

南水北调中线一期工程年度调水超90亿立方米

创历史新高

记者陈晨从水利部获悉，截至11月1日零点，南水北调中线一期工程2020—2021年度调水任务结束，共向河南、河北、北京、天津四省市调水超90亿立方米，为水利部下达年度调水计划74.23亿立方米的121%，创历史新高。通水近7年来，中线一期工程累计调水超430亿立方米，为京津冀协同发展、雄安新区建设等国家战略实施提供了有力水安全保障。

今年以来，南水北调中线一期工程沿线共发生10次强降雨过程，降雨量和持续时间均超常年，尤其是郑州地区降水量突破历史极值，工程经历了建成通水以来降雨强度最大、影响范围最广、破坏力最强的特大暴雨洪水考验。面对汛情，水利部督导工程运行管理单位加强工情水情监测和调度运行管理，强化责任落实和值班值守，确保各项指令迅速、及时执行到位。针对多轮强降雨，南水北调中线工程调度工作提前预判、快速反应、灵活应对、动态跟踪，几十座节制闸、退水闸、控制闸全线联调，累计下达调度指令4300多门次，稳定控制陶岔渠首入总干渠流量和渠道水位。在强降雨影响区域范围，提前预置抢险资源，布设87个驻守点，累计投入抢险人员7650余人次、设备1600余台次；与沿线省市防汛部门建立联防联动机制，实现了应急抢险互相支援，及时发现险情并快速处置，确保工程安全度汛。

2020—2021调水年度，按照水利部统一安排，南水北调中线一期工程加大生态补水力度，为华北地下水超采综合治理发挥了重要作用。6月7日至7月8日，向滹沱河、大清河（白洋淀）夏季生态补水1.14亿立方米，推动了滹沱河、瀑河、南拒马河等河流生态环境持续向好。8月至9月，首次通过北京段大宁调节池退水闸向永定河生态补水，助力永定河实现了865公里河道自1996年以来首次全线通水。

8月下旬以来，汉江发生秋季大洪水。丹江口水库累计来水量340亿立方米，较常年同期偏多约4倍，为1969年建库以来历史同期第1位，10月10日丹江口水库首次蓄水至正常蓄水位170米。在水利部联合调度和统筹安排下，南水北调中线一期工程充分利用洪水资源加大流量向北方调水，推进生态补水常态化，本年度生态补水总量达19.89亿立方米，其中华北地区地下水超采综合治理河湖生态补水13.32亿立方米，为水利部下达生态补水计划5.8亿立方米的230%。其中，向河北生态补水12.82亿立方米，向河南生态补水6.58亿立方米，向北京生态补水0.50亿立方米。据统计，通水以来，南水北调中线一期工程累计向北方50余条河流进行生态补水，补水总量达69亿立方米，全面助力华北地下水超采综合治理和河湖生态环境复苏，部分区域地下水位止跌回升，生态环境得到有效改善，工程生态效益明显。

中国南水北调集团相关负责人介绍，截至目前，南水北调中线一期工程向北京、天津、石家庄、郑州等20多座大中城市、130个县供水，已成为京津冀豫沿线大中城市主力水源，受益人口连年攀升，直接受益人口达7900万人，从根本上改变了受水区供水格局，改善了用水水质，提高了供水保证率，人民群众的幸福感、安全感、获得感显著增强。

（陈晨 《光明日报》 2021年11月2日）

南水北调大事记 为你解锁跨越半个世纪的超级工程

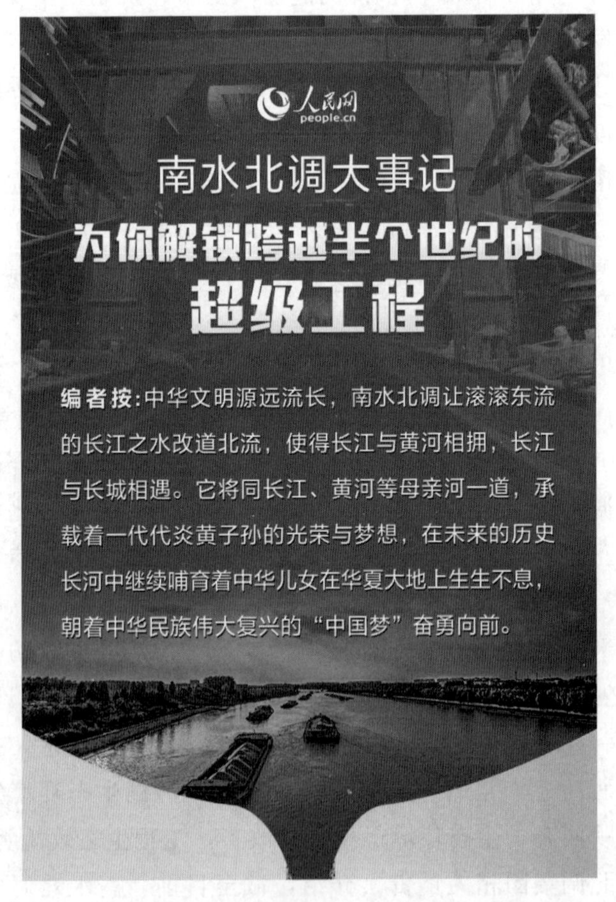

1952年10月30日

毛泽东在视察黄河时提出："南方水多，北方水少，如有可能，借点水来也是可以的。"这是南水北调宏伟构想的**首次**提出。

1958年3月25日

中共中央政治局在成都召开会议，正式批准兴建丹江口水利枢纽初期工程，为将来南水北调**预留通道**。

1958年8月29日

《中共中央关于水利工作的指示》明确指出，"（二）规划问题：除了各地区进行的规划工作外，全国范围的较长远的水利规划，首先是以南水（主要是长江水系）北调为主要目的的即将江、淮、河、汉、海河各流域联系为统一的水利系统的规划，和将松、辽各流域联系为统一的水利系统的规划，应即加速制订。"这是南水北调第一次见于中央**正式文件**。

1958年9月1日

丹江口水利枢纽工程**正式开工**。

1974年2月23日

丹江口水利枢纽工程建成。

1978年3月5日

五届全国人大一次会议通过的《政府工作报告》中**正式提出**，**"兴建把长江水引到黄河以北的南水北调工程。"**

1979年12月

水利电力部正式成立南水北调规划办公室，对南水北调工程进行统筹规划和综合研究。

1980年7月22日

邓小平视察丹江口水利枢纽工程，详细询问了初期工程建成后防洪、发电、灌溉效益与大坝二期加高情况。

1991年4月9日

七届全国人大四次会议批准《中华人民共和国国民经济和社会发展十年规划和第八个五年计划纲要》，将"开工建设南水北调工程"列入**"八五"计划**。

1992年10月18日

中国共产党第十四次全国代表大会批准了关于十三届中央委员会的报告。报告提出，"抓紧长江三峡水利枢纽、南水北调、西煤东运新铁路通道、千万吨级钢铁基地等跨世纪特大工程的兴建。"

1999年6月21日

江泽民在郑州主持召开黄河治理开发工作座谈会时指出，"为从根本上缓解我国北方地区严重缺水的局面，兴建南水北调工程是必要的，要在科学选比、周密计划的基础上，抓紧制定合理的切实可行的方案。"

2000年9月27日

朱镕基在中南海主持召开南水北调工程座谈会，听取国务院有关部门领导和各方面专家对南水北调工程的意见。他强调，必须正确认识和处理实施南水北调工程同节水、治理水污染和保护生态环境的关系，务必做到先节水后调水、先治污后通水、先环保后用水，南水北调工程的规划和实施要建立在节水、治污和生态环境保护的基础上。

2002年10月10日

江泽民主持召开中共中央政治局常务委员会会议，会议听取了国家计委主任和水利部部长受国务院委托作的《南水北调工程总体规划》汇报，会议审议并原则同意《南水北调工程总体规划》。

2002年12月23日

国务院正式批复《南水北调工程总体规划》。规划分东、中、西三条调水线路，分别从长江下、中、上游向北方地区调水。

调水总规模 448亿m^3

其中

西线	中线	东线
170亿m^3	130亿m^3	148亿m^3

2002年12月27日

南水北调东线一期工程正式开工，标志着南水北调工程进入建设阶段。

东线一期工程年调水规模 87.7亿m^3

2003年7月31日

国务院南水北调工程建设委员会成立，其任务是决定南水北调工程建设的重大方针、政策、措施和其他重大问题。

2003年12月30日

南水北调中线一期工程开工建设。

中线一期工程年调水规模 95m^3

2013年11月15日

南水北调东线一期工程正式通水。

习近平总书记作出重要指示，南水北调工程是事关国计民生的战略性基础设施，希望大家总结经验，加强管理，再接再厉，确保工程运行平稳、水质稳定达标，优质高效完成后续工程任务，促进科学发展，造福人民群众。

2014年12月12日

南水北调中线一期工程正式通水。

习近平总书记作出重要指示，南水北调工程功在当代，利在千秋。希望继续坚持先节水后调水、先治污后通水、先环保后用水的原则，加强运行管理，深化水质保护，强抓节约用水，保障移民发展，做好后续工程筹划，使之不断造福民族、造福人民。

2018年3月17日

十三届全国人大一次会议批准了国务院机构改革方案，国务院南水北调工程建设委员会及其办公室并入水利部。

2019年11月18日

李克强总理主持召开南水北调后续工程工作会议，强调推进南水北调后续工程建设。

2020年1月25日

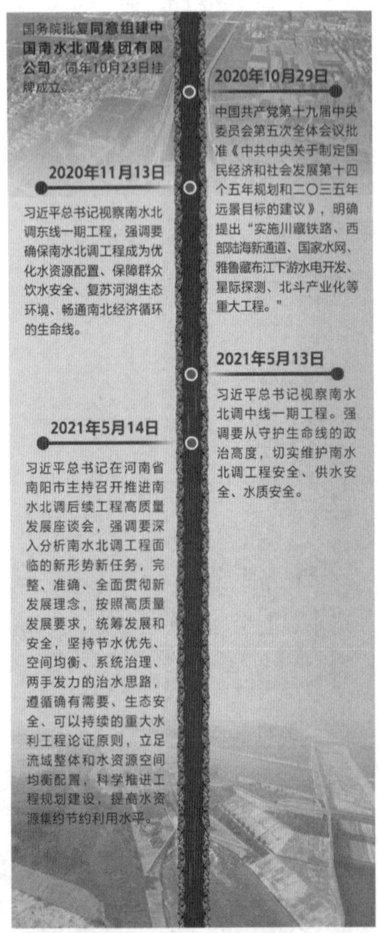

（人民网　2021 年 11 月 10 日）

从东平看南水：统筹调蓄与调水，兼顾经济与生态

——南水北调东线工程全面小康采风活动走进山东东平

2020年11月13日，习近平总书记考察南水北调东线工程扬州江都水利枢纽时强调，要继续推动南水北调东线工程建设，确保南水北调东线工程成为优化水资源配置、保障群众饮水安全、复苏河湖生态环境、畅通南北经济循环的生命线。

为深入贯彻习近平总书记重要讲话精神，认真落实中国南水北调集团部署安排，组织做好“四条生命线”工作，在习近平总书记考察南水北调东线工程近一周年之际，南水北调东线工程开展以“水脉相连　圆梦小康”的沿线课题调研活动。首站来到东线工程十三级泵站的最后一级八里湾泵站所在区域——山东省东平县。在这里，记者感受到南水北调东线工程对当地生态、经济等方面带来的推动作用，为建成小康社会高质量发展作出的贡献。

担防汛泄洪重任　南水北调可“逆流”

东平湖是黄河中下游唯一重要的蓄滞洪区，当花园口洪水流量达到每秒22300立方米时，东平湖则成为洪水蓄滞区，以此确保黄河下游群众的生命财产安全。

往年，防汛工作在9月中旬就结束了，而今年10月黄金周，受持续降雨影响，东平湖连续多日超警戒水位，防汛形势异常严峻。据南水北调东线八里湾泵站站长赵超介绍，南水北调东线山东干线公司泰安局穿黄河工程管理处和八里湾泵站管理处根据上级单位统一部署和要求，积极参与东平湖防汛任务，协助泄洪。南水北调东线穿黄河工程于10月1日开闸向下游泄水；10月2日，八里湾泄洪闸开启，南水北调运用梁济运河等输水渠道，灵活调度，南泄洪水，实现“逆流”，这也是当下的奇观。

通过每日及时记录上报水位变化得知，10月10日最大分洪流量$40m^3/s$，截止到10月18日上午8时，出湖闸已累计下泄水量4608.76万m^3。10月20日，东平县的全年防汛工作终于成功完成。

北方今年雨量增多，是不是不需要调水了？其实不然，降雨量增多，不意味着居民生活用水有安全保障。南水北调东线工程的年度调水时间一般在11月中下旬到次年的5月上旬。而今年聊城的莘县在9月提出应急调水需求，9月19日至9月24日，南水北调泰安局便向莘县应急供水126.62万m^3，有效解决了莘县城市生活用水的难题。

南水北调东线工程努力优化水资源配置、保障群众饮水安全，真正做到了防汛、调水两不误！

助力东平港航复兴　促南北经济循环

历史上，东平曾有过“日间帆樯如林，夜来桅杆似火”的繁荣，却随着1902年京杭大运河漕运停止而结束。

南水北调东线工程的实施为东平复航带来了新的生机，在东线一期工程建设过程中，南四湖至东平湖段以输水与航运结合为原则，长江水调入东平湖后，东平湖水位提升并保持稳定。泰安抢抓机遇，编制《泰安港总体规划》，借水行舟，今年9月，东平港正式获得港口经营许可证，终于结束了东平100多年来“有湖有港不通航”的窘境。

东平港位于京杭大运河已通航道的最北端，向北毗邻黄河，向南可途径淮河，通过长江口驶入太平洋直接出海，从而实现江河联运、河海联运。据统计，水路运输成本为公路运输成本的1/8、铁路运输成本的1/4。

东平港便利的运输条件和低廉的运输成本吸引了大量工业企业在周围聚集，形成临港产业区，还将带动船舶修造、港口物流、金融保险等相关产业发展，形成产业聚集区，社会效应十分明显。

东平的港航复兴不仅带动了腹地社会经济的持续增长，还促进了南北货物流通，为进一步畅通南北经济循环作出贡献！

保护水质安全　促进养鱼业升级

东平湖是南水北调东线工程重要的调蓄水库，作为长江水的再分配控制点，其水质直接影响到输水水质安全。为了保障清水北流，东线工程东平段相关部门开展退渔还湖、清网净湖、生态治理行动。

2019年数据显示，东平清网净湖行动累计腾空水面12万亩，拆除网箱6.7万架、网围8万余亩。渔民上岸后，大部分处于“闲散”状态，为当地发展二产、吸引投资提供了丰富的人力资源。

2020年，经过前期的细致调研，东平湖的水质、生态、物种等指标都符合规模化养鱼要求，中国林业集团入驻东平，将以生态为依托、以保水为前提，集约化发展养鱼产业。中国林业集团运用“以鱼养水”的模式，在东平湖积极推进4万亩保水渔业试验区建设，按照千岛湖生态模式，投放的鱼种以本地鱼种类为主，保持了当地水生态平衡、进一步修复了水环境。

为保证充分就业，助力上岸渔民转产转业，当地推进了手工艺品行业，辐射带动全镇5000多名上岸渔民、留守人员就业，并用政策优势吸引了外来企业，如天源服装股份有限公司在东平湖老湖镇成立东平友源制衣有限公司，项目全部达产后，可安置就业1000人。

目前，东平湖水质常年保持三类标准，部分地区达到二类标准。在退渔还湖的基础上进一步做好湖区水体、湖岸、入湖河流、山体、植被等的整治修复，湖区水质提升明显。

在优质水体的滋润下，在东平湖周边还涌现多个特色品牌产品，包括国家地理标志斑鸠店大蒜、安山大米、大青虾、红心咸鸭蛋等。

南水北调东线工程对水质的高要求和相关部门的生态治理珠联璧合，通过协力合作，不仅逐渐复苏河湖生态环境，还推动了地区经济可持续发展！

东平，因这南来之江水发生着巨大变化，这座城市也因此焕发着新的活力！

（陈晨 《光明日报》 2021年11月12日）

南水北调中线丹江口大坝加高工程通过完工验收

记者19日从水利部了解到，南水北调中线丹江口大坝加高工程和中线水源供水调度运行管理专项工程已通过水利部完工验收。

水利部主持成立南水北调中线丹江口大坝加高工程和中线水源供水调度运行管理专项工程两个设计单元工程完工验收委员会，于11月18日实地察看了工程现场，观看工程建设声像资料，听取相关工作报告，查阅有关资料，经讨论同意两个设计单元工程通过完工验收，并形成了工程完工验收鉴定书。

水利部副部长、验收委员会主任委员刘伟平表示，两项设计单元工程通过完工验收，标志着南水北调中线水源工程全面进入了运行管理阶段。南水北调中线通水以来，丹江口水利枢纽工程发挥了巨大的供水效益和重要的生态效益。作为汉江流域不可替代的重要防洪工程，丹江口水库发挥了重大防洪效益。

刘伟平要求，守住底线，确保工程安全、库区安全、供水安全、水质安全以及网络安全；推进水利高质量发展，提升管理水平；抓紧做好南水北调工程竣工验收准备。

丹江口大坝加高工程自2005年开工建设，2013年完成主体工程并通过蓄水验收。南水北调中线自2014年12月通水以来，为沿线各地提供生产、生活、生态用水累计超过435亿立方米，直接受益人口达0.8亿人，供水水质稳定在地表水Ⅱ类及以上。2021年10月，丹江口水库水位达到170米正常蓄水位。

（刘诗平　新华社　2021年11月19日）

南水北调中线水源工程全面进入运行管理阶段

据水利部消息，11月18日，水利部主持成立南水北调中线一期工程丹江口大坝加高工程和中线水源供水调度运行管理专项工程两个设计单元工程完工验收委员会，实地察看了工程现场，观看工程建设声像资料，听取相关工作报告，查阅有关资料，经过充分讨论，一致同意两个设计单元工程通过完工验收，并形成了工程完工验收鉴定书。

水利部副部长、验收委员会主任委员刘伟平指出，两项设计单元工程通过完工验收，标志着南水北调中线水源工程全面进入了运行管理阶段。丹江口水利枢纽工程功能地位十分重要。作为南水北调中线水源，是国家水网纲、目、节上的重要节点，中线工程通水以来发挥了巨大的供水效益，为京津冀协同发展、雄安新区建设等国家重大战略实施提供了有力的水安全保障。工程为北方缺水地区复苏河湖生态、助力华北地下水超采治理、保护库区及汉江下游生态，以及提供清洁能源等发挥了重要的生态效益。丹江口水库又是汉江流域不可替代的重要防洪工程，仅 2021 年秋汛就成功防御了 6 次 1.5 万立方米每秒以上流量的洪水，发挥了重大防洪效益。

刘伟平要求，要统筹发展和安全，加强运行管理。一是守住底线，确保工程安全、库区安全、供水安全、水质安全以及网络安全。二是推进水利高质量发展，提升管理上限，按照水利部李国英部长提出的“六个途径”抓好实施路径，加强数字孪生工程建设，用智慧化提升管理水平。三是抓紧做好工程竣工验收的必要准备，为后续工程高质量发展奠定基础。

据了解，水利部有关司局单位、长江水利委员会、湖北省水利厅、湖北省交通运输厅、丹江口市人民政府等代表及特邀专家参加验收。

（初梓瑞　人民网　2021 年 11 月 20 日）

南水北调中线水源工程全面进入运行管理阶段

中线通水以来累计供水超 435 亿立方米

近日，南水北调中线一期工程丹江口大坝加高工程和中线水源供水调度运行管理专项工程通过完工验收，并形成了工程完工验收鉴定书，这标志着南水北调中线水源工程全面进入了运行管理阶段。南水北调中线工程 2014 年 12 月通水以来，为沿线各地提供生产、生活、生态用水累计超 435 亿立方米，直接受益人口达 0.8 亿人，供水水质稳定在地表水Ⅱ类及以上。2021 年 10 月，水库水位达到 170 米正常蓄水位。

丹江口大坝加高工程自 2005 年开工建设，历时 8 年于 2013 年完成主体工程并通过蓄水验收。近期，水利部主持成立南水北调中线一期工程丹江口大坝加高工程和中线水源供水调度运行管理专项工程两个设计单元工程完工验收委员会，实地察看了工程现场，观看工程建设声像资料，听取相关工作报告，查阅有关资料，经过充分讨论，一致同意两个设计单元工程通过完工验收。作为南水北调中线水源，丹江口水利枢纽工程是国家水网上的重要节点，水利部门将统筹发展和安全，加强运行管理，确保工程安全、库区安全、供水安全、水质安全以及网络安全，加强数字孪生工程建设，用智慧化提升管理水平。

（王浩 《人民日报》 2021 年 11 月 22 日）

南水北调中线丹江口大坝加高工程通过完工验收

记者从水利部获悉，11 月 18 日，水利部主持成立南水北调中线一期工程丹江口大坝加高工程和中线水源供水调度运行管理专项工程两个设计单元工程完工验收委员会，经过充分讨论，一致同意两个设计单元工程通过完工验收，并形成了工程完工验收鉴定书。

水利部副部长、验收委员会主任委员刘伟平指出，两项设计单元工程通过完工验收，标志着南水北调中线水源工程全面进入了运行管理阶段。丹江口水利枢纽工程功能地位十分重要。作为南水北调中线水源，是国家水网纲、目、节上的重要节点，中线工程通水以来发挥了巨大的供水效益，为京津冀协同发展、雄安新区建设等国家重大战略实施提供了有力的水安全保障。工程为北方缺水地区复苏河湖生态、助力华北地下水超采治理、保护库区及汉江下游生态，以及提供清洁能源等发挥了重要的生态效益。丹江口水库又是汉江流域不可替代的重要防洪工程，仅 2021 年秋汛就成功防御了 6 次 1.5 万 m^3/s 以上流量的洪水，发挥了重大防洪效益。

刘伟平要求，要统筹发展和安全，加强运行管理。一是守住底线，确保工程安全、库区安全、供水安全、水质安全以及网络安全。二是推进水利高质量发展，提升管理上限，按照水利部李国英部长提出的“六个途径”抓好实施路径，加强数字孪生工程建设，用智慧化提升管理水平。三是抓紧做好工程竣工验收的必要准备，为后续工程高质量发展奠定基础。

丹江口大坝加高工程自 2005 年开工建设，历时 8 年于 2013 年完成主体工程并通过蓄水验收。中线工程 2014 年 12 月通水以来，为京、津、冀、豫、鄂各地提供了生产、生活、生态用水累计超 435 亿 m^3，直接受益人口达 0.8 亿人，供水水质稳定在地表水Ⅱ类及以上。2021 年 10 月，水库水位达到 170 米正常蓄水位。

（王菡娟 《人民政协报》 2021 年 11 月 25 日）

「中国共产党百年瞬间」南水北调工程正式开工

中央广播电视总台中国之声联合全国广播电台共同推出特别报道《中国共产党百年瞬间》。本期推出：南水北调工程正式开工。2002 年 12 月 27 日，世界上最大的水利工程——南水北调工程正式开工，这标志着南水北调工程进入实施阶段。它对缓解北方地区水资源严重短缺局面，实现长江、淮河、黄河、海河四大流域水资源的合理配置，促进经济、社会和生态的协调发展，具有重大意义。

中国南水北调集团有限公司党组书记、董事长蒋旭光：这瓶看似普通的水，寄托着北方人民半个多世纪的期盼。它取自于横跨鄂豫两省的丹江口水库。为了让这里的清水永续北上，中国共产党人矢志不渝 60 余年，为人民谱写了一首功在当代、利在千秋的壮丽诗篇。

我国水资源严重不足，只占世界人均水平的 1/4，而且夏汛冬枯、北缺南丰，时空分布严重不均。1952 年，毛泽东在视察黄河时，首次提出了南水北调的宏大设想。1958 年 9 月 1 日，作为南水北调工程第一期工程的丹江口水利枢纽工程正式开工，1974 年初期工程建成。改革开放以后，南水北调工程二期工程被提上议事日程。经历了 50 多个方案比选，2002 年 9 月，国务院正式批复了《南水北调工程总体规划》。

南水北调工程既要解决工程建设领域许多世界级难题，又要统筹考虑经济、社会、生态等多方面的因素。中国南水北调集团有限公司党组书记、董事长蒋旭光说，这其中既有数十万建设者的辛勤劳动，也离不开几十万移民的巨大奉献。

蒋旭光：这些移民安置在豫鄂两省16个市的51个县的649个移民安置点。据统计，现在丹江口移民人均收入已经达到了万元以上，大幅度地超过了其搬迁前原有的水平。

2013年11月15日，东线一期工程通水，自扬州江都水利枢纽取长江水，供水范围涉及江苏、安徽、山东三省。2014年12月12日，中线一期工程通水，从丹江口水库取汉江水，向河南、河北、北京、天津供水，自此，东、中线一期工程建设目标全面实现。

央视播报：12日下午的2点32分，位于河南南阳的南水北调中线工程起点陶岔渠首开闸门，历时11年建设的南水北调中线工程正式通水……

作为新中国水利建设的一项重大跨流域调水工程，南水北调工程连接长江、淮河、黄河、海河，构成我国水资源"四横三纵、南北调配、东西互济"的总体格局。它既是一条调水线，也是一条生命线，也必将对我国国民经济和社会发展乃至中华民族的长远发展起到关键的决定性作用。

（卢燕、朱敏　央广网　2021年12月5日）

2022年底河北省南水北调受水区2872万农村人口将吃上引江水

记者从河北省水利厅获悉，从2016年开始，河北省实施了农村居民生活水源置换工程，截至2020年年底，已完成1354万农村居民江水置换任务。为进一步提高农村供水保障率，改善供水水质，河北省加快实施农村生活水源置换，到2022年年底，河北省南水北调受水区2872万农村人口将吃上引江水。

河北省是典型的资源型缺水省份，多年平均降雨量532毫米，人均水资源量307立方米，仅为全国平均水平的1/7，远低于国际公认的人均500立方米的极度缺水标准。针对水资源短缺实际，党的十八大以来，河北省全力推进引江、引黄外调水骨干及配套工程和重点水源工程建设，水资源配置骨干网络逐步完善，供水能力大幅提升。

为扎实推进农村饮水安全巩固提升，河北省加快实施农村生活水源置换，抓住南水北调中线工程建成通水的机遇，统筹城镇与农村、饮水工程与地下水超采综合治理，有计划地整体实施农村生活水源江水置换。到 2020 年年底，已完成 1354 万农村居民江水置换任务，枣强、清河、孟村、馆陶等 39 个县实现了城乡供水一体化。今年计划新增江水置换人口 818 万人，目前任务已完成。

据介绍，南水北调中线一期干线工程 2014 年底全线通水，截至目前，河北省累计调引江水 131.4 亿立方米，城乡受益人口 3554 万人，大大缓解了河北省京津以南地区水资源供需矛盾。

（郭雅茹　新华网　2021 年 12 月 11 日）

南水北调东中线一期工程全面通水 7 周年：累计向北方调水 494 亿立方米受益人口达 1.4 亿

12 月 12 日，南水北调东中线一期工程迎来全面通水 7 周年。记者从水利部获悉，7 年来，工程累计调水 494 亿立方米，其中，中线一期工程累计调水超 441 亿立方米，东线一期工程累计调水入山东 52.88 亿立方米，工程发挥了巨大的经济、社会、生态效益，沿线人民群众获得感、幸福感、安全感持续增强。

中国南水北调集团党组书记、董事长蒋旭光表示，7 年来，南水北调东中线一期工程向北方输水已惠及河南、河北、北京、天津、江苏、安徽、山东 7 省市沿线 40 多座大中城市和 280 多个县（区、市），受益人口达 1.4 亿人。

“通水 7 年来，南水已经由原来的补充水源跃升为许多大中型城市的主要水源。”蒋旭光介绍道，南水北调东中线一期工程通水之前，北京、天津所在的海河流域人均水资源量不足全国平均水平的 1/7，远低于国际公认的人均 500 立方米的“极度缺水标准”。如今，北京城区 7 成以上供水为南水北调水，天津主城区供水几乎全部为南水。此外，河南十余个省辖市用上南水，其中郑州中心城区 90%以上居民生活用水为南水北调水。

“南水北调工程已成为奔涌不息的绿色生命线，守护着工程沿线亿万人民的饮用水安全。”蒋旭光谈道，通过推进铁腕治污和持续强化监督管理，优质水已源源不断地流入北方千家万户。丹江口水库和中线干线供水水质稳定在地表水水质Ⅱ类以上；东线一期工程输水干线水质全部达标，并持续稳定保持在地表水水质Ⅲ类以上。

据介绍，南水北调东中线一期工程已累计实施生态补水超 72 亿立方米，有效保障了沿线河湖生态安全，部分区域地下水位止跌回升，有力推动了生态文明建设。中线一期工程已向北方 50 余条河流进行了生态补水，推动了滹沱河、瀑河、南拒马河、大清河、白洋淀等一大批河湖重现生机，河湖生态环境显著改善；2020 年华北地区浅层地下水水位较上年总体回升 0.23 米，持续多年下降后首次实现止跌回升；北京市平原地区地下水位连续 6 年回升，2020 年年末较 2014 年年末，北京市浅层地下水水位回升 2.37 米；2021 年中线一期工程向永定河实施生态补水，助力永定河实现 26 年来首次全线通水；东线一期工程沿线受水区各湖泊蓄水保持稳定，济南“泉城”再现四季泉水喷涌景象。工程沿线曾经干涸的洼、淀、河、渠、湿地重现生机，初步形成了河畅、水清、岸绿、景美的亮丽风景线。

水利部相关负责人表示，水资源格局影响和决定着经济社会发展格局，南水北调东中线一期工程全面通水 7 年来，在畅通南北经济循中发挥着极其重要的作用。以 2016 年至 2019 年全国万元 GDP 平均用水量 70.4 立方米计算，工程有效支撑了受水区 7 万亿元 GDP 的增长，切实增强了北方地区经济发展后劲，促进了地区间经济社会协调发展，为京津冀协同发展、雄安新区建设、黄河流域生态保护和高质量发展等区域协调发展战略实施提供了强有力的水资源保障。

（余璐　人民网　2021 年 12 月 12 日）

南水北调工程 7 年向北方调水近 500 亿立方米

12 月 12 日是南水北调工程全面通水 7 周年。记者从中国南水北调集团有限公司了解到，南水北调工程全面通水 7 年来，已累计向北方调水近 500 亿立方米，受益人口达 1.4 亿人，40 多座大中型城市的经济发展格局因调水得到优化。

南水北调东、中线一期工程于 2014 年 12 月 12 日全面通水。东线一期工程从扬州市江都水利枢纽出发，用世界最大规模的泵站群“托举”长江水北上流入山东；中线一期工程从丹江口水库陶岔渠首闸引水入渠，由世界最大的渡槽群“护送”南水千里奔流，润泽豫冀津京。

截至目前，南水北调东、中线一期工程累计调水约 494 亿立方米。其中，东线向山东调水 52.88 亿立方米，中线向豫冀津京调水超过 441 亿立方米。

生态补水方面，南水北调东线沿线受水区湖泊蓄水稳定，生态环境持续向好；中线向北方 50 余条河流生态补水 70 多亿立方米，生态环境得到显著改善，同时使华北地区浅层地下水水位实现止跌回升。

水利部相关负责人表示，南水北调工程全面通水 7 年来，改变了北方地区的供水格局，同时推动复苏受水区河湖生态环境，发挥了巨大的经济、社会和生态效益。

水质方面，目前东线输水干线水质全部达标，并持续稳定保持在地表水水质Ⅲ类以上；丹江口水库和中线干线供水水质，稳定在地表水水质Ⅱ类以上。

中国工程院院士、水文水资源学家王浩表示，南水北调工程全面通水以来取得成效，主要在于以节水倒逼用水和经济发展方式转变，以环保治污推动区域水生态环境持续向好，以精准调水保障受水区供水安全，以统筹配置南水发挥工程生态效益。

南水北调东、中线工程是“四横三纵”国家骨干水网的重要组成部分。根据《南水北调工程总体规划》，以长江丰富水源为依托，南水北调东线、中线和西线工程，通过与长江、淮河、黄河、海河 4 大江河的联系，构成以“四横三纵”为主体的国家水网骨干。

“十四五”规划纲要明确提出，推动南水北调东中线后续工程建设，深化南水北调西线工程方案比选论证。目前，南水北调工程正在推进东、中线后续工程规划建设，同时开展西线工程规划方案比选论证等前期工作。

（刘诗平　新华社　2021 年 12 月 12 日）

南水北调工程七年累计调水近五百亿立方米

因为一项史无前例的水利工程，1.4 亿人的生活得到改变、40 多座大中城市的经济发展格局得到优化——12 月 12 日，南水北调东中线一期工程全面通水 7 周年，7 年来，工程累计调水约 494 亿立方米。其中，中线一期工程累计调水超 441 亿立方米，东线一期工程累计调水入山东 52.88 亿立方米。按照黄河多年平均径流量估算，南水北调工程相当于为北方“调来一条黄河”。

全面通水 7 年来，通过实施科学调度，工程实现年调水量从 20 多亿立方米持续攀升至近 100 亿立方米的突破性进展。目前，南水北调水已成为不少北方城市供水新的生命线：北京城区 7 成以上供水为南水北调水；天津市主城区供水几乎全部为南水。随着南水北调东线北延应急供水工程正式通水，天津、河北等地的水安全保障能力进一步增强，我国北方地区水资源短缺局面从根本上得到缓解。

全面通水 7 年来，近 500 亿立方米优质水源源不断流入北方千家万户。受水区水质明显改善，人民群众获得感、幸福感和安全感显著增强。南水北调工程水质长期持续稳定达标，东线一期工程输水干线水质全部达标，并持续稳定保持在地表水水质Ⅲ类以上；丹江口水库和中线干线供水水质稳定在地表水水质Ⅱ类以上。在北京，自来水硬度由过去的 380 毫克每升降至 120 毫克每升；河北省黑龙港流域 500 多万人彻底告别饮用高氟水、苦咸水的历史。

全面通水 7 年来，通过水源置换、生态补水等综合措施，工程有效保障了沿线河湖生态安全。东线沿线受水区利用抽江水及时补充蒸发渗漏水量，湖泊蓄水保持稳定，生态环境持续向好；中线已累计向北方 50 余条河流进行生态补水 70 多亿立方米，推动了滹沱河、瀑河、南拒马河、大清河、白洋淀等一大批河湖重现生机；2020 年，华北地区浅层地下水水位较上年总体回升 0.23 米，持续多年下降后首次实现止跌回升；北京市平原地区地下水位连续 6 年回升，2020 年年末较 2014 年年末，北京市浅层地下水水位回升 2.37 米。工程沿线曾经干涸的洼、淀、河、渠、湿地重现生机，初步形成了河畅、水清、岸绿、景美的亮丽风景线。

全面通水7年来，工程累计向北方调水近500亿立方米，以2016—2019年全国万元GDP平均用水量70.4立方米计算，有效支撑了受水区7万亿元GDP的增长，切实增强了北方地区经济发展后劲，为京津冀协同发展、雄安新区建设、黄河流域生态保护和高质量发展等区域协调发展战略实施提供了强有力的水资源保障。

水利部有关负责人表示，南水北调是国之大事、世纪工程、民心工程。水利部将深入分析南水北调工程面临的新形势新任务，完整、准确、全面贯彻新发展理念，科学推进工程规划建设，为全面建设社会主义现代化国家提供有力的水安全保障。

（陈晨 《光明日报》 2021年12月12日）

南水北调工程通水七年，调水量接近一条黄河

一渠通南北 清流润万家

一渠清水连通南北，润泽广袤大地，串联起生机勃勃的发展图景、山清水秀的壮美景观，发挥了巨大的社会、经济、生态效益。

12月12日，南水北调东中线一期工程全面通水7年。水利部数据显示，7年来，工程累计调水约494亿立方米。其中中线一期工程累计调水超441亿立方米，东线一期工程累计调水入山东52.88亿立方米。按照黄河多年平均径流量估算，南水北调工程几乎相当于为北方调来黄河一年的径流量。

有效缓解北方地区水资源短缺局面

“水压足，水量稳，喝水不再犯难。”山东省夏津县苏留庄镇小石堂村石书荣的家里，铺上了水管，装上了水龙头，干净水进户。在南水北调工程沿线，越来越多的群众告别了“喝水难”。

南水北调工程建成通水之前，黄淮海流域人均水资源量仅为462立方米，为全国平均水平的1/5。“我国水资源时空分布不均匀，人均水资源占有量

低，南水北调工程有效平衡了不均匀性。”中科院院士、中科院地理科学与资源研究所研究员刘昌明表示。

清水长流，北方地区水资源短缺局面得以有效缓解。目前，北京市城区七成以上供水为“南水”，天津市主城区供水几乎全部为“南水”，山东形成了“T”字形水网……南水北调的水成为北方 40 多座大中城市主力水源。

“南水北调的水，绵绵的、甜甜的。”说起吃水的变化，河北省邯郸市邱县古城营镇北王楼村村民张海英深有感触：“井水变成了自来水，水垢少了，水质好了，熬的小米粥都变稠了。”如今，河北省黑龙港流域 500 多万人彻底告别了高氟水。

在湖北省十堰市，中线水源地丹江口水库烟波浩渺。十堰市生态环境局局长夏涛介绍，当地守好源头，多措并举治理水源井，让一库净水永续北送。

截至目前，南水北调工程水质长期持续稳定达标，东线一期工程输水干线水质全部达标，并持续稳定保持在地表水水质Ⅲ类以上；丹江口水库和中线干线供水水质稳定在地表水水质Ⅱ类以上。

水源置换、生态补水，助力河湖生态复苏

滹沱河澄净似练，两岸芦花似雪。“鸟叫声多了，鱼儿也多了。”时常来河边散步的河北省正定县塔元庄村村民范镇鹏说。

南水北调中线持续生态补水，让曾经干涸的河道重现往日风采。“华北明珠”白洋淀，曾经饱受水量少、水质差的困扰。2018 年以来，南水北调中线持续向白洋淀进行生态补水，加上引来的黄河水、当地水库水，白洋淀的淀区面积由 171 平方公里恢复至 275 平方公里左右。

“通水以来，中线一期工程持续向北方 50 多条河流进行生态补水 70 多亿立方米，全面助力河湖生态环境复苏，生态环境得到有效改善，工程生态效益明显。”中国南水北调集团中线建管局党组成员、总工程师程德虎介绍。

与此同时，华北地下水水位逐步恢复。2020 年华北地区浅层地下水水位较上年总体回升 0.23 米，这是持续多年下降后首次实现止跌回升。北京市平原地区地下水位连续 6 年回升。2020 年末，北京市浅层地下水水位较 2014 年末回升 2.37 米。

长江委精心开展汉江流域、丹江口水库水量调度，科学制定年度水量调

度计划，全力支持改善受水区河湖水生态环境。中国南水北调集团充分利用汛期洪水资源加大生态补水力度，推动水源置换、生态补水等，有效保障了沿线河湖生态安全，形成了一道道河畅、水清、岸绿的亮丽风景线。

“南水”为区域协调发展提供有力水资源支撑

清水徐徐北上，为雄安新区建设、实施京津冀协同发展等提供了强有力的水资源保障。

在河北省正定县，南水北调中线干渠宛如玉带，源源不断送来“发展水”。在雄安新区，通干渠，建水厂，铺管线，一张高标准水网正在加快建设。

在京杭大运河，“南水”有效改善运河通航条件。目前，京杭大运河黄河以南航段实现从东平湖至长江全线通航，1000 吨至 2000 吨级船舶可畅通航行，新增港口吞吐能力 1350 万吨。

一渠清水北上，串联起粮食主产区、能源基地、重要城镇。以 2016—2019 年全国万元 GDP 平均用水量 70.4 立方米计算，约 494 亿立方米的“南水”，有效支撑了受水区 7 万亿元 GDP 的增长。

“南水北调工程实现了丰水的长江流域与缺水的黄淮海流域连通互补，提高了我国水资源综合利用效率，优化了我国经济社会发展结构。”中国南水北调集团有关负责人表示。

（王浩　范昊天　李晓晴　《人民日报》　2021 年 12 月 13 日）

南水北调：全面通水七周年
筑牢“四条生命线”

因为一项史无前例的水利工程——南水北调工程，1.4 亿人的生活得到改变、40 多座大中城市的经济发展格局得到优化。“古有京杭运河，今有南水北调”，纵贯中国大地的两条人间“天河”，扮靓了新时代的中国，如母亲河长江、黄河一样滋养着华夏儿女生生不息，承载着实现中华民族伟大复兴的中国梦奋勇向前！

2014 年 12 月 12 日，南水北调东、中线一期工程全面建成通水，习近平总书记作出重要批示，强调“南水北调工程功在当代，利在千秋。希望继续坚持先节水后调水、先治污后通水、先环保后用水的原则，加强运行管理，深化水质保护，强抓节约用水，保障移民发展，做好后续工程筹划，使之不断造福民族、造福人民。”2020 年 11 月 13 日，习近平总书记视察南水北调东线工程源头江都水利枢纽，强调“南水北调，我很关心。这是国之大事、世纪工程、民心工程……”“确保南水北调东线工程成为优化水资源配置、保障群众饮水安全、复苏河湖生态环境、畅通南北经济循环的生命线。”2021 年 5 月 13—14 日，习近平总书记视察南水北调中线工程源头陶岔渠首和丹江口水库，并在南阳主持召开推进南水北调后续工程高质量发展座谈会，强调“南水北调工程事关战略全局、事关长远发展、事关人民福祉”，充分肯定了南水北调工程的重大意义，科学分析了南水北调工程面临的新形势新任务，深刻总结了实施重大跨流域调水工程的宝贵经验，系统阐释了继续科学推进实施调水工程的一系列重大理论和实践问题，为推进南水北调后续工程高质量发展指明了方向、提供了根本遵循。

水利部认真学习贯彻习近平总书记关于南水北调的重要讲话和指示批示精神，全面贯彻落实党中央、国务院决策部署，科学管理、精准调度，充分发挥南水北调工程综合效益；统筹协调、全面谋划推进南水北调后续工程各项工作，加快建设“四条生命线”，持续深入推进南水北调后续工程高质量发展，为全面建设社会主义现代化国家提供有力的水安全保障。南水北调东、中线一期工程全面通水 7 年来，累计调水 494 亿立方米，发挥了巨大的经济、社会、生态效益，沿线人民群众获得感、幸福感、安全感持续增强，为全面建成小康社会、落实国家“江河战略”、支撑重大国家战略实施、建设美丽中国等作出了巨大贡献。

改变广大北方地区供水格局，水资源配置格局持续优化

南水北调东、中线一期工程全面建成通水，沟通了长、黄、淮、海四大流域，初步构筑了我国南北调配、东西互济的水网格局。全面通水 7 年来，

工程运行管理者遵循工程运行管理规律，通过实施科学调度，实现了年调水量从 20 多亿立方米持续攀升至近 100 亿立方米的突破性进展。在做好精准精确调度的基础上，充分利用汛前腾库容的有利时机，充分利用工程输水能力，向北方多调水、增供水，2020 年、2021 年中线一期工程连续两年超过规划多年平均供水规模。特别是 2021 年，面对特大暴雨袭击、新冠肺炎疫情反弹等多重挑战，工程管理单位通过强化预警、预报、预演、预案措施，科学精准调度工程，实现中线工程年度调水突破 90 亿立方米，完成年度计划的 121%。南水北调水已成为不少北方城市供水新的生命线：北京城区 7 成以上供水为南水北调水；天津市主城区供水几乎全部为南水。随着南水北调东线北延应急供水工程正式通水，天津、河北等地的水安全保障能力进一步增强……我国北方地区水资源短缺局面从根本上得到缓解。

改善供水水质，人民群众获得感、幸福感和安全感显著增强

南水北调工程已成为奔涌不息的绿色生命线，守护着工程沿线亿万人民群众的饮用水安全。全面通水 7 年来，近 500 亿立方米的优质水源源不断地流入北方千家万户。据统计，截至 2021 年 12 月 12 日，东、中线一期工程已累计调水 494 亿立方米，其中中线一期工程累计调水超 441 亿立方米，东线一期工程累计调水入山东 52.88 亿立方米。通过推进铁腕治污和持续强化监督管理，南水北调工程水质长期持续稳定达标，东线一期工程输水干线水质全部达标，并持续稳定保持在地表水水质Ⅲ类以上；丹江口水库和中线干线供水水质稳定在地表水水质Ⅱ类以上。由于水质优良、供水保障率高，受水区对南水北调水依赖度越来越高。在北京，自来水硬度由过去的 380 毫克/升降至 120 毫克/升；在河南，十余座省辖市用上南水，其中郑州中心城区 90%以上居民生活用水为南水北调水，基本告别饮用黄河水的历史；河北省黑龙港流域 500 多万人彻底告别了世代饮用高氟水、苦咸水的历史；东线工程在齐鲁大地上形成了“T”字形“动脉”，不仅为沿线居民提供了生活保障水和生产必需水，也成为了应对旱灾等极端天气的“救命水”，2017 年、2018 年山东大旱，东线一度成为保障青岛、烟台等城市供水安全的主力军。

推动复苏河湖生态环境，有力促进沿线生态文明建设

绿色始终是南水北调工程的底色。《南水北调工程总体规划》提出，南水北调的根本目标是改善和修复黄淮海平原和胶东地区的生态环境。全面通水7年来，通过水源置换、生态补水等综合措施，有效保障了沿线河湖生态安全。东线沿线受水区各湖泊，利用抽江水及时补充蒸发渗漏水量，湖泊蓄水保持稳定，生态环境持续向好，济南“泉城”再现四季泉水喷涌景象；中线已累计向北方50余条河流进行生态补水70多亿立方米，推动了滹沱河、瀑河、南拒马河、大清河、白洋淀等一大批河湖重现生机，河湖生态环境显著改善；2020年华北地区浅层地下水水位较上年总体回升0.23米，持续多年下降后首次实现止跌回升；北京市平原地区地下水位连续6年回升，2020年末较2014年末，北京市浅层地下水水位回升2.37米；密云水库蓄水量于2021年8月23日突破历史最高纪录的33.58亿立方米。2021年8—9月，首次通过北京段大宁调压池退水闸向永定河生态补水，助力永定河实现了1996年以来865公里河道首次全线通水。工程沿线曾经干涸的洼、淀、河、渠、湿地重现生机，初步形成了河畅、水清、岸绿、景美的亮丽风景线。

倒逼产业结构优化调整，推动受水区高质量发展

水资源格局影响和决定着经济社会发展格局，作为人类生产活动不可或缺的重要生产资料，水资源的有效配置在保障其他要素市场化配置、畅通经济循环中发挥着不可或缺的重要作用。南水北调工程在加快培育国内完整的内需体系中充分发挥水资源保障供给作用，打通水资源调配互济的堵点，解决北方地区水资源短缺的痛点，通过构建国家水网将南方地区的水资源优势转化为北方地区的经济优势，北方重要经济发展区、粮食主产区、能源基地生产的商品、粮食、能源等产品再通过交通网、电网等运输到全国各地，畅通南北经济大循环，促进各类生产要素在南北方更加优化配置，实现生产效率效益最大化。全面通水7年来，累计向北方调水近500亿立方米，以2016—2019年全国万元GDP平均用水量70.4立方米计算，有效支撑了受水区7万亿元GDP的增长，切实增强了北方地区经济发展后劲，为京津冀协同

发展、雄安新区建设、黄河流域生态保护和高质量发展等区域协调发展战略实施提供了强有力的水资源保障。

南水北调工程实现了丰水的长江流域与缺水的黄淮海流域联通互补，提高了我国水资源综合利用效率，优化了我国经济社会发展布局，改善了我国生态环境质量，有力保障和推进了经济社会高质量发展，书写了中华民族伟大复兴进程中的辉煌篇章，开创了人类水利史的奇迹，是当之无愧的“大国重器”。

进入全面建设社会主义现代化强国新征程，党的十九大提出要加快水利基础设施网络建设，五中全会对实施国家水网重大工程作出战略部署。习近平总书记在推进南水北调后续工程高质量发展座谈会上强调，“水网建设起来，会是中华民族在治水历程中又一个世纪画卷，会载入千秋史册。”广大水利工作者将认真贯彻落实习近平总书记关于治水系列重要讲话和指示批示精神，胸怀“国之大者”，赓续红色基因，弘扬伟大建党精神，以舍我其谁的勇气和魄力，以只争朝夕的责任和担当，为实现这一世纪梦想奋勇前行，在新时代新征程中赢得更大的胜利和荣光！

（李锐 《农民日报》 2021 年 12 月 14 日）

南水北调中线：7 年把 1.7 个鄱阳湖的水搬到北方

12 月 12 日，是南水北调中线一期工程通水 7 周年。南水北调中线一期工程 7 年累计调水超过 441 亿立方米，相当于把 1.7 个鄱阳湖的水（湖水容积约 260 亿立方米）搬到了北方，深刻影响着沿线经济社会和生态发展。

全程高差不到 100 米的南水北调中线工程从库容 290.5 亿立方米的丹江口水库引水，干渠自河南省淅川县的陶岔渠首出发，途经豫冀京津四省市、1000 多公里，到达北京和天津。

南水北调中线以其庞大复杂的工程备受关注。7 年过去了，这个创下许多“世界第一”的水利工程，至今仍是中线运行的基础和保障。在综合规模世界第一的南水北调中线沙河渡槽，水流自明渠通过闸门后，跨过沙河，顺着 4 个巨大的 U 形槽继续向北奔流。据南水北调中线建管局介绍，除沙河渡槽外，南水北调中线干渠上还有 26 座大型渡槽，是世界最大规模的渡槽群。

穿黄不通，中线无功。南水北调中线干渠在郑州西北与黄河相遇。作为国内首例用盾构方式穿越黄河的工程，南水北调中线穿黄工程自黄河南岸，让干渠一头扎入黄河河底之下，通过 4.25 公里长、35 米深的两条穿黄隧洞，自黄河北岸再次涌出。至今，从空中俯瞰，依然蔚为壮观。

作为世纪工程，7 年来，南水北调中线已成为许多北方城市的供水安全生命线、经济发展保障线和生态恢复水脉线。河南省平顶山市群众对此感受极深。2014 年，平顶山市遭遇建市以来最大旱情，城市水源地白龟山水库水位一度低于死水位，百万人口面临用水危机。当时南水北调中线主体工程基本完工，应急启动调水 46 天，输送水 5000 万立方米，解决了百万群众吃水难题。2019 年，平顶山市再次供水告急，当年 9 月至 2020 年 1 月，南水北调向白龟山水库补水 3.08 亿立方米，再次为这座“口渴”城市解困。

南水北调中线通水 7 年，如今，北京城区 7 成以上供水为南水北调水；天津市主城区供水几乎全部为南水北调水；河南 10 余座省辖市用上南水北调水，其中郑州中心城区 90%以上居民生活用水为南水北调水；河北省黑龙港流域 500 多万人彻底告别世代饮用的高氟水、苦咸水……

除了供水安全，南水北调中线有效缓解了北方水资源短缺的痛点，为京津冀协同发展、雄安新区建设、黄河流域生态保护和高质量发展提供了强有力的水资源保障。据测算，以 2016—2019 年全国万元 GDP 平均用水量 70.4 立方米计算，南水北调中线 7 年调水超过 441 亿立方米，可有效支撑受水区超过 6 万亿元 GDP 的增长。

《南水北调工程总体规划》提出，南水北调的根本目标是改善和修复黄淮海平原和胶东地区的生态环境。7 年滋润，南水北调中线工程沿线生态正在发生深刻变化。截至目前，中线已累计向北方 50 余条河流进行生态补水 70 多亿立方米，推动了滹沱河、瀑河、南拒马河、大清河、白洋淀等一大批河湖重现生机；2020 年，华北地区浅层地下水水位较上年总体回升 0.23 米，持续多年下降后首次实现止跌回升；由于南水到来，得到休养生息的北京市水源地——密云水库蓄水量于 2021 年 8 月 23 日突破历史最高纪录……

2021 年，“推进南水北调后续工程高质量发展”的新使命让这条千里水脉未来更加可期。作为千年大计，雄安新区的建设正如火如荼。2017 年以来，南水北调中线开始向白洋淀生态补水。而按照雄安新区总体规划，不仅生态用水，未来新区生产生活用水都将由南水北调供应，并为新区建设一座南水北调调蓄水库。

在距离雄安新区50多公里的河北省保定市徐水区西黑山，这个南水北调中线雄安调蓄库已开工建设，预计整体工程将用15年左右建成，建成后将形成7000亩水面，为雄安新区后续发展提供水安全保障。

（李鹏　新华网　2021年12月16日）

心怀“国之大者”担当构建国家水网“主力军”

一泓清水连通南北，长河泱泱，利泽万方。它，就是世界规模最大的调水工程——南水北调。

“南水北调工程作为国家水网主骨架、大动脉，是‘十四五’期间构建国家水网的首要任务，这也是时代和历史赋予的伟大使命。”近日，中国南水北调集团有限公司党组书记、董事长蒋旭光做客人民网“人民会客厅”访谈时表示，作为关系国家水资源安全和国计民生的唯一跨流域、超大型供水央企，中国南水北调集团将以时不我待的责任感和舍我其谁的使命感，心怀“国之大者”，积极主动当好国家水网建设的国家队、主力军。

蒋旭光谈到，今年恰逢中国共产党成立100周年，集团公司迎来了一周年，站在“两个一百年”奋斗目标的历史交汇点上，“年轻的”中国南水北调集团深感责任重大、任重道远。中国南水北调集团将以打造“百年老店”的战略定力，打造“国际一流跨流域供水工程开发运营集团化企业”，充分发挥南水北调工程“四条生命线”的重要作用，全面实现南水北调工程的社会效益、生态效益和经济效益，不断推进南水北调事业高质量发展。

重塑水资源分配格局　构筑一条“优化水资源配置”的生命线

南水北调工程事关战略全局、事关长远发展、事关人民福祉。

自古以来，我国基本水情一直是夏汛冬枯、北缺南丰，水资源时空分布极不均衡。破解水资源配置与经济社会发展需求不相适应的突出瓶颈，是我国长远发展面临的重大战略问题。

从1952年的“宏伟构想”到如今南水北调“天河”延绵千里，纵贯南北。历经70载风雨，经过几代人努力，这项史无前例的水利工程改写了40多座大中城市的缺水命运，有效缓解了北方地区水资源短缺格局。2021年12月12日，南水北调东中线一期工程迎来了全面通水七周年，汩汩南水见证着国泰民安，岁稔年丰。

蒋旭光表示，7年来，南水北调东中线一期工程累计调水494亿立方米，向北方输水已惠及河南、河北、北京、天津、江苏、安徽、山东7省市沿线40多座大中城市和280多个县（区、市），受益人口达1.4亿人。工程发挥了巨大的社会、经济、生态效益，沿线人民群众获得感、幸福感、安全感持续增强。

“通水7年来，南水已经由原来的补充水源跃升为许多大中型城市的主要水源。”蒋旭光介绍道，南水北调东中线一期工程通水之前，北京、天津所在的海河流域人均水资源量不足全国平均水平的1/7，远低于国际公认的人均500立方米的“极度缺水标准”。如今，北京城区7成以上供水为南水北调水，天津主城区供水几乎全部为南水北调水。此外，河南十余个省辖市用上了南水北调水，其中郑州中心城区90%以上居民生活用水为南水北调水。

南水北调东中线一期工程全面建成通水，初步构筑了我国“四横三纵、南北调配、东西互济”的国家水网格局。“‘十四五’期间，将不断完善南水北调‘四横三纵’大网络，延展水网布局，积极参与到区域水网和地方水网建设，加强战略谋划和业务布局，优化增量配置，不断做强做优做大国有资本。充分展现国家水网建设领军型企业的担当作为和国家队、主力军的雄厚实力。”蒋旭光说。

保障和改善民生　构筑一条“保障群众饮水安全”的生命线

“要从守护生命线的政治高度，切实维护南水北调工程安全、供水安全、水质安全。”这是党和国家对南水北调工程提出的殷殷嘱托。

蒋旭光指出，保障群众饮水安全事关人民群众的生活质量和生命安全，事关人民群众的根本利益，是“国之大事”，南水北调工程不仅要保障人民群众“喝得上”还要“喝得好”。

蒋旭光表示，通过推进铁腕治污和持续强化监督管理，优质的南水已源源不断地流入北方千家万户。丹江口水库和中线干线供水水质稳定在地表水水质Ⅱ类以上；东线一期工程输水干线水质全部达标，并持续稳定保持在地表水水质Ⅲ类以上。如今，河北省黑龙港流域500多万人彻底告别了世代饮用高氟水、苦咸水的历史；东线工程在齐鲁大地上形成了“T”字形“动脉”，成为了应对频繁发生的大旱的“救命水”。

今年夏汛，南水北调工程遭遇自2014年建成通水以来最严峻的防汛风险考验。蒋旭光谈到，在水利部统一指挥下，中国南水北调集团坚持人民至上、生命至上，全面排查安全风险隐患，严格落实“四预”措施，成功战胜了自建成通水以来破坏力最强的特大暴雨洪水袭击，有效确保了首都及沿线地区供水安全和人民群众生命财产安全。

建设美丽中国　构筑一条“复苏河湖生态环境”的生命线

绿色始终是南水北调工程的底色，改善和修复沿线生态环境是工程的重要目标。

蒋旭光介绍说，南水北调东中线一期工程已累计实施生态补水超72亿立方米，有效保障了沿线河湖生态安全，部分区域地下水位止跌回升，有力推动了生态文明建设。

据了解，南水北调中线一期工程已向北方50余条河流进行了生态补水，推动了滹沱河、瀑河、南拒马河、大清河、白洋淀等一大批河湖重现生机，河湖生态环境显著改善；2020年华北地区浅层地下水水位较上年总体回升0.23米，持续多年下降后首次实现止跌回升；北京市平原地区地下水位连续6年回升，2020年年末较2014年年末，北京市浅层地下水水位回升2.37米；2021年中线一期工程向永定河实施生态补水，助力永定河实现26年来首次全线通水；东线一期工程沿线受水区各湖泊蓄水保持稳定，济南“泉城”再现四季泉水喷涌景象……

“南水北调生态补水不仅使沿线省份大批河湖重现生机，而且为淮河、海河、黄河流域水生态系统良性循环和地下水超采综合治理提供了重要支撑。可以说，南水北调工程沿线已成为美丽中国一道亮丽的风景线。”蒋旭光说。

提高综合利用效率　构建一条“畅通南北经济循环”的生命线

水资源格局影响和决定着经济社会发展格局。

南水北调工程始终秉承“先节水后调水，先治污后通水，先环保后用水”的工作原则，有效促进了沿线地区生产生活方式的绿色转型，促进了产业结构调整和优化升级。

蒋旭光谈到，南水北调工程打通了北方水资源制约的痛点堵点，构建的国家水网将南方地区的水资源优势转化为北方地区的经济优势，北方重要经济发展区、能源主产区、粮食主产区生产的商品、粮食、能源等产品再通过交通网、电网等运输到全国各地，促进各类生产要素在南北方优化配置，实现了生产效率效益最大化，畅通南北经济大循环。

据介绍，南水北调东中线一期工程全面通水7年来，以2016—2019年全国万元GDP平均用水量70.4立方米计算，工程有效支撑了受水区7万亿元GDP的增长，切实增强了北方地区经济发展后劲，促进了地区间经济社会协调发展，为京津冀协同发展、雄安新区建设、黄河流域生态保护和高质量发展等区域协调发展战略实施提供了强有力的水资源保障。

“国家水网建设起来，会是中华民族在治水历程中又一个世纪画卷，会载入千秋史册。”国家再次为新时代治水事业擘画蓝图。

“在迈向全面建设社会主义现代化强国新征程中，中国南水北调集团将奋力打造调水行业龙头企业、国家水网建设领军企业、水安全保障骨干企业和国际一流品牌，站在民族精神、国家形象和时代引领的高度，充分展现我国水资源优化宏观配置的中国速度、中国智慧和中国力量，擦亮中国南水北调名片，孕育中国南水北调精神。”蒋旭光充满期待。

（余璐　人民网　2021年12月24日）

行业媒体报道

伟大构想　科学论证

——南水北调工程前期工作回顾

全面通水六年来，累计调水超 394 亿立方米，直接受益 1.2 亿人——南水北调东中线一期工程的巨大效益，让当年毛泽东主席的“南方水多，北方水少，如有可能，借点水来也是可以的”宏伟构想梦圆。

南水北调，这一中国最大的水资源配置工程的实现，离不开半个世纪的伟大构想、科学论证。

规划一棒棒接力
在历史中走来

中华人民共和国成立以后，如何从根本上解决北方干旱问题，一直萦绕在党和国家领导人的心头。

1952 年深秋，毛主席视察黄河，号召“要把黄河的事情办好”。黄河水利委员会主任王化云向毛主席汇报说，如果黄河水将来不够用，需要从长江流域引水入黄河，把通天河的水引到黄河里，以解决华北、西北地区的水源不足问题。

“通天河”触发了毛主席天马行空般的思绪，自此也引出了南水北调的宏伟设想。“南方水多，北方水少，如有可能，借点水来也是可以的”一个“借”字，既有伟人充满智慧的构想，又给南北双方留有商量的余地。从此，62 年的调水之路启程。

1953 年 2 月，毛主席在“长江”舰上，向长江水利委员会主任林一山谈到三峡工程与南水北调，“南方水多，北方水少，能不能把南方的水借给北方一些?”船到南京，毛主席叮嘱林一山，“三峡工程暂不考虑开工，但南水北调工作要抓紧。”

随后 5 年，林一山不断地把南水北调的查勘情报和调水方案传送给毛主席。1958年2月，毛主席把治理长江和南水北调的重任交给周恩来总理，并伸出四个手指头说“要一年抓四次”，周总理爽快地答应了。

1958年3月25日，中央政治局在成都召开会议，正式批准兴建丹江口水利枢纽初期工程。毛主席在会上兴奋地描绘：“打开通天河、白龙江，借长江水济黄，从丹江口引汉济黄，引黄济卫，同北京连起来！”

1958年8月，中央政治局扩大会议讨论通过《中共中央关于水利工作的指示》，明确指出：“除了各地区进行的规划工作外，全国范围较长远的水利规划，首先是以南水北调为主要目的，即将江、淮、河、汉、海各流域联系为统一的水利系统的规划应加速制订。”这是“南水北调”一词第一次正式见诸中央文件。

1958年9月1日，丹江口水利枢纽工程正式开工。工程建设初期正值国家遭遇经济困难，由于技术水平和施工经验不足，出现了较为严重的质量事故，工程一度停工。

1962年春节，周总理在北京主持召开丹江口工程质量处理会议。他语重心长地说，成绩还是主要的，工程上有了毛病是可以医治的，也是可以医治好的。要一看二帮，施工要服从设计，信心不要动摇，要有朴实的作风……

1964年12月26日，在周总理的关怀下，丹江口工程按照“缩小工程规模、防洪结合发电方案”复工。82岁的原汉江集团高级工程师肖才忠对这段历史记忆非常深刻，“当年初步设计，坝顶高程为175米，正常蓄水位170米，和今天确定的丹江口大坝加高至176.6米高程，正常蓄水位为170米相近。1964年底，丹江口水利枢纽工程复工后便缩小了工程规模，改为分期建设，第一期坝顶高程减至162米，正常蓄水位为155米。”

1972年，病中的周总理仍然关心丹江口水利枢纽工程建设：“丹江口工程将来有可能（南水北调），但现在还只是开始。是我们的远大理想！”

1973年年底，丹江口水利枢纽工程建成，一座长2.5公里、最大坝高97米的大坝终于锁住了千百年来桀骜不驯的汉江。

方案一个个破茧
在论证中清晰

随着北方水资源日益缺乏，人们把希望的目光投向长江。1973年，水电部研究引黄济卫济津。会议认为，从根本上解决缺水问题，还得从长江调水，遂组织开展研究东线调水方案。

1977 年 10 月，水电部、交通部、农林部和一机部向国务院联合上报《南水北调近期工程规划报告》。该规划以农业供水为主，改善和发展灌溉面积 6400 万亩，向城市供水 27 亿立方米，并使京杭运河成为南北水运交通大动脉。该报告基本确立了南水北调东线工程的总体布局。

1978 年，第五届全国人大一次会议通过的《政府工作报告》正式提出，兴建南水北调工程。

1980 年 7 月 22 日，中共中央副主席邓小平视察丹江口水利枢纽工程，详细询问了初期工程建成后防洪、发电、灌溉效益与大坝二期加高情况。

1981 年 12 月，国务院召开治淮会议，要求南水北调东线工程先调水到南四湖。据此，淮委编制完成了《南水北调东线第一期工程可行性研究报告》，对工程的供水范围、调水规模、工程布局进行了进一步研究。

1990 年 11 月，《南水北调东线第一期工程修订设计任务书》在总体规划基础上，制定了 2000 年送水到京津地区的第一期工程方案，建议工程规模为抽江水 600 立方米每秒、过黄河 200 立方米每秒、到天津 100 立方米每秒。

1992 年，党的十四大把“南水北调”列入中国跨世纪的骨干工程之一。

1993 年 3 月，长江委组织中线工程大查勘，确定中线总干渠线路及主要交叉建筑物、控制性建筑物布置。

1995 年 12 月，南水北调工程开始全面论证。国务院先后成立了南水北调工程论证委员会和审查委员会。

1996 年，国务院八届人大四次会议提出要加快实施南水北调工程。原淮委规划设计研究院总工程师王先达回忆起 1997 年国务院召开南水北调工程审查委员会常委会，讨论《南水北调工程审查报告（送审稿）》的场景，“关于南水北调走哪条线路，大家意见不一。上东线，还是上中线，会场上争论不休。经过激烈讨论，规划布局得到彻底调整：东、中、西三条线并非你存我亡，而是实行统筹兼顾、全面规划、分步实施。”

1998 年，国家计划委员会向国务院报送《南水北调工程审查报告》，其结论意见是，中线工程的实施，“可全面开工，一次建成”“也可按分步实施方案进行建设，工程由南而北推进，逐段发挥效益”；东线工程“解决苏北和山东缺水问题是十分必要的”“创造条件适时进行建设”。

1999 年 6 月，江泽民总书记在黄河治理开发工作座谈会的讲话中指出，为从根本上缓解我国北方地区严重缺水的局面，兴建南水北调工程是必要的，要在科学选比、周密计划的基础上抓紧工作……

2000 年 9 月 27 日，国务院总理朱镕基主持南水北调工程座谈会，听取水利部南水北调有关问题的汇报。中央决定分东、中、西三路实施南水北调，朱镕基提出务必做到“先节水后调水、先治污后通水、先环保后用水”的原则。

2001 年，中国向世界正式公布兴建南水北调工程。同年，根据水利部统一部署，中线工程规划修订工作全面展开；淮委会同海委编制完成《南水北调东线工程规划（2001 年修订）》。

2001 年秋，《南水北调中线规划（2001 年修订）及六个专题研究报告》通过水利部组织的审查。其后，水利部于 2002 年编制完成《南水北调工程总体规划》及 12 个附件，并与国家发展计划委员会联合呈报国务院审批。

2002 年 10 月，江泽民总书记主持召开中共中央政治局常务委员会会议，审议并通过经国务院同意的《南水北调工程总体规划》。当年 12 月 23 日，国务院正式批复《南水北调工程总体规划》。

至此，经 50 载岁月，共有 5 部委（局）、9 省（直辖市）、24 个不同领域的规划设计及科研单位的 6000 人次的知名专家、院士参与献计献策，共召开 100 多次研讨会，对 50 多种南水北调规划方案比选，最终形成了《南水北调工程总体规划》。东、中、西三条线路，从历史的长河中逐渐清晰，凝聚了新中国几代工程技术人员的心血和智慧。

2002 年 12 月 27 日，在北京人民大会堂，朱镕基总理宣布南水北调工程开工。

（许安强 《中国水利报》 2021 年 1 月 13 日）

叶建春到南水北调中线建管局检查冰期输水工作

2021 年 1 月 11 日，水利部党组成员、副部长叶建春到南水北调中线建管局检查冰期输水工作。中国南水北调集团有限公司党组书记、董事长蒋旭光，党组副书记、总经理张宗言，党组副书记、副总经理、中线建管局局长于合群陪同检查。

叶建春听取了中线建管局关于中线工程运行管理及冰期输水情况的汇报，并通过视频监控系统逐一查看了沿线冰情，对中线建管局冰期输水各项工作和落实措施给予了肯定。他指出，中线工程已经经历了 12 次冰期输水工作，积累了一定的冰期输水经验，冰期运行总体平稳。

叶建春指出，南水北调中线供水已经发展成为沿线部分省市的生命线，中线建管局要高度重视冰期输水工作，密切关注天气变化及寒潮预警，做好极端寒潮应对工作，认真总结冰期输水经验教训，积极做好应对准备，进一步细化冰期输水应急方案，加固工程防护措施，科学实施冰期输水调度工作，确保生命线不断。

叶建春强调，当前仍处于三九寒冬季节，也是疫情防控关键时期，中线建管局要统筹做好冰期输水和疫情防控工作，认真落实疫情防控责任，严格执行国家和属地各项疫情防控要求，完善疫情防控应急预案，落实突发异常情况应对处置措施，确保人员安全。中线建管局要进一步压实责任，各级负责同志要履行好第一责任人职责，做到守土有责、守土担责、守土尽责。各级党组织和党员干部要发挥战斗堡垒作用和先锋模范作用，走在前、作表率，以实际行动践行初心使命、体现责任担当。

水利部南水北调工程管理司，南水北调集团公司，中线建管局有关负责同志参加。

（中国水利网站　2021 年 1 月 15 日）

守土有责　守土担责　守土尽责

——南水北调中线建管局打响河北疫情防控阻击战纪实

自 1 月 2 日河北省新增报告首例本地新冠肺炎确诊病例以来，南水北调中线建管局党组高度重视，迅速应对，先后召开中线建管局新冠肺炎疫情防控专题会议，多次研究部署疫情防控和工程通水保障工作，要求全局上下进一步认清新冠肺炎疫情的严峻形势，将防控疫情和保证供水作为当前压倒一切的政治任务，严格遵守属地疫情防控规定，从严落实疫情防控和运行保障工作措施，做到守土有责、守土担责、守土尽责。

战 疫 情

会后，河北分局、信息科技公司、保安公司等单位立即进入应急状态，全力以赴，排查职工行程和健康情况，开展全员核酸检测，强化疫情管控措施，同时，布置冰期输水保障工作，做到思想不乱套、工作不断线，把疫情影响降低到最低程度。

河北分局坚决从严落实疫情防控措施，严格防护、消毒、人员准入，全面恢复至2020年年初疫情防控级别状态。

1月6日起，石家庄、邢台市全面开展全员核酸检测。河北分局应对新冠肺炎疫情工作领导小组千方百计协调属地有关部门，集中对分局机关、石家庄管理处、安保队伍、信息科技公司石家庄事业部等100余人完成第一次核酸检测。其他未到岗职工均按照属地政策在居家社区进行检测。

河北分局各管理处统筹安排沿线保安分队和信息科技公司事业部人员开展核酸检测，全面做到应检尽检，不漏一人。高邑元氏管理处积极协调所在乡镇有关部门，确保泲河渡槽专项项目正常推进，对施工、监理单位人员进行核酸检测。

稳 运 行

受石家庄市和邢台市疫情防控措施影响，1月6日起，河北分局机关和石家庄管理处部分职工因社区封闭无法正常出入，到岗率仅25%左右。在全员核酸检测尚未完成、社区封闭管控尚未松绑前，已到岗职工坚守岗位，减少人员流动，保障工作正常开展。

分局和各管理处牢记安全输水使命，主动出击，在属地政策基础上，制定了更细、更严、更坚决的运行管理工作保障方案。目前，一线输水调度、安保巡视不受影响，信息机电维护人员满足现场巡视和应急处置需要。处于风险区的石家庄、邢台片区工程巡查队伍人员受限，各管理处自有职工主动补位，工程巡查和全员查改问题工作正常。

特殊时期，河北分局党委下发《关于进一步强化疫情防控与运行管理工作中党支部和党员发挥作用的通知》。班子成员和党员干部带头，建立责任区，做到守土有责。新乐管理处党支部成立党员突击队，在现场人手不够的情况下，自有职工分组分段巡检闸站融冰扰冰设备运行状态。党团、工会以各种方式做好职工居家封闭期间身心关怀，做到思想上不乱不松，不信谣、不传谣。

元旦前，河北分局未雨绸缪，已经采购部分口罩、酒精、一次性餐盒，满足了紧急时期抗疫需要。目前，蔬菜、食品等储备充足，供应渠道畅通，为运行管理正常运转提供了坚强的后勤保障。

保 通 水

当前，正值中线工程冰期输水阶段，又逢寒潮。1 月 5 日，河北分局迅速落实《南水北调中线干线工程冰期预警通知》要求，做好输水调度、设备运行、冰情观测，保持水位和流速稳定，密切关注气象、水温变化，加强工程巡查和应急值班值守。

1 月 6 日，信息科技公司石家庄事业部周吉顺等人因疫情被困小区，他们通过网络随时关注渠道结冰情况，要求融扰冰设备投入运行，闸站值守人员及时上报现场情况。夜幕降临，唐县管理处至徐水管理处部分左岸光缆和漕河渡槽出口检修闸附近右岸光缆出现收光异常，若光缆中断，将对通信、网络及输水调度产生严重影响。石家庄事业部紧急调配抢修人员到达现场排查隐患。经查明，主要原因是气温骤降，光缆热胀冷缩造成衰减增大，需要及时更换此段光缆。经过连夜抢修，更换光缆约 160 米，确保了网络正常运行。

河北分局保定片区各管理处夜间保持 1/3 人员在岗，信息科技公司事业部全力保障拦冰、融冰、扰冰、排冰设施设备正常运行，应急队伍随时应急抢险。滹沱河、漕河冰情观测与分局实现了信息共享。新乐管理处副处长潘圣卿说："疫情下城市越发安静，寒潮中郊外一片萧瑟，但坚守一线是使命，安全通水是责任，这里是我们的战场！"

河北分局充分发挥视频监控系统作用，整合分调度中心和石家庄中控室力量，设立视频巡查岗，对现场重点部位进行全天候 24 小时监控。"我们协调各运行维护单位、工程巡查人员及安保人员，切实负起责任，加强巡视力度，共同做好疫情期间各项工作。”石家庄管理处负责人郭贵有说。

（徐宝丰　吴少华　中国水利网站　2021 年 1 月 18 日）

南水北调中线建管局河北分局：快速高效打响疫情防控阻击战

自 2021 年 1 月 2 日河北省新增报告首例本地新冠肺炎确诊病例以来，作为现场运行管理单位，南水北调中线建管局河北分局（以下简称河北分局）立即进入应急状态，迅速制定总体工作预案，全面排查职工行程和健康情况，强化各级疫情管控措施，布置冰期输水保障工作，组织开展全员核酸检测，坚决用最快速度、最高效率，把疫情影响控制在最低程度。

战　疫　情

中线建管局党组对此次河北发生的疫情高度重视，迅速应对。局领导先后主持召开中线建管局新冠肺炎疫情防控专题会议，多次研究部署疫情防控和工程通水保障工作，要求全局上下进一步认清新冠肺炎疫情持续、复杂、多发的严峻形势，将防控疫情和保证供水作为当前压倒一切的政治任务，严格遵守属地疫情防控政策，从严落实疫情防控和运行保障工作措施，严防突发疫情造成岗位真空、工作停摆，做到守土有责、守土担责、守土尽责。

第一时间排查。1 月 2 日正值元旦假期，河北分局火速开展全员排查，对近期去过风险地区或与确诊病例活动轨迹有交叉的 13 名职工，立即采取居家隔离措施，督促其报备社区并进行核酸检测。1 月 5 日，河北分局组织召开全线疫情防控工作布置视频会，印发了《河北分局关于进一步加强新冠肺炎疫情防控工作的通知》。

第一时间部署。坚决从严落实疫情防控措施，严格执行属地疫情防控政策和上级有关要求，分局辖区内部严控人员流动，职工不得离开工作地或居住地，加强个人健康管理，不聚餐、不聚集、不聚会。防护、消毒、人员准入等防控措施，全面恢复至2020年年初的级别状态。

第一时间检测。为坚决阻断疫情传播渠道，遏制疫情扩散蔓延，1月6日起，石家庄、邢台全面开展全员核酸检测。河北分局党委、应对新冠肺炎疫情工作领导小组千方百计协调属地有关部门，集中对分局机关在岗职工、石家庄管理处、安保队伍、信息科技公司石家庄事业部等100余人，在指定机构完成第1次核酸检测；其他未到岗职工均按照属地政策在居家社区进行检测，检测结果正常。

第一时间管控。各管理处统筹安排沿线保安分队和信息科技公司事业部人员疫情防控和核酸检测任务。为保证沛河渡槽专项项目正常推进，高邑元氏管理处积极协调所在乡镇有关部门，对施工、监理单位人员进行核酸检测，全面做到应检尽检、不漏一人。

稳运行

人员保障有力。受石家庄市和邢台市疫情防控政策影响，1月6日起，河北分局机关和石家庄管理处大部分职工居住的社区封闭无法正常出入，到岗率仅20%；其他管理处到岗率正常。在全员核酸检测尚未完成、社区封闭管控尚未解除前，已到岗职工坚守分局机关和管理处，减少人员流动，保障工作秩序，降低疫情影响。

工作运转正常。河北分局和各管理处牢记安全输水使命，不等不靠，主动出击，在属地政策基础上，制定运行管理工作保障方案，各项措施更细、更严、更坚决。目前，通水一线输水调度、安保巡视未受影响；信息机电维护人员满足现场巡视和应急处置需要；处于风险区的石家庄、邢台片区工程巡查队伍人员受限，各管理处职工主动补位，工程巡查和“两个所有”全员查改正常开展。

党建引领聚力。特殊时期，河北分局党委充分发挥党支部战斗堡垒和党员先锋模范作用，印发《关于进一步强化疫情防控与运行管理工作中党支部和党员发挥作用的通知》，班子成员和党员干部带头，以上率下，建立责任区，做到顾全大局、守土有责。新乐管理处党支部成立了党员突击队，在封村封路封小区导致现场人手不够的情况下，现有职工分组分段不顾严寒、不顾疲惫，巡检闸站融冰扰冰设备运行状态。党团、工会积极做好职工居家封闭期间身心关怀，动员大家思想上不能乱、不能松，纪律上不信谣、不传谣。

综合保障到位。元旦前，河北分局未雨绸缪，采购的部分口罩、酒精、一次性餐盒等，满足了紧急时期需要，蔬菜、食品等储备充足，供应渠道畅通。1月6日，河北分局再次紧急采购部分疫情防护和生活物资，满足分局机关、各管理处常住人员需要。物业、司机到岗充足，为运行管理正常运转提供了坚强的后勤保障。

保 通 水

当前正值南水北调中线工程冰期输水阶段，又逢突发疫情和寒潮。1月5日，按照《南水北调中线干线工程冰期预警通知》要求，河北分局迅速响应，认真做好输水调度、设备运行、冰情观测等工作，保持水位和流速稳定，密切关注气象、水温变化，加强工程巡查和应急值班值守。保定片区各管理处夜间保持1/3人员在岗（且各岗位均衡），信息科技公司事业部保障拦冰、融冰、扰冰、排冰设施设备运行正常，应急队伍落实好应急抢险措施。北勘院和长江委联合体在滹沱河、漕河正常开展冰情观测，与河北分局实现信息共享，确保冰期输水万无一失。新乐管理处潘圣卿说：“疫情下城市越发安静，寒潮中郊外一片萧瑟，但坚守一线就是使命，安全通水就是责任，这里就是我们的战场!”

河北分局充分发挥视频监控系统作用，整合分调度中心和石家庄中控室力量，设立视频巡查岗，对现场重点部位进行全天候24小时监控；与各运维服务队伍建立对接机制和热线电话，统筹调度人力和物资，以备不时之需。石家庄管理处郭贵有说：“遇到困难不退缩，我们积极协调各运行维护单位、工程巡查人员及安保人员切实负起责任，加大巡视力度，共同做好疫情期间的各项工作，确保无死角、无隐患。”

疫情面前，南水北调中线工程安全供水的重要战略意义越发凸显。河北分局全体干部职工正以高度的使命感和责任感，紧盯人身安全和工程安全“两个目标”，发扬关键时刻站得出、守得住、担得起、顶得上的优良作风，坚守岗位，奔在一线，为打赢疫情防控阻击战、守护工程通水运行安全保驾护航。

（郭亚津　徐宝丰　《中国水利报》　2021年1月19日）

中线工程向河北输水 100 亿立方米

南水北调助力京津冀协同发展

河北邢台七里河倒虹吸（南水北调中线建管局宣传中心提供）

3 月 1 日，笔者从南水北调中线干线工程建设管理局获悉，南水北调中线工程向河北省输水量突破 100 亿立方米，向天津输水 60.06 亿立方米，向北京输水 62.13 亿立方米，向河南输水 123.28 亿立方米，自通水以来累计供水 361.22 亿立方米，工程综合效益远远超过预期。

自 2014 年京津冀协同发展上升为国家战略以来，中线工程源源不断的南来之水，为京津冀协同发展，描绘了一幅天蓝地绿水清的新画卷。

织一张水网　水源配置更加优化

燕赵大地十年九旱，水资源极度匮乏。自 2014 年 12 月 12 日中线工程正式通水以来，100 亿立方米南水成功破局河北受水区水资源困境。优质南水送达石家庄、廊坊、保定、沧州、衡水、邢台、邯郸、定州、辛集，以及雄安新区，极大地改善了河北省中南部地区供用水结构，大幅度提高了受水区的供水保障率。

天津全市南水北调输水总量由 2014 年的 24.1 亿立方米增加至 2020 年的 27.82 亿立方米，形成了以南水北调、引滦工程为骨架，于桥、尔王庄、北大港、王庆坨、北塘5座水库互联互通、互为补充、统筹运用的供水新格局，中心城区、滨海新区等经济核心区域实现了引江、引滦双水源保障，城市供水"依赖性、单一性、脆弱性"的矛盾得到有效化解。

62.13亿立方米南水增加了北京市水资源总量，改善了城市居民用水条件，在显著改变首都水资源保障格局和供水格局的同时，为北京赢得了宝贵的水资源涵养期。超过40亿立方米南水用于自来水厂供水，占入京水量约七成，直接受益人口超过1300万人；向密云、怀柔、大宁、十三陵等本地大中型水库存蓄江水近9亿立方米，并向城市河湖补水及回补地下水，地下水水位较2015年底25.75米回升了3.26米，并且连续五年回升。

中线建管局各分局高标准做好运行维护，强力防范汛期区域性降雨和冰期低温极寒天气，实现了不间断、持续安全供水。2021年初，新冠肺炎疫情突袭河北，中线建管局河北分局干部职工战疫情、保通水，保障了关键时期人民群众和复工复产用水安全顺畅。

送一渠好水　饮水安全更有品质

南水北调中线工程通水以来，供水水质稳定达到Ⅱ类标准及以上，明显改善了受水区水质。以石家庄市区为例，自来水硬度由过去的330～350毫克每升降至150～170毫克每升，居民饮水品质得到较大提升。河北省黑龙港流域500多万人彻底告别了祖祖辈辈饮用苦咸水、高氟水的历史。

天津市大力实施乡村振兴战略，建设集中供水厂，延伸自来水管网，逐步用南水北调水代替地下水源，提升了2817个村286.8万农村居民的饮水质量，基本实现城乡供水一体化，为建设高质量小康社会提供了重要基础保障。

近年来，中线建管局河北分局与属地各级检察院共同建立协调联络机制，启动"南水北调沿线生态环境综合整治"检察公益诉讼专项活动，水质保护及风险管控取得明显成效。流经河北调向天津的南水北调水质常规监测24项指标一直保持在地表水Ⅱ类标准及以上，自来水水质明显改善。

润一片河湖　生态环境更有活力

2017年至今，南水北调中线工程在保证沿线大中城市正常生活用水的前提下，连年择机向河北省实施生态补水，累计向白洋淀和20余条河流补水30

亿立方米，形成有水河道2578公里、水面面积175.6平方公里，高峰期间单日补水量达1300万立方米，相当于每天有一座中型水库滋润河北大地。

通过实施生态补水，河北省多条常年干涸的河道重现生机，一批重要河湖实现了常年有水，河湖水质和生态环境恢复勃勃生机。南水北调水与引黄入冀补淀的黄河水，在白洋淀交融汇合，改善了白洋淀水质，为雄安新区水环境建设发挥了重要的支撑作用。

2019年开始，中线工程承担起华北地区地下水超采综合治理的重要任务。据统计，在全年平均降水量没有增加的情况下，2020年5月至11月华北地区深层、浅层地下水水位平均埋深，与2019年同期相比呈现上升态势，生态补水河流沿线地下水位回升尤其明显，地下水资源得到有效涵养，有力遏制了地下水严重超采、“漏斗”沉降趋势。

中线工程通水以来，向天津市子牙河、海河生态补水量连年增长，累计达12.7亿立方米。2016年起，天津市逐步实现对海河、子牙河、北运河等中心城区重点河道的常态化补水，对七里海、大黄堡、团泊、北大港四大湿地及独流减河等南部地区河道定期补水，年均实施生态补水10亿立方米以上，推动生态环境显著改善。

在北京，南水改善了城市生态环境，南水北调大宁调蓄库、团城湖调节池、亦庄调节池实现蓄水，增加水面面积550公顷；通过向十三陵、怀柔、密云等水库输水，扩大了水域，密云水库增加的水面超过5000公顷。

助一方发展　国计民生更有质量

城市发展，有水则兴；民生福祉，有水则安。

“道路窄，路两边全是垃圾，连个路灯也没有。”在中线建管局河北分局邢台管理处赵志强的印象中，邢台市的西外环路十分破旧。中线工程通水后，当地政府拓展城市发展空间，一大批商业和地产拔地而起，人流涌动，当年的西外环如今变成靓丽的滨江路，中线总干渠成为邢台市区最具代表的“景观河”，为经济发展提供了不可替代的水资源支撑。

以水定城、以水定业。百亿南水的持续滋润，让河北省多个地市摆脱了缺水造成的发展制约，促进了沿线地区经济结构的调整，为河北省经济调结构、转方式、促转型创造了空间，为受水区经济社会高质量发展创造了条件。

南水北调中线工程贯穿京津冀，形成了京津冀三地水系互联、互通、共济的供水新格局，对实现水资源的统一调度、疏解北京非首都功能、推动京津冀协同发展、调整区域经济结构和空间结构、推动河北雄安新区和北京城市副中心建设、有效治理“大城市病”提供了强有力的水资源保证。

（许安强　徐宝丰　哈达　《中国水利报》　2021 年 3 月 2 日）

南水北调：保障群众饮水安全的生命线

水质监测人员采集水样（南水北调宣传中心供图）

疫情防控期间，南水北调中线工程水质监测人员采集水样

南水北调工程作为中国广袤大地上的新水脉工程，将长江水系的水源源不断输入淮河、黄河和海河流域，滋养着沿线 40 多个大中城市、300 多

个市县区和乡村，特别是在保障京津冀等华北地区大中城市饮水安全方面发挥了至关重要的作用，1.2 亿人因南水而受益，许多受水区居民告别苦咸水。

据资料显示，由于城乡供水一体化、城镇化进程加快，受水区对南水北调工程的依赖越来越大。2000—2018 年，南水北调工程受水区生活用水量和用水比例明显提高，已成为保障群众饮水安全、支撑国家重大战略实施的生命线。

饮用水安全保障成效初显

南水北调东中线一期工程全面建成通水六年多来，随着工程受益范围不断扩大，受益人口不断增多，我国“四横三纵、南北调配、东西互济”的水资源配置格局初步形成，调水沿线供水结构发生了改变。

保安全供水首先必须确保工程安全。中线工程利用大流量输水、冰期和汛期运行等工作，积累了大流量输水调度数据和运行经验；全面推进“两个所有”、实施“双精维护”，让工程管理求精、求细，提升维护工程质量，打造精品工程，确保工程安全。东线工程克服管理体制未厘顺带来的不利因素，统筹推进工程安全监管工作，制定安全管理制度，项目法人加强工程管理，工程总体运行安全平稳。

保供水安全必须确保调度安全。中线工程为了提升输水能力，针对不同的工况和运行条件，优化运行调度方案，工程运行风险进一步降低，工程安全更加稳固。东线工程优化调水管理，以设施设备的先进完好、管理举措的标准规范和信息化调度技术充分应用，不断提升工程安全管理水平。

保供水安全必须确保水质安全。中线工程通过增强水质监测、装备及应急处置能力，使水质在输水过程持续稳定达标。东线工程加强风险防控，制订应急预案，项目法人联合开展水质风险排查，开展应急演练，加强与地方政府的协调，不断提高水质监测水平，使工程水质整体处于地表水Ⅲ类水质标准。

南水北调工程效益的持续发挥，较大程度上改变了受水区的供水格局，成为受水区的重要水源，同时显著改善了城市饮用水水质。工程成为了群众饮水安全的生命线，发挥了保障国家水资源安全的重要作用。

供水安全为饮水生命线提供保障

“中线工程承担京津冀豫四省市供水重任，做好运行安全工作责任重于泰山。要全面强化风险意识和责任意识，牢牢守住安全底线。”中国南水北调集团公司董事长蒋旭光在部署中线工程冰期输水工作时说。

安全，是开展运行管理工作的核心，是长期稳定输水的工作主线，也是运行管理工作必守的底线。

保证工程安全，要不断强化安全意识。南水北调工程线长点多，各类维护队伍、人员多，管理行为复杂，必须全员、全方位、全过程，层层落实安全责任制，采取有力措施保障安全，强化安全意识。工程途经的城市村庄众多，外来危化品及污染源入渠的问题也威胁调水安全，要坚持对渠道周围居民群众做好安全警示教育，增强沿线群众的安全意识。

要强监管，补短板，提升工程管理水平。狠抓“两个所有”，深化实施“双精维护”，持续开展标准化规范化建设。着力构建工程运行管理长效机制，充分发挥项目法人主体责任，完善制度体系，保障工程建设安全有序开展。做好日常工程运行调度，紧盯冰期和汛期，完善安全风险防控体系和应急管理体系，消除威胁供水安全的风险隐患。完善冰期输水预案，做好冰期、汛期应急队伍的锻炼和管理。建立健全工程防汛管理体系，完善各级协商联动机制，确保工程安全。

加快南水北调后续工程建设，增强工程供水能力。加快后续工程建设，是党中央、国务院的要求，也是南水北调工程提高保障能力的需求。必须全力推进雄安调蓄库、观音寺调蓄水库、引江补汉工程建设，积极谋划中线其他调蓄水库项目，弥补水源保障不足、调蓄能力不够的短板。

采取全方位保障措施，通力协作保水质安全。千里调水，水质是焦点。南水北调工程水质安全保障涉及调水区水源地保护、沿线地区的水污染防治，以及水质监测。为群众提供优质的有安全保障的南水，需要水源区、管理单位、地方各级政府及有关方面通力协作，全面保护工程水质。

南水千里奔流滋润华夏大地，造福亿万人民。这条奔涌流淌的生命线，将持续输送甘甜的生命源泉，生生不息。

（宋滢　《中国水利报》　2021 年 3 月 3 日）

河北省生活和工业用南水北调引江水量创新高

南水北调配套工程输水渠道

石津灌区渠首

记者从河北供水有限责任公司获悉，截至2021年3月底，本调水年度河北省南水北调引江水量达到10.1亿立方米，其中生活和工业用水8.13亿立方米，比去年同期增长13.1%，创历史新高。

自2014年12月南水北调中线工程通水以来，经过不懈努力，河北省引江水总量从2015年的0.8亿立方米提升至2020年的37亿立方米，到今年3月初累计突破100亿立方米，全省7个设区市、雄安新区和定州市、辛集市两个直管县，92个县（市、区），26个工业园区，138个供水目标，6.21万平方公里土地，近3000万城乡居民受益于优质引江水。

自南水北调中线工程通水以来，河北省加快江水切换速度，拓展江水利用渠道，规范工程运行管理，突破瓶颈多引多用引江水。2018—2020年，河北省抓住“政策窗口期”，引江水利用量实现“三年三大步”跨越式提升，其中2020年首次突破多年平均规划分水量30.4亿立方米，用水量跃居南水北调中线工程沿线四省市第一位。

2021年，河北省将继续以“多引调、能调蓄、高效用”为工作目标，引好江水，用足江水，加快推进江水直供和农村生活水源置换，让引江水在改善居民用水条件、增加区域水资源战略储备、促进水资源涵养等方面发挥好综合效益。

（吕培　张涛　中国水利网站　2021年4月8日）

水利部南水北调规划设计管理局：积极研讨　温故知新

水利部南水北调规划设计管理局继续运用“3＋2”工作法，积极学习研讨，扎实推进“思路对标”。

在“思路对标”期间，调水局继续运用“3＋2”工作法，“3”即做到党委带头学习研讨、支部跟进学习研讨、党员干部积极学习研讨，“2”即学习时紧跟习近平总书记重要讲话精神及中央精神，紧贴部党组最新要求。同时，注重温故知新，全体干部职工把“政治对标”的成果运用到“思路对标”阶段，准确理解把握总书记讲话的精神实质和深邃内涵。此外，围绕习近平总书记在江苏省考察时对南水北调工程的有关指示以及水利部部长李国英在《人民日报》的署名文章，进一步加强学习，深化对“节水优先、空间均衡、系统治理、两手发力”治水思路的认识。

（赵源　《中国水利报》　2021年4月17日）

南水北调北京段配套工程东干渠管理处标准化精细化管理服务首善之区

4月9日，笔者来到南水北调北京段配套工程东干渠管理处，探访为北京地区供应水源的重要配套工程亦庄调节池。作为一级水源保护区，这里早已成为绿水环绕、鸟语花香的“生态花园”。随着工程的投入使用和标准化、精细化的管理，东干渠管理处为北京市水网作出了贡献。

安全供水中转站

作为消纳南水北调水的一个重要手段，调节池和调蓄库主要承担水源调节和切换任务。北京市有多座南水北调调节池，最为有名的是团城湖和亦庄调节池。

亦庄调节池工程是东干渠管理处所辖工程。工程于2015年正式运行，是北京市南水北调配套工程供水环路的重要组成部分。一期工程可调蓄水量52.5万立方米，二期扩建工程可调蓄水量207.5万立方米，扩建完成后，调蓄容积将增加到260万立方米。

调蓄、分水和汇水是亦庄调节池的三大主要功能。调节池汇集来自南水北调中线的水源，承担着向北京城区、亦庄新城供水的任务。“南水北调工程停水或检修，我们就将南水北调水切换为密云水库水，通过泵站加压，将调节池内存蓄水输送至水厂，至少满足城区32小时水量供应。”北京市南水北调建管中心亦庄项目部长崔嘉说。

目前，调节池二期扩建工程已完成蓄水试验。在工程建设中有两大亮点：一是工程开挖的310万立方米土没有外运，全部消化，用于微地形建设，打造了高低起伏的小山和生态小岛；二是池底防渗效果好，经过蓄水试验检验，渗透率远远好于设定值。

生态媲美南海子

亦庄调节池位于北京南海子公园东侧，水面宽阔，绿廊环绕，水鸟成群。

俯瞰亦庄调节池，二期扩建工程宛如一柄如意，“怀抱”着一期工程的正方形池子，呈现出一幅“如意抱玺图”。

“如意”工程的扩建，增大了调节池的水面面积，可调水容量增加 4 倍。池中矗立着三座小岛，不仅起到美化绿化的作用，更为水鸟提供了理想的栖息地。水中种植的芦苇、黄菖蒲、水葱等 20 多种水生植物，为池中鱼类提供食物的同时，也起到了净化水质的作用。南海子公园飞来的孔雀、黑天鹅、苍鹭、野鸭等也常来这里“散步”，推动了周边绿色发展和生态文明建设。

在管理处辖区内，还隐藏着一个以北京、天津、河北、河南 4 省市受水区命名的景观花园。园内池水贯通，或有早樱和迎春等花朵争相开放，或有翠竹郁郁葱葱。“外人来参观是关注这里的景色，但我们是关注这园子下面埋藏着的阀井和管线。”东干渠工程管理处处长廖日红说。原来，为了提升园区内绿化标准，管理处本着因地制宜的原则，将此处规划设计成现在我们看到的“神秘花园”。

管理处不断致力于绿色发展建设，在首都绿化委员会办公室发布的《2020 年首都绿化美化先进奖评选结果公示》中，东干渠管理处荣获“首都绿化美化花园式单位”荣誉称号。在 2020 年城镇绿地质量等级评定工作中，亦庄调节池工程（一期）被核定为一级绿地。

笔者在现场看到，亦庄调节池二期工程扩建已完工，届时亦庄调节池的日供水能力将达到 150 万立方米，大大提升南水北调供水保障率。同时，工程可通过闸门适时向凉水河生态补水，推动首都生态环境改善，促进经济绿色高质量发展。

标准化运行管理示范站

制度体系建设是标准化运行管理的基础。2020 年，东干渠管理处建立了标准化研究小组、主管主任、支部委员会三级审核程序，完成管理处 6 大类、16 个子类共计 186 项制度的审定印发。同时，管理处将制度体系分成制度、办法及标准三个层级，解决了工作流程与标准混杂的问题，增强了制度间的统一性及适用性，实现了全覆盖、实用性的标准化制度体系闭环管理。

笔者在场区内看到统一规范的标识牌、整齐码放的电缆及标准化的管道颜色等“精致”的细节，无不体现着管理处人员规范化管理的水平。据统计，

2020 年，管理处共完成安装标识标牌 16856 块，标准化问题整改 33 项，安全管理规范建设工作 37 项。安全生产标准化二级单位达标创建、设置闸站流动红旗、开展闸站标准化站点建设和试点安全规范管理建设等措施，提升了管理处场区文明建设和管理水平。

基于标准化、精细化的管理，东干渠管理处荣获 2020 年度“北京市青年安全生产示范岗”荣誉称号，并顺利通过北京市水务局安全生产标准化二级达标评审工作。

“目前，南水北调东干渠工程已经基本完成。”东干渠工程管理处副主任韩殿微说。随着团城湖到第九水厂二期工程的完工，届时，南水北调入京的五环线路将基本闭合，形成地下封闭环状供水体系，与密云水库来水和南水北调水共同形成北京市供水管路水网，相互调配，互为依托，构建北京安全供水格局。

（王乃卉　中国水利网站　2021 年 4 月 20 日）

一江春水向北流　润泽齐鲁惠民生

——南水北调东线山东段调水 8 年成效初显

5 月 20 日上午 11 时，南水北调东线工程苏鲁省界台儿庄泵站正式停机，标志着 2020—2021 年度苏鲁省界调水任务圆满完成，累计调水 6.74 亿立方米。

至此，南水北调东线山东段工程自建成通水以来，顺利完成了 8 个年度省界调水任务，累计调引长江水 52.98 亿立方米。通水 8 年来，南水北调东线工程始终处于安全稳定运行状态，输水干线水质稳定达标。南水北调山东段工程在保障城市供水、抗旱补源、防洪除涝、河湖生态保护等方面发挥了重要战略作用，经济效益、社会效益、生态效益突出。

根据水利部批复的 2020—2021 年度水量调度计划，南水北调东线山东段自 2020 年 12 月 23 日开机运行以来，历时 104 天，完成本年度省界调水工作，向山东枣庄、济宁、聊城、德州、济南、滨州、淄博、东营、潍坊、青岛、烟台、威海等12市净供水4.00亿立方米，截至5月20日8时已完成供水3.23亿立方米，占年度供水计划的81%，汛前将按计划完成年度剩余供水任务。

山东省水利厅高度重视调水工作，年度调水工作启动以来，多次召开调度协调会议安排部署有关工作，精心组织、科学调度、多措并举，保障了调水安全。一是精确精准调度。按照水利部批复年度调水计划，制定了月度实施方案，合理进行调水分水，滚动修正计划执行情况。面对今年雨水偏多，南四湖上级湖和东平湖水位均达调水以来同期峰值的压力，科学研判对泵站工况，动态调整泵站机组台数，精准调度，保证了调水在南四湖上级湖和东平湖持续高水位下有序进行。二是积极协调分水。积极与流域管理机构和受水区相关市对接沟通，协调督促有关单位根据年度计划要求按期、按量接水，确保完成水利部下达的调度计划。三是快速应急处置。针对去年12月底山东境内出现的极端严寒天气，部分输水线段气温降至零下20摄氏度以下，指导南水北调、胶东调水工程管理单位及时响应、周密部署、科学应对，并深入一线检查指导，确保了在极端严寒天气下冰期输水安全。四是严格值班值守。针对疫情常态化的客观条件，结合调水工作实际，科学制定值班计划，要求各级调水值班人员严格遵守值班制度和工作纪律，24小时值守，确保调水安全。

习总书记5月14日在推进南水北调后续工程高质量发展座谈会上的重要讲话，在山东水利系统广大党员干部中引起强烈反响。结合实际学习总书记重要讲话精神，大家认为，近年来，山东深入贯彻习近平生态文明思想，突出生态环境保护，高度重视做好“水”文章，坚持节水优先，不断加强水资源保护利用和水系治理，强化水资源科学配置，为经济社会高质量发展提供了有力保障。大家表示，今后，一定深入学习贯彻总书记这次座谈会重要讲话精神，按照高质量发展要求，不断提高水资源集约节约利用水平。

“牢记总书记嘱托，未来五年，围绕优化水资源配置体系，山东还将推进胶东输水干线扩容等重大引调水工程和老岚水库、官路水库等一批重点水源工程建设。”山东省水利厅发展规划处处长刘建基说，下一步要不断加强多水源联合调度、水资源战略储备，构建完善多源互补、丰枯调剂、大中小微协调配套的现代水网布局和城乡供水安全保障体系，提升水安全保障能力。

近年来，作为南水北调东线一期山东段工程的运行管理单位，南水北调东线山东干线有限责任公司聚焦调水分水主业主责，不断加强工程运行管理。“总书记的讲话为今后工作指明了努力方向、提供了根本遵循。”东线山东干线有限责任公司党委书记、总经理瞿潇介绍，“目前公司正着力推进信息化自动化手段助力调水，已实现全线水情报表系统自动上报、闸（泵）站信息自动采集上传，以及工程关键部位可视化、闸站远程集中控制，为精准精确调水、科学配水分水发挥了重要支撑作用。”

据介绍，南水北调东线工程在山东境内有 7 级大型梯级泵站，均达到设计流量并顺利实现联合调度运行，这离不开南水北调一线工作人员的敬业奉献。“总书记高度关注南水北调工程，作为一名基层工作人员，非常自豪，也感到责任重大。”南水北调东线山东干线济宁管理局长沟泵站管理处主任张建说，“我们要认真学习领会总书记讲话精神，做好工程日常维护，管好、护好工程，为南水北调贡献力量。”

“习总书记亲自主持座谈会，我们水利部门备受鼓舞，同时也深感责任重大。”山东省水利厅党组书记、厅长刘中会说，“山东将立足缺水的基本省情，以全面提升水安全保障能力为目标，以现代水网建设为核心，加快完善水资源优化配置体系和流域防洪减灾体系，着力提高水资源集约节约利用水平，为山东高质量发展提供有力的水安全保障。”

（赵新　刘开飞　中国水利网站　2021 年 5 月 26 日）

展现穿黄智慧　播种科学种子

南水北调中线建管局近日开展了“庆祝中国共产党成立 100 周年　彰显国之重器科技力量”2021 年全国科技活动周主题宣传活动，涵盖南水北调科普展览展示和互动体验、南水北调公民大讲堂水利科普宣传等内容。

5 月 23 日，全国中小学生研学实践教育基地穿黄管理处，正在开展“穿黄工程中的科技力量”主题研学活动。学生们在设备展示区参观了解建设穿黄工程所使用的工程机械，通过穿黄隧洞的工程模型学习倒虹吸过流原理，大屏观看《江河相会》等宣传影像资料了解穿黄工程渡槽与隧洞方案的比选、双层衬砌的使用和盾构机的工作原理，既了解了工程的艰辛建设历程，又见识了工程中所蕴含的科技魅力。在研学现场，孩子们通过老师的讲解，第一次了解桔槔、水车等古代取水器械的工作原理，古人的智慧之光与南水北调建设者的科技力量形成完美交融，在孩子们的心中种下了一颗颗科技强国的种子。

（钞向伟　张小俊　中国水利网站　2021 年 6 月 2 日）

为有源头“好水”来

——探访陕西安康市汉滨区南水北调水源保护

县河镇党委书记、镇总河长廖道琴带领护河员在巡河

河岸郁郁葱葱，河面波光粼粼，黄洋河欢快奔涌。

黄洋河，曾是周边村民的饮用水水源和农田灌溉水源。南水北调中线工程实施后，作为汉江支流，黄洋河肩负起向北方供水的重任。

5 月 25 日，记者来到陕西省安康市汉滨区县河镇红升社区段的黄洋河畔，见到县河镇党委书记、镇级总河长廖道琴正在和护河员一起巡河。

沿着河边草丛中的蜿蜒小道，廖道琴边走边说：“我们实行‘镇级总河长＋村级河长＋警长＋护河员’的‘三长加一员’河长制管理机制，分级分段落实监督管护责任。还建设了污水处理厂、生活垃圾填埋厂，开展了河道环境综合整治，实施了河道绿化，并对黄洋河两岸农户的旱厕全部进行改造，全力将黄洋河打造成省市区示范河流。”

此外，在黄洋河整治中，县河镇全力推行“六治六无六有”措施，六治即河长主治、源头重治、系统共治、工程整治、依法严治、群防群治；六无即无垃圾、无直排、无碍洪、无违建、无违采、无损毁；六有即有堤防、有绿化、有景观、有制度、有队伍、有管护。通过综合治理，实现了水清、河畅、岸绿、景美。“连续五年来，黄洋河水质始终保持在国家Ⅱ类水标准。”廖道琴自豪地说。

黄洋河良好的生态环境，带动了县河镇旅游产业发展，进一步促进了全镇经济社会高质量发展。2011 年以来，当地年均接待游客达 100 万余人次。

（刘艳芹　中国水利网站　2021 年 6 月 3 日）

碧水壅高方出奇

5 月 26 日，湖北省丹江口市。

沿着如纱似棉的平流雾逆流而上，一种争先恐后的涛声由远而近，及至跟前，一池碧海翻花拥翠，抬眼望去，一道巍峨雄壮的大坝豁然矗立。

登临坝顶，顿时可见水天浩渺，碧波万顷。拉升无人机，可见大坝似钢铁巨人的臂弯，揽住浩荡汉江和丹江，壅起无垠碧水。

这里就是在丹江汇入汉江的地方筑坝而成的丹江口水库，南水北调中线源头——北京人吃水用水的 70%就来自这里。

南水北调的一滴水，要在这里被大坝壅抬最高达 170 米，经过 1432 公里“长途跋涉”才能到达京津人民的水杯里。

这座大坝就是南水北调中线工程的关键。没有大坝的安全，其他一切都无从谈起。

丹江口水利枢纽工程于 1958 年 9 月 1 日开工建设，1973 年建完。被周恩来总理誉为全国唯一集防洪、发电、灌溉、航运、养殖于一体五利俱全的大型水利工程。2005 年 9 月 26 日，南水北调中线丹江口大坝加高主体工程开工，大坝在162米的基础上“穿衣戴帽”加高至176.6米，使水库正常蓄水位由157米抬高到170米，正常蓄水位库容相应由174亿立方米增至290亿立方米。

实施大坝加高工程之后，考虑到新老坝体结合的特殊性，南水北调中线水源有限责任公司对工程安全的要求更为严苛，全力推进大坝安全监测新老系统的整合和完善。

记者在坝顶从44坝段走进丹江口大坝安全自动化监测中心站。显示屏上清晰显示着当天的水位、流量等各种数据。

“这是丹江口大坝安全自动化监测信息平台。”当班值守人员陈慧敏说，利用BIM、空间移动网络等信息新技术，结合丹江口大坝安全监控的需求，构建一个全域监控的管理系统，可以监测大坝变形、渗压、渗流、温度等各类信息，掌握整个枢纽的运行状态。

密布的监测点，编织了一张大坝安全守护网。中线水源公司工程部副主任胡雨新说：“丹江口水利枢纽总共有1812个监测点，可以对各个重要部位进行自动化监测。监测系统能够对数据即时采集、分析、传输、展示和应用，自动化传输，数字化管理，高效化运行。一旦发现异常数据，我们会及时分析、研判，第一时间妥善处理。”

记者跟随工程管理人员深入大坝廊道。这里分布着多种监测点、排水孔和测压管。尽管是夏季，但进入廊道就强烈地感受到一股寒气扑面而来。正在巡查的工作人员打开廊道一侧的一个小门，房间里灯光明亮，地上墙上布满了多种监测设备。这里是应力水准测点，主要是监测坝体内部受力情况。

胡雨新说：“监测人员就像大坝安全运行的‘医生’。从丹江口大坝建成至今，一代又一代的守护者为了大坝的安全运行，扛起重任，一年365天从未停止过对大坝的监测。”

中线水源公司制定《丹江口水利枢纽大坝加高工程蓄水期安全监测技术要求》《工程运行安全生产管理办法》等运行管理制度；健全突发事件应急管理体系，建立定期巡查制度，全力做好大坝安全监测、水情测报、大坝强震监测；安装钢网护栏墙，设置安全警示标识，围绕封闭区周界护栏、交通道口、坝面、码头、核心区等重要部位安装高清数字监控探头74个，主要通道和重点要害区域全覆盖……严密的制度和措施，为大坝穿上一层坚硬的“铠甲”。

大坝拦水只是基础，如何确保拦蓄的是人民期盼的好水，是南水北调的又一重大课题。

汉江的源头在陕西，汉江上游人民通过生态修复、关停并转高耗能工业企业等措施立体治污，为保护一库清水北流作出了贡献。

记者来到位于丹江口库区的“千岛画廊”，极目远眺，这里碧波荡漾，湖光山色，相映生辉，形状各异的小岛如绿色宝石撒落水面，一派令人陶醉的秀美画卷。

水质的好坏光凭肉眼看还不行，必须要用科学数据说话。

记者来到位于丹江口大坝左岸坝头的中线水源工程水质监测中心实验室，工作人员陶晶祥和米长青正在全神贯注操作水质分析仪器。

陶晶祥说，这个投资1000多万元建成的中心实验室，配备了目前最先进的水质监测设备，设置原子吸收室、原子荧光室、气质联用室等多个专业实验室。湖北省计量测试技术研究院还会定期对设备进行检测，保证监测数据准确。

陶岔渠首断面每日进行常规水质人工监测，7个自动监测站每4小时进行常规水质参数趋势监测，库区32个断面每月进行水质参数人工监测，每年进行109项全指标人工监测，还有强大的信息系统为支撑……中线水源公司已形成了较为完善的水质监测体系，可以精准捕获核心水源地水质的细微变动，及时对水质监测数据进行分析并上报结果。

“站网建成后，实现了中线水源地水质状态的自动监测和信息的及时传输，大幅度提高了水环境监测的工作效率，也为管理部门提供了高效、科学的决策支撑信息。”中线水源公司副总经理齐耀华表示，通过规范的监测，公司对核心水源地提供全方位立体化的监管。

向北奔涌的丹江水，见证着这群源头“哨兵”日复一日、风雨无阻的坚守。通水以来，中线水源工程未发生安全运行事故，丹江口水库水质始终稳定在Ⅱ类以上；超过380亿立方米的清澈丹江水流向北方，成为京津冀豫20多座大中型城市的主力水源。

两江集翠始称善，大坝壅高方出奇。探访南水北调水源地，记者强烈地感受到碧水、大坝、监测、安全正是南水北调源头区造福沿线6700万人的关键词。

（李先明　陈萌　吴涛　杨晶《中国水利报》　2021年6月5日）

源头水出清如许

5月26日中午，从丹江口水利枢纽出发，沿着丹陶公路一路奔驰，约40分钟，陶岔渠首工程到了。

恰遇一大队人马先一步进入渠首大坝，是当地单位组织职工来这里做团建活动。他们饶有兴致地参观工程，询问总书记在大坝上考察时的情况，最后展开党旗合影留念。

约两周前，习近平总书记来到这里实地考察引水闸运行情况。总书记强调，南水北调工程是重大战略性基础设施，功在当代，利在千秋，要求从守护生命线的政治高度，切实维护南水北调工程安全、供水安全、水质安全。

“问渠那得清如许，为有源头活水来。”总书记离开以后，许多人慕名来此参观，站到总书记站过的地方照相，顺着总书记眺望的视线感受这里的风物。

站在渠首大坝上，向上游眺望，艳阳之下，丹江口水库烟波浩渺；向下游看，宽60多米的碧水顺着长渠奔腾而去。渠道两岸绿意葱茏，繁花点缀，行走其间，一步一景。

如果说丹江口水库是南水北调中线的“大水缸”，陶岔渠首就相当于出水的“水龙头”和“总阀门”，控制和调节北上的水量。

“作为中线干线千里长渠之始，渠首位置意义重大。渠首工程全长185公里，包括陶岔渠首枢纽工程和渠道工程两部分。”南水北调中线陶岔管理处处长王西苑说，“每一秒钟，就有约400吨水，利用陶岔渠首到团城湖近100米的落差，从这里自流向北方。同时，渠首段又是流量最大、开口最宽、挖深最深的一段。必须毫不懈怠，全力做好工程安全、水质安全等工作，确保一渠清水送向北方。”

丹江口水库的水进入渠首大坝需要经过“三道关”。王西苑向记者介绍，两道拦网用于阻挡体积较大的漂浮物，再用清漂机器人“查漏补缺”。

记者在渠首坝前看到了正在作业的清漂机器人。它像一艘航模小船在坝前水面上不知疲倦地游来游去，用前方的触角收集小漂浮物，灵活自如，成为坝前的一道风景。“机器人看着小巧，但内置的过滤网孔径最小只有5毫米，足以让漂浮物无处遁形。而且，相比于人工打捞，操作机器人时工作人员可站在大坝上，视野开阔，高效又安全。”王西苑说，机器人单次可收集漂浮物 300 千克，每天累计作业 8 小时可收集 1000 多千克漂浮物，还具有自动卸渣功能。之前采用人工打捞时，2 人每天工作 8 小时才打捞漂浮物近 500 千克，并且水上作业安全隐患较大。

在渠首大坝右岸，康静伟正和同事进行斜管监测，一个测量，一个记录，配合默契。他们是南水北调中线建管局渠首分局负责现场安全监测的作业员。

康静伟说："沿线布设了安全监测仪器设施，确保渠道及输水建筑物的安全。我们主要的监测项目有表面垂直位移、表面水平位移、内部水平位移、地下水位等。"

不仅如此，依靠中线建管局近年来推进的"智慧中线"建设，沿线各管理处开展安全监测更加高效。巡查维护系统采用 IT 技术、移动技术、GIS 技术等先进技术，实现"巡检有计划、过程有监督、事后有分析、处理可追踪"；依托全线布设的 8 万余个安全监测点，实时监测渠道安全；开发视频智能分析系统，实现对水位尺数据读取、人员入侵检测等多种场景视频图像的自动研判和上传告警……针对发现的问题，及时研判，高标准处置，确保工程始终处于良好状态。

南水北调，成败就在于水质好坏。渠首人，深知责任重大。

从陶岔渠首入渠口顺流下行约 600 米，来到陶岔渠首水质自动监测站。这里是丹江水进入总干渠的第一个水质自动监测站，也是全线监测参数最多的一个站。

水质监测人员陶丽和彭文文正准备采集水样。她们穿着橙色救生衣、白色监测服，拿着取样的工具来到监测点。风大水急，脚下的桥晃晃悠悠。她们扎稳脚步，抛出取样器，轻拉绳索，清澈透亮的水样被取回。

渠首的一滴水，要经过层层检测，才被"放行"流入沿线城市。渠首分局水质监测中心工作人员李仪介绍，南水北调中线沿线共计有 13 个水质自动监测站，全部 24 小时动态监测水质。在 2020 年全年监测中，渠首的水 366 天里有 360 天达到Ⅰ类水标准，占比 98.4%。

"总书记对南水北调工程的肯定，极大地鼓舞了广大水利职工，坚定了大家干好水利工作的信心。"南水北调中线建管局渠首分局党委副书记、纪委书记万金波说，"作为一名基层护水人，无比激动，倍感自豪，也深感重任在肩。今后要认真学习总书记重要讲话精神，做好本职工作，管好、护好工程，为南水北调贡献更大的力量。"

源头水出清如许，渠外花开正可言。南水北调中线工程渠首乃至全线的护水使者们，饱经风雨历练，坚守在供水一线，于细微处精心呵护工程安全，用精益求精的匠人精神实现安全运营，以满腔的赤诚守护这座世纪丰碑，护佑一渠清水造福两岸人民群众，支撑经济社会发展，改善生态环境。

（李先明　吴涛　陈萌　杨晶　刘铁军　《中国水利报》　2021年6月8日）

共护“母亲河”　清水送京津

——陕西商洛市大力保护南水北调中线工程水源涵养区

发源于秦岭深处，一路徜徉，汇入长江。它是丹江，是陕西省商洛市的“母亲河”，也是南水北调中线工程重要水源涵养区、水质保障区，调水量占南水北调中线工程规划调水总量的20%以上。

商洛市近年来坚持优化生态养好水，夯实措施治好水，担当负责管好水，尽力守护“母亲河”，保障“一泓清水永续北上”。

优化生态养好水

初夏，一路驱车行至丹江商州区张村段，水天一色的景象让人心旷神怡。一河清水静静流淌，像一面镜子映出高空的蓝天白云。河流靠田地的一侧，是用石块修砌的堤防，另一侧是一条河堤路，路边栽种了大片的花，花开正艳，竞相吐芳。

据商洛市水利局局长许永山介绍，商洛市于2016年实施丹江流域治理，几年来，共建设丹江干流防洪工程15个、堤防63.3公里、潜坝33座；建设丹江支流南秦河、银花河、老君河、清油河等中小河流治理工程19个、堤防103公里。市区防洪标准达50年一遇，县城达30年一遇。同时，建成沿岸生态堤防25公里，形成生态堤岸、湿地、水域融为一体的水利风景线。实施“丹治二期”工程、坡耕地综合治理、国家水土保持重点工程等项目，治理小流域53条，治理水土流失面积865平方公里。

“工程的建设，不仅保障了沿岸人民群众生命财产安全，还改善了河道生态、水资源和当地群众的居住条件，提升河道形象，真正保证了丹江流域水清岸绿生态美。”许永山说。

夯实措施治好水

“之前村民经常往河道倒垃圾，让人头疼，现在每段河道都有河长，每天巡查，村民往河道乱扔垃圾的现象减少了。”商洛市丹凤县棣花镇棣花社区党总支书记、居委会主任贾晨阳说。

棣花社区依河而建，社区西边就是丹江棣花段流域。棣花镇从2012年开始发展旅游产业，年接待游客达100万人次。游客多了，生态环境保护成为棣花的首要任务。

“一是加大宣传力度，加强日常监管巡查，增强村民的护水爱水和环境保护意识。二是为每家每户发放便携式垃圾回收箱，引导群众不乱扔垃圾，定点投放。三是在社区增设垃圾回收点，统一收集垃圾。”贾晨阳说：“现在河道周边环境优美，每天巡河都有了力气，今年4月还有村民在丹江国家湿地公园棣花段发现了14只白琵鹭呢!”

商洛市落实长江禁渔十年行动，持续深化小水电、尾矿库、重点流域等专项治理，常态化整治河流“四乱”，积极实施473个流域污染防治项目，全市11条主要河流24个监控断面水质全部达到功能区标准，丹江出境断面达到Ⅱ类水标准。全市7座城区污水厂全部完成提标改造任务，2020年中心城区污水处理率和县城污水处理率均超过省考指标。

担当负责管好水

“从2017年开始，我们在水库设立限行路障，停止库区旅游，取缔网箱养鱼，禁止钓鱼、游泳、采砂等，完成水源地800余户常住民旱厕改造。现在每次检测，我们库区的水质都在国家地表水Ⅱ类标准以上。”站在二龙山水库大坝，看着碧波荡漾的水面，二龙山水库管理处主任吕伟宏自豪地说。

商洛市二龙山水库是丹江流域重要的蓄水工程，既担负着商洛市的城区供水任务，又是南水北调工程重点水源涵养地。

商洛市水利局近年来先后投资1500余万元，在二龙山水库库区栽植各类树木30余万株，绿化美化库区水岸线，完成水土流失治理2200公顷，建设污水管道5.36公里。同时，常年对库区群众进行宣传教育，增强大家的水源保护意识；落实专人打捞库区水面垃圾，加大巡查监管力度，严厉打击违法乱建、乱倒、乱排、偷采砂石等行为。

“目前我们年均向下游河道生态供水9000余万立方米，为一江清水供京津作出了商洛应有的贡献。”吕伟宏说。

“走进‘十四五’，商洛市全域将以壮士断腕的勇气，淘汰落后产能，关闭污染企业，加大对南水北调中线工程水源涵养区的保护力度，扛稳扛牢水资源保护的政治责任。”商洛市副市长、副总河湖长李育江说。

（刘艳芹 《中国水利报》 2021年6月10日）

江河“揖让”动天地

汉江碧水，浩荡北上；万古黄河，不舍东流。江河“相会”，如何“江水不犯河水”？

5月27日下午，记者来到黄河中游距郑州市约30公里处的南水北调中线标志性、控制性工程——穿黄工程。正是在这里，江河“握手”“相会”，又各奔北东。

我们首先来到一座横跨渠道的彩虹桥上。向南望，一渠清水通透碧绿，两岸的五级护坡整齐划一，几名工作人员正在进行绿化养护。向北看，炎炎烈日下，奔流的碧水陡然消失在一座水工建筑物下，簸箕形状的护坡层层展开，像是一渠碧水消失前留下的巨大涟漪。

这座水工建筑物就是穿黄隧洞的进口。有两道高大的引槽分别引入两个进口，由此进入两条穿黄隧洞。

2019年，在黄河北岸穿黄隧洞的出口，记者曾经深入庞大的竖井目睹了地下输水管道的情况。迈进一道铁门，顿时寒气逼人，眼前是硕大的弧形光亮。顺着螺旋楼梯走下数十级台阶，方才察觉这道巨大的弧形正是直径9米的输水管与竖井夹持的空间。经过345级台阶才走到穿黄隧洞的底层，这里布满了多种多样的测量设施和琳琅满目的阀门、仪器，仔细分辨可以听见细碎的过流声响。

记者随后来到穿黄倒虹吸出口闸室，这里波涛激荡，巨浪翻滚，如虎啸，似狮吼，以雷霆万钧之势，冲出钢铁门帘，进入输水渠道，许久才复归正常。

“穿黄工程总长 19.3 千米，由穿黄隧洞、退水洞、明渠段和其他闸站设施组成。在黄河下面有两条有压输水隧洞，单个洞长 4250 米、内径 7 米。汉江水就是通过隧洞穿越黄河继续北上。”南水北调中线局河南分局穿黄管理处副处长朱文君说。

穿黄之于中线，意义重大。“穿黄不通，全线不通”，它是中线工程的“咽喉”。

在黄河底下复杂的地层中开凿出数千米的隧洞，谈何容易？

“这好比‘牙膏里打洞’。”朱文君介绍，穿黄河段是典型的游荡性河段，地质条件极为复杂，同时又地处地震带。在高地下水位下，在密实砂层、砂砾石层、黏土层等复杂地层中，采用盾构机一次性长距离掘进穿越大河，堪称世界难题。

穿黄工程，第一次采用大直径隧洞穿越黄河，第一次在我国水利史上采用泥水加压平衡盾构进行隧洞施工，第一次应用双层衬砌结构。竖井涌水、管片拼装、盾构刀盘具修复……建设者们集中力量、紧密团结、攻坚克难，成功解决了一系列特殊难题，完成了北上的汉江水穿越黄河的历史壮举。

建设很难，管理也同样不易。在穿黄工程隧洞进口南岸明渠水质监测点，记者采访了正在用专业设备采集水样的中线建管局河南分局水质检测员段春建。

“我们每周会检测水质综合指标、藻类指标。此外，还有 3 个水质自动监测站，每 6 个小时检测 1 次，确保水质安全。”

穿黄工程的抗震能力可达 8 级，按黄河 300 年一遇洪水设计，按 1000 年一遇洪水校核。隧洞内布置了现代化的观测仪器，若出现洞内受力、变异等情况，通过观测仪器，在黄河岸上的自动控制室就能及时看到，确保隧洞安全。

“管理处全面实施以‘精准定价、精细维护’为内容的‘双精维护’。”朱文君说，一方面实施“精准定价”，对工程土建、绿化日常维修养护项目，列出标准化工程量清单；另一方面，实施“精细维护”，从编制维修养护项目方案到选择维修单位，从质量进度到安全文明施工，每个环节都求精求细。

穿黄工程已经运行了7个年头，实现了工程安全、供水安全、水质安全。

经教育部批准，穿黄工程被确定为全国中小学研学实践教育基地，已经成为研学教育的前沿阵地和节水教育、水情教育普及的重要场所。

“目前，南水北调中线一期唯一在建的工程——孤柏嘴控导工程已经提前1个月完成建设。”穿黄管理处处长张晓伟说，“工程是控导南水北调中线穿黄工程段黄河主流、稳定河势的重要河道整治工程，是维护和稳定黄河河道生态的安全屏障。”

站在穿黄工程的观景平台上，记者看到，岸边碧绿的水体与黄河水形成鲜明对比。朱文君说，绿色水体的位置是穿黄工程退水洞的出口。工程检修时，可开启退水闸，将水排往黄河，还可利用退水闸向黄河进行生态补水，实现两大母亲河的“亲密接触”。

无人机不断攀升，呈现在屏幕上的是江河“相会”的壮阔景象——两边是江水奔流，中间是黄河浩荡，一条是规整的蓝色玉带，一条是蜿蜒的黄色金练，各有色彩，各有风流，各有使命，各有方向。

“江河揖让动天地，雨露送迎润赵燕”。江河“相会”，两大母亲河错位立交，在涛声中“迎送”，为各自的恩泽雨露奔流，特别是成就了江水顺利北上，润泽燕赵，造福华北。南水北调中线穿黄工程已经成为人类历史上最宏大的穿越大江大河的水利工程，向世人展示了“中国智慧”“中国力量”。新时代的传奇就这样永远镌刻在华夏大地上。

（李先明　杨晶　陈萌　吴涛　《中国水利报》　2021年6月11日）

水润雄安承大事

塔吊林立，长臂飞舞，施工紧张，场面壮观。

5月28日，雄安新区。这座举世瞩目的“未来之城”，正在建设者日夜兼程的奋斗中悄然崛起。

与周边热火朝天的建设场面不同，位于雄安新区容东片区王路村的雄安新区起步区1号供水厂已经整体建成，一座现代化水厂已具雏形。

“这个水厂6月底将投入运行，日供水15万吨，水源取自南水北调中线天津干渠。”1号供水厂项目负责人梁赛介绍，工程占地15公顷，是雄安新区首个净水厂，投入运营后可确保容东片区17万人喝上优质水。

借助无人机，供水厂全貌尽收眼底。几座砖红色外观的建筑物依次排开，酷似字母“H”，设计中灵活运用的曲线显出灵动之美。院子里像波浪一样起伏的地面上竖立着许多透气帽，那是地下水处理池的透气装置。挖掘机和工人正在整理地面、进行绿化作业。已经绿化好的屋顶和地面，绿意盈盈，错落有致，富有生机。

蓝绿交织、清新明亮、水城共融是雄安新区未来的生态建设蓝图。正是按照这样的要求，起步区1号供水厂采用去工厂化设计理念，通过景观地形的营造，将水厂与周边环境融为一体。

记者走进位于办公楼二层的中控室，几名工作人员正在对水厂监控系统进行调试。“目前，中控系统调试是我们最主要的工作。水厂正式运行前会有5到10天的试运行，中控系统需要提前调整到位。”梁赛说。

一路北上，南水情长。6月底，从丹江口水库千里奔流来的甘甜水，将带着库区人民和南水北调人满满的情意，流进新区容东片区和启动区的千家万户。

据梁赛介绍，水厂项目还建设了一座日供水规模15万立方米的原水泵站和总长约19.4公里的原水管道，作为引水配套工程，保证供水来源，提高水源安全性。

国家大事重千钧。从更长时间的维度来看，如何为雄安新区提供持续、长久的水资源保障？

在距离1号供水厂50多公里外，一个事关“未来之城”用水安全的工程项目正在有序推进。

记者来到位于保定市徐水区的雄安调蓄库工程项目施工现场。站在项目区内的观景平台眺望，远处峰峦叠嶂，树木葱茏，近处花草点缀，厂房密布。运输车、洒水车往来穿梭，大型施工机械隆隆作响。

南水北调中线实业发展有限公司河北分公司相关负责人焦小彦介绍，雄安调蓄库是南水北调中线工程第一座调蓄水库，是服务于雄安新区的基础设施工程。项目由调蓄上库、调蓄下库、连通工程、输水发电系统、主坝下游环境整治工程和弃渣处理系统等组成，调蓄库总库容约2.56亿立方米。

“调蓄库项目建成后，配合正在谋划实施的雄安干渠，可以满足未来雄安新区正常稳定供水要求，保障新区应急供水安全，提供稳定的供水保障。”焦小彦说。

雄安调蓄库不仅是“未来之城”的“水之源”，还是“骨料仓”。调蓄库项目建设过程中将开挖4亿吨骨料，是三峡工程建设时开挖量的2倍多，可满足雄安新区15年的建筑骨料需求。

尽管施工一片繁忙，车辆、人员来回穿梭，但现场并无尘土飞扬、喧嚣噪声。焦小彦说：“我们坚持无尘、无废、无污染的设计标准，不论是砂石加工系统还是全封闭的花园式厂房，都按照国内最顶尖的标准来建造运营。”

作为南水北调中线后续重点工程，雄安调蓄库在规划设计时有何考量？

南水北调中线实业发展有限公司副总经理兼河北分公司总经理韩志成透露，雄安调蓄库在保障雄安新区正常供水、总干渠应急和检修供水的同时，还兼具了供料、沉藻、发电、矿山修复等综合功能。

“这就对选址提出了更高的要求。首先需要离南水北调中线干渠和雄安新区足够近，减少骨料运输成本。其次不能占用大规模的基本农田。此外，地质条件同样重要，上库在地形上要恰当，以充分节约修筑成本；下库在高程上要合适，这样可以实现自流引水。”

记者从雄安调蓄库地理位置显示图上看到，最终敲定的雄安调蓄库位置紧临南水北调中线干渠北京、天津分水口，是一个“三岔路口”，地处咽喉。

韩志成说，不仅能让千里奔波的南水“歇歇脚”，项目还配套建设了南水北调中线总干渠在线沉沙沉藻工程，可以有效净化水源，改善水质，提供更加优质安全的用水保障。

既要高标准高站位规划，更需高标准高质量建设。“在雄安调蓄库的建设管理方面，我们将引入BIM、GIS、物联网、5G和云技术等先进技术手段，努力将这个项目打造成智慧工地的‘领头羊’。”韩志成说，“总书记的重要讲话让我们南水北调人感到非常自豪与光荣。雄安调蓄库工程是服务雄安新区的重大基础性工程，我们将按照高标准、严要求，把调蓄库建设成经得起历史考验的工程。”

水润雄安承大事，国逢盛世启新局。千里奔流而来的南水为雄安这座“未来之城”注入强劲“水动力”，支撑其承载“千年大计、国家大事”的重托。在习近平总书记重要讲话精神的指引下，随着雄安调蓄库等后续工程的

建设，南水北调中线工程供水综合效益将不断提升，支撑国家重大战略的作用将日益凸显。南水北调与雄安的故事，才刚刚开始……

（李先明　杨晶　陈萌　吴涛　《中国水利报》　2021 年 6 月 17 日）

天河润物花香外

一条水渠，起汉江，出陶岔，走中原，穿黄河，入华北。

一条血脉，连通千家万户，流入广厦万间，流过沃野万里。

一条命脉，活京津，润雄安，泽沿线，承载厚重期盼，融入恢宏蓝图。

天河润物花香外，燕赵迎春水色中。南水北调中线一期工程，正式通水 6 年多，累计调水超 380 亿立方米，直接受益人口达 7900 万人，未发生一起断水事故、安全事故，被誉为人间天河。工程项目以过硬的质量、高效的管理、多重的效益，彰显了中国之治的显著优势，诠释了无可替代的巨大价值，也在高质量发展的时代命题下承载新的使命。

浪漫之想——中华民族的世纪创举

南水北调的思想“源头”，可追溯至一个“伟大而浪漫的畅想”。

1952 年毛泽东同志视察黄河时说：“南方水多，北方水少，如有可能，借点水来也是可以的。”

在历届党和国家领导人的关怀推动下，历经半个多世纪，经过漫长的踏勘、论证、比选、研究，《南水北调工程总体规划》于 2002 年出炉。

构筑“四横三纵”的水资源配置格局，是“中华民族的世纪创举”。中线工程，正是这其中重要的“一纵”。2003 年 12 月，中线一期工程开工建设。经过 12 年艰苦奋战，2014 年 12 月 12 日，随着中线一期工程正式通水，南水北调东中线一期建设目标全面实现！

中线工程的“源头”，可由壅起无垠碧水的丹江口水库大坝说起。

1958 年，丹江口水利枢纽工程开工建设，10 万大军汇集到工地。1959 年，汉江截流顺利完成，“他年更立西江壁，指挥江流向北京”令人无限期待。1974 年，竣工的丹江口水库蓄积起 100 多亿立方米的水量，在千山万壑间实现“高峡出平湖”。中线工程开工后，2005 年丹江口大坝加高主体工程开工。5 年后，大坝“穿衣戴帽”，由 162 米加高至 176.6 米，蓄水水位由 157 米提高到 170 米。

基于此，一江清水可通过适当的落差，自流至京津地区。也源于此，丹江口库区 34.5 万人讲大局、讲奉献，告别桑梓，举家搬迁。

2011 年 6 月，在河南淅川县九重镇油坊岗村村口，一排排挂着红色条幅的大巴，等着运送村民。邹新曾与 748 名村民从这里离开，搬迁到新家邹庄村。

10 年后，在 160 多平方米的两层小楼里，洗衣机、电热水器等家电一应俱全，邹新曾笑着说：“一家人年收入有 10 万元。”

习近平总书记看望邹新曾一家人时说：“移民之后，乡亲们 10 年收入提高了 3.6 倍，这是我们欣慰的地方。”老邹激动回答：“共产党好，都是为着人民。”

依靠人民、造福人民的南水北调工程，创造了世界工程建设移民安置奇迹。丹江口库区移民搬迁是世界水利移民史上最大强度的移民搬迁，涉及搬迁移民 34.5 万人，难度超乎寻常。党中央、国务院高度重视，河南、湖北两省举全省之力，各部门发挥政策集成优势，移民群众和干部勇担当、讲奉献……最终，移民安置实现了“四年任务、两年基本完成”，做到了“不伤、不亡、不漏、不掉”一人，积累了重要的移民工作经验。

中线工程建设历程中，闪亮的标签、创造的奇迹还有很多。以丹江口大坝加高、膨胀土处理、穿黄工程、沙河渡槽等为代表的建设项目，创造了若干项世界第一，建设者们付出了心血、贡献了智慧，确保了工程质量。

全国一盘棋、集中力量办大事、尊重客观规律……作为跨流域、跨区域超大型调水工程，南水北调没有现成的经验可以借鉴。也正是在应对这些前所未有的挑战中，我国积累了实施重大跨流域调水工程的宝贵经验。习近平总书记强调：“这些经验，要在后续工程规划建设过程中运用好。”

责任之大——工程安全、供水安全、水质安全

“成此大业者，党之魂、制之优、国之力、民之慧，铭记民族复兴伟大使

命，愿南来之水长流不息。”在南水北调中线沿线很多管理处，可以看到一座6米多高的“责任碑”，记叙着工程建设的艰辛历程，也激励着南水北调人牢记使命、勇担大任。

看得见的水清如许，看不见的默默守候。

密织“天罗地网”，确保工程安全——

在丹江口大坝安全自动化监测中心站，显示屏上显示着水位、流量等各种数据，1812个监测点可对重要部位进行自动化监测。

中线工程“咽喉”穿黄工程的隧洞内，布置着现代化的观测仪器，在黄河岸上的自动控制室就能及时了解工程情况。

在京津分水“咽喉”西黑山枢纽，工作人员仔细巡查重点防汛部位，管理处处长朱耘志说：“安全是第一位的。”

…………

全长1432公里的输水线，仅交叉建筑物就有2385座。中线工程建立完善检测监测系统，盯紧重要节点工程、关键部位，将隐患消灭在萌芽状态。

遇汛期、冰冻期，挑战叠加。沿线各单位密切关注气象、水温、气温、雨情等信息，提前做好各项准备，加强设备设施检查，强化工程巡查，并针对可能发生的险情提前编制预案、开展应急演练。

精准精确调水，确保供水安全——

每年11月1日至次年10月31日，是中线工程水量调度年度。长江委做好水量调度计划编制，水利部组织相关单位进行审查，综合研判当年来水丰枯情况以及调出区可调水量、调入区需水量等因素。

在沙河渡槽闸站室，管理处调度科科长宁志超用手机登录“中线巡查维护实时监管系统”。他说：“我们对闸门的控制精度为毫米级。”

在距离沙河渡槽800多公里的北京，工作人员紧盯90多平方米的大屏幕，查看重点断面情况。这里是南水北调中线“智慧大脑”所在地——中线工程总调度中心。64座节制闸、97座分水口门、3000多人协调一致、精准运行的奥秘，就藏在这里。

根据水利部下达的供水计划，结合全线的水情、工情，总调中心统一制定和下达调度指令，利用自动化闸站监控系统集中远程控制闸门，各级调度机构按照自身职责分工开展输水调度。“统一调度、集中控制、分级管理”，实现了调水过程自动化、远程监控可视化、运维管理信息化。

注重关口前移，确保水质安全——

在陶岔渠首水质监测点，陶丽和彭文文抛出取样器，轻拉绳索，清澈透亮的水样被取回。在 2020 年全年监测中，渠首水质达到Ⅰ类的天数占比达 98.4%。

在南水进京的“南大门”——惠南庄泵站，李燕通过水质自动检测站查看水质数据，供水水质各项指标优于地表水Ⅱ类。

南水北调，成败在水质。逢山开路，遇河架桥，克服重重阻碍，千里长渠保持独立运行，水质优良。

一库清水出源头。国家从规划、政策、制度等层面加强顶层设计，将水源区纳入重点流域治理范围。陕西、湖北、河南三省联动协作，开展水污染防治和水土保持，推进高污染产业转型升级，当好“守井人”“护水人”。

长渠送水，全线守护。沿线京津冀豫四省市开展总干渠两侧水源保护区划定，确保总干渠水质安全。中线建管局建立了“1 个中心、4 个水质实验室、13 个自动监测站、30 个固定监测断面”的水质监测体系，每天、每月、每年都有不同类型的监测，全方位跟踪水质。

效益之巨——配置资源，保障饮水，激活经济，修复生态

5 月 26 日，河南鲁山县城南水厂完成试运营，城区 7000 余户自来水用户喝上了甘甜的汉江水。

5 月 29 日，潮白河北京段 22 年来首次全线水流贯通，90%的水将回补地下。

6 月 7 日，滹沱河、大清河（白洋淀）生态补水正式启动，多年来处于断流或干涸状态的子牙新河等下游河道有望全线复流。

6 月底，雄安新区首个净水厂项目——起步区 1 号供水厂工程将正式

通水。

…………

不同的受水地点，相同的活水源头。

相同的地点，不同的景象。时间流转，沧桑巨变。

“看县志，滹沱河水丰草茂。可到实地一看，哪还有什么河，都是干沙床子。骑自行车到了那儿，扛起车就能过河。”习近平总书记讲述在河北正定工作期间的经历。

而今，滹沱河浩渺无垠，碧波荡漾，生机盎然，让石家庄市撕下了曾经“尘灰傍土，缺乏生机”的标签，拥有了堪比江南水城的怡人风光。

6年多来，南水北调中线工程运行安全平稳，水质稳定达到Ⅱ类及以上标准，综合效益显著发挥。2019—2020年度完成供水86.22亿立方米，超过南水北调工程总体规划提出的多年平均规划供水量，标志着中线工程通水6年即达效。

供水活化剂——水量足了、口感甜了。首都北京城市供水75%以上为南水，自来水硬度大幅度降低；天津市14个行政区全部用上南水；河南受水区多个城市主城区100%使用南水；河北邯郸、石家庄等市90多个县区受益，500多万人告别高氟水、苦咸水。

发展助推剂——倒逼产业转型、升级蜕变。北京、天津、石家庄等大中城市实行区域内用水总量控制，加强用水定额管理，带动发展高效节水行业，淘汰限制高耗水、高污染行业，实行“两部制”水价，促进节水型社会建设。

生态修复剂——有效呵护河湖、涵养生态。在沿线地区特别是华北地区，干涸的洼、淀、河、渠、湿地得到补水，因缺水而萎缩的部分湖泊、水库、湿地重现生机。北京市平原地区地下水水位回升3.72米；天津市地下水水位平均累计回升0.17米；河北省浅层地下水水位回升0.58米。

安全稳定剂——支撑重大战略、确保长远用水安全。南水北上，在保障沿线经济社会可持续发展的同时，也让许多城市有了水资源战略储备，为京津冀协同发展、雄安新区建设等国家重大战略实施提供了可靠的水资源支撑。同时，工程建设运行，大大助力地方经济发展，提供更多就业机会，为促进国内经济大循环作出贡献。

南水北调中线工程，已经成为优化水资源配置、保障群众饮水安全、复苏河湖生态环境、畅通南北经济循环的生命线。

未来之重——奠基国家水网，构成主骨架，担当大动脉，保障水安全

水运连着国运，水资源格局决定着发展格局。习近平总书记说：“历史上很多兴和衰都是连着发生的。要想国泰民安、岁稔年丰，必须善于治水。”

在“十四五”开局之年、开启全面建设社会主义现代化国家新征程的第一年，正是各地抓紧编制五年规划的重要阶段，习近平总书记考察南水北调，对推进后续工程高质量发展提出明确要求。“南水北调工程事关战略全局、事关长远发展、事关人民福祉”。其义所指，宏阔万千。

实施南水北调，不仅仅是破除缺水掣肘难题，更是确定生活、生产、生态“三位一体”高质量发展的活水源头。建设国家水网，承载的也不仅仅是解决水资源危机的历史重任，更是为实现中华民族走向复兴的伟大梦想提供不可或缺的重要基础支撑。

运输车辆往来穿梭，施工机械隆隆作响……一个事关“未来之城”用水安全的工程项目——雄安调蓄库，正在有序推进。

紧临南水北调中线干渠北京、天津分水口，调蓄库地处咽喉，位于“三岔路口”。它既是雄安“水之源”、江水“净化器”，还是供电“蓄能站”、建材“骨料仓”。建设者们加班加点，按照高标准、严要求，力求把调蓄库建设成经得起历史考验的工程。

中线工程目前属于“直肠子”，在沿线建设调蓄库，可调节中线来水丰枯不均，强化中线供水保障，可在总干渠停水检修期间为沿线城市提供水源保障，还能提升遇突发事件期间的应急供水能力。除了已经开工的雄安调蓄库、观音寺调蓄工程，中线沿线其他调蓄工程正在开展相关规划工作，协调纳入“十四五”水安全保障相关规划。

当前，南水北调中线工程的供水地位已经由“辅”变“主”，目标达效由“慢”变“快”。而与之相对的，是工程沿线用水需求由“弱”变“强”，供水网络体系由“缺”到“全”。这无疑对建设管理提出了一系列新的课题。

“切实把思想和行动统一到习近平总书记的重要讲话要求上来”“把学习成果运用到谋划做好‘十四五’时期重点工作上来”“坚持系统观念，坚持遵循规律，坚持节水优先，坚持经济合理，加强生态环境保护，继续科学推进

实施调水工程”……迅速传达，专题学习，深入研讨，提高认识，明确任务，水利部党组不折不扣抓好落实，凝聚全行业共识，汇集高质量发展合力。

国之重器千秋梦，水者强基百世功。从南向北的千里长渠，见责任、见担当、见发展、见未来。奔流不息的浩荡南水，记叙着古老民族的执着探索，浇溉着华夏儿女的发展梦想，也必将续写伟大复兴的崭新篇章！

（李先明　陈萌　吴涛　杨晶　《中国水利报》　2021 年 6 月 18 日）

送好“南水”的江苏承诺

航拍江都水利枢纽工程（通讯员　张斌　摄）

初夏时节，万物并秀。南水北调东线“源头”江都水利枢纽工程，葱翠掩映，风姿尽显。

这里是三水交汇的佳绝之地，是南水北调东线一期工程的起点。一泓碧水从这里出发，长途跋涉 1467 公里，被逐级提引至苏北、山东等地。

去年 11 月，习近平总书记亲临江都水利枢纽，了解南水北调东线工程和枢纽建设运行情况。

走进习总书记曾考察过的江都水利枢纽展览馆，1∶75000 的工程沙盘，清晰地展现出南水北调东线工程的整个输水脉络。星空灯下，东线工程蜿蜒磅礴、连亘数省，广袤江淮大地上，清水一路北上。

展馆展示墙上，一段段文字、一幅幅照片，细述了江都水利枢纽工程的建设及加固改造历程。

2002 年，国家启动南水北调东线一期工程建设，在江苏省江水北调基础上扩大规模、向北延伸，工程历经 10 年建成通水。

建成 8 年，江苏省扛起为全国发展大局作贡献的责任，统筹配置境内江、淮及沂、沭、泗等多种水源和雨洪资源，错峰运行，科学调度，克服省内农业灌溉高峰期供水保障巨大压力，竭力保证南水北调东线工程向省外调水的水源稳定。

“通过新老工程统一调度、联合运行，江苏省连续 8 年完成国家下达的调水任务，累计调水出省约 54 亿立方米，水质稳定达到国家考核标准。”江苏省南水北调办副主任郑在洲介绍。

“南水”滋养，润物无声。水资源危机得到缓解，水生态环境得以修复，地下水超采有所减少……一渠“南水”成为北方地区经济社会发展的“活力源泉”，彰显出南水北调工程的重要成效。

今年 5 月 14 日，习近平总书记在河南主持召开推进南水北调后续工程高质量发展座谈会，针对南水北调等重大跨流域调水工程再次作出重要部署。

“我对这件事一直十分重视。南水北调工程事关战略全局、事关长远发展、事关人民福祉。”仅相隔半年时间，习近平总书记再次对南水北调作出重要指示批示，为这一世纪工程下一步的建设发展指向定调。

当前，我国进入新发展阶段，贯彻新发展理念、构建新发展格局，形成全国统一大市场和畅通的国内大循环，促进南北方协调发展，更加需要水资源的有力支撑，更加需要加快构建国家水网主骨架和大动脉。

南水北调，世纪工程。对于江苏来说，东线二期工程如何推进、线路怎么走？如何高质量做好后续工程建设？这关乎国家水网的构建，关乎整个江苏省经济社会发展，更关乎我国南北方协调发展战略布局。

江苏省水利系统迅速行动，深入学习贯彻习近平总书记“5·14”重要讲话精神，对标服务“强富美高”新江苏建设、保障南水北调东线工程战略目标实现，认真研究梳理、抓紧筹划推进南水北调高质量发展各项工作。

“习近平总书记视察江苏期间指出，要继续推动南水北调东线工程建设，完善规划和建设方案，确保南水北调东线工程成为优化水资源配置、保障群众饮水安全、复苏河湖生态环境、畅通南北经济循环的生命线。”郑在洲说，

“这是我们做好南水北调工作的根本遵循和行动指南。”

总结经验，观照现实。在南水北调东线一期工程建设与管理过程中，江苏省经过不断实践，探索出一套宝贵的工程建设、水资源管理、工程运行管理经验，保障了工程效益发挥。

“这些经验，要在后续工程规划建设过程中运用好。”习近平总书记强调。

江苏水利人正进行着一场深刻思考。

“在东线考察时，总书记特别强调‘不能一边加大调水、一边随意浪费水’。这次座谈会上，总书记又强调‘把节水作为受水区的根本出路’。”江苏省水利厅水资源处处长李春华说，“我们要树立丰水地区也要节水的理念，以南水北调沿线区域为重点，探索高效配水的新途径。”

“节水优先”是前置条件。东线一期工程建成后，江苏省按照“先节水后调水、先治污后通水、先环保后用水”的原则，加大最严格水资源管理考核力度，大力宣传水资源节约理念，推进节水型社会建设，成效显著。

一手抓节水、一手抓调水，是南水北调工作的根本原则。进一步加强控制用水总量，严格管水措施，大力推广节水技术等制度、措施，同样被江苏省列入推进南水北调高质量发展的重要内容。

人民群众对美好生活的向往，就是调水人努力的方向。

“一期工程将输水干线打造为清水廊道，有效改善了沿线城乡水环境，打造了风景秀美的城市景观河道，提高了通航能力，使流淌千年的京杭大运河焕发新的生机。”省水利厅副厅长张劲松说，“后续，我们将坚持山水林田湖草沙一体化保护和系统治理，充分发挥河长制平台作用，统筹推进南水北调沿线水质保障和生态保护，打造生态优先示范区、绿色发展先导区。”

有效管理才有安全保障。

走进江都水利枢纽四站厂房内，大大的电子屏上，机组运行参数、水位等情况一目了然，每台泵机上均张贴了“重点巡检部位”标识，工作人员按时进行例行巡查，确保设备安全运行。

多年来，江苏省经过不断探索实践，形成了较为成熟的工程体系和高效运转的管理体系，充分发挥了调水工程综合效益，有效保障了受水地区水安全和经济社会发展。

进入新发展阶段，实现高质量发展，江苏省将在保证工程安全基础上，以全面提升南水北调建设管理水平为目标，通过技术创新，同时融通大数据、物联网、人工智能等新技术，提升复杂条件下的工程运行能力。

“站在新征程的历史起点上，江苏省将谨遵习近平总书记对南水北调工作的领航定向，管理好、运行好一期工程，规划好、建设好后续工程，为加快构建国家水网主骨架和大动脉作出江苏贡献。”张劲松表示。

（董自刚　马晓媛　吴戈　王慧　吴卿凤　程瀛　中国水利网站　2021年6月19日）

南水北调中线工程助力优化河南水资源配置

近日，南水北调中线工程向河南省部分河湖实施生态补水，截至6月21日，累计生态补水量26亿立方米，助力河南省水生态修复，实现汛期洪水资源化。“通过生态补水，清澈透绿的丹江水流进我省城市、乡村，水脉流畅、鱼翔浅底，水质明显提升，水环境明显改善，有利于打造水清、岸绿、景美的宜居环境，助力我省百城提质、乡村振兴和美丽河南建设，人民群众的幸福感、获得感得以进一步提升。”河南省水利厅南水北调工程管理处处长雷淮平说。

据悉，生态补水是通过调度水资源保障生态环境用水的重要实践，通过对因最小生态需水量无法满足而受损的生态系统进行补水，补给区域生态系统的水资源短缺量，遏制生态系统结构的破坏和功能的丧失，保护区域生态系统生境的动态平衡。通过25个退水闸、4个分水口门，南水北调中线工程向河南省境内的24条河流、8个湖库进行生态补水。目前，生态补水流量22.54立方米每秒。

河南省水利厅资料显示，实施生态补水为地下水源涵养和压采创造了条件，遏制了地下水水位下降，地下水水位不同程度回升，其中郑州中深层地下水平均回升6.46米，许昌平均回升6.76米，促进了河南省森林、湿地、流域、农田、城市五大生态系统建设，水生态得以逐渐修复。

为确保水库度汛安全，作为南水北调中线工程水源地的丹江口水库汛前要进行弃水腾库，汛期水库蓄水位必须控制在汛限水位以下。南水北调中线工程建成前，上游来水量大的年份将有大量弃水经长江流入大海，造成水资源的浪费。南水北调中线工程通水后，在保证正常供水的前提下，大量弃水可通过总干渠向河南、河北、北京、天津4省市输送。

南水北调中线工程实施生态补水，不仅降低了丹江口水库甚至长江的防洪风险，实现了洪水资源化，而且有效缓解了城市用水挤占农业用水的矛盾，改善了受水区农业生产条件，增强了农业抵御干旱灾害的能力。同时，生态补水稳定了受水河流生态流量，使山水林田湖得到有效涵养。

（李乐乐　国立杰　中国水利网站　2021年6月23日）

南水北调山东干线公司全线迎战台风“烟花”

万年闸泵站抢险现场（南水北调山东干线公司供图）

7月30日晚上10时，经过数个昼夜奋战，南水北调东线一期工程台儿庄泵站机组停止运行，圆满完成抵御台风“烟花”应急抢险排涝任务。救援机组累计运行46小时，排涝水量达398.27万立方米，有效解除台儿庄城区的内涝忧患。

这只是此次南水北调山东干线公司（以下简称“山东干线公司”）抵御台风应急救险行动的一角。

今年第六号台风“烟花”于7月27日进入山东境内，多地出现强降雨。面临险情，省水利厅紧急启动水旱灾害防御Ⅳ级应急响应。

“汛情就是命令，防汛就是责任，险情就是战场！”山东干线公司及时落实省水利厅部署，坚持“人民至上、生命至上”，紧紧围绕防汛工作大局，积极配合防汛指挥调度，尽职尽责、协同作战，严格落实调度指令做好应急抢险工作，最大限度保障人民生命财产安全。公司迅速加强应对极端天气的工程调度管理工作和应急响应措施，工程沿线各管理局、管理处迅即响应，全力做好工程巡视巡查、隐患排查、物资储备、险情处置工作，在保障南水北调工程自身安全的同时，积极与地方防汛指挥部门对接，全力做好应急抢险准备。

台儿庄城区自7月27日开始出现强降雨，截至28日16时，城区平均降雨量达到了126.3毫米，主要河道均出现中型洪水，城区河道水位高涨，直接威胁城区的安全。7月28日傍晚，省水利厅接到台儿庄区防汛抗旱指挥部请示，向山东干线公司下达了《关于协助台儿庄城区排涝的通知》。接到通知，山东干线公司领导靠前指挥，各级值班人员及时落实调度指令，启动机组协助地方实施城区内排涝任务，至7月30日累计排水398.27万立方米。

面对汛情，山东干线公司统一调度，东昌府渠道管理处及时与聊城市防办协调配合，调度各节制闸向周公河、徒骇河、马颊河泄洪排涝。7月28日至8月3日，该管理处全体职工昼夜值班，查看水情、工情，沟通雨情、气象、水文等信息，及时调整各闸流量，累计排洪涝水600万立方米，减轻了聊城市区及周边防汛排涝压力。

7月30日，济南市玉符河水位持续升高，山东干线公司济南局接到急需利用南水北调济南市区段工程向小清河泄洪排涝的通知。按照调度要求，济南局与地方政府密切衔接，于当日16时准时开启睦里庄节制闸、京福高速节制闸，至8月3日，排泄涝水约160万立方米，圆满完成了泄洪排涝工作。

“烟花”已去，南水北调工程承受住了极端天气突发险情的考验，紧急时刻发挥了工程战略作用，再一次向社会展现出大国重器“人民至上”的社会担当。

（丁晓雪　中国水利网站　2021年8月12日）

南水北调中线配套工程助力河南高质量发展

南水北调中线工程通水六年多来，河南省遵循“大水源、大水网、大水务”规划建设方针，不断完善南水北调配套工程建设，发挥配套工程作用，推进城乡供水一体化进程，实现城乡供水同源、同网、同质、同服务，让更多群众共享南水北调建设成果。

科学构建南水配套工程体系

河南地处中原，跨长江、淮河、黄河、海河四大流域，境内河流纵横，水事复杂，水资源总量不足全国的1.42%，人均水资源量不及全国平均水平的1/5，郑州、濮阳等地人均水资源量还不足全国平均水平的1/10。

为改善水资源供需关系，依托南水北调中线工程，河南省全力构建配套工程体系，保障沿线城市供水、推进乡村振兴战略、提升农村群众饮水安全。10多年来，南水北调中线河南省配套工程与干线工程同时规划实施，并不断延伸、完善；配套工程规划建设概算总投资达150.2亿元，资金除国家财政补助支持外，由省市财政、南水北调基金（资金）及银行贷款按4∶4∶2的比例筹措。

为了用足、用好南水，河南省遵循以城镇生活、工业供水为主，适当兼顾生态用水的原则，推进中线配套工程建设。配套工程规划建设始终贯穿资源节约、环境友好、人水和谐、科学发展的新时期治水理念，并实施统筹规划、近远期结合，先易后难、先通后畅，重点推进、逐步完善的分步建设计划。同时，河南省制定了政府主导、分级管理的建设管理总体思路，充分调动和发挥各级政府积极性，采取政府主导、多方筹措的集资方案，共同构建安全优质、畅通高效的水网体系。

中线工程综合效益充分发挥

中线工程通水以前，河南省受水区城镇供水水源主要来自黄河水、境内周边的径流或水库和地下水，水质普遍较差。

中线工程通水后，依托南水北调干线这条纵贯南北的主动脉，借助配套工程，极大改善了河南省受水城市水资源紧缺状况，对全省经济社会发展，特别是为中原城市群经济社会可持续发展提供了水安全保障。

中线一期工程规划每年向河南省分配水量37.69亿立方米，扣除引丹灌区分水量6亿立方米和总干渠输水损失，至分水口门的水量为29.94亿立方米，由南水北调总干渠39座分水口门，通过配套网络向南阳、平顶山、周口、漯河、许昌、郑州、焦作、新乡、鹤壁、濮阳、安阳等11个省辖市的34个市县的83座水厂供水。由于水质稳定优良，南水受到更多人的青睐。截至今年8月18日，河南省累计受水137.41亿立方米，供水范围覆盖河南省11个省辖市市区、41个县（市）城区和64个乡镇的87座水厂、引丹灌区、6座调蓄水库及20条河流，农业有效灌溉面积115.4万亩，受益人口2400万人。

南水北调中线工程已累计向河南生态补水24.66亿立方米，明显改善了沿线城市生态环境，促进了地下水源涵养和回升。

“输水水质优良，优于地表水Ⅱ类标准”已成为南水北调中线工程水质的代名词。南水明显改善了河南省受水区居民用水水质，彻底改变了一些地区长期饮用高氟水、苦咸水的状况。

为确保水质安全，中线干渠两侧水源保护区内的污染企业被关停，工业企业逐步改造、外迁，促进了产业优化布局和转型升级。在农业发展方面，中线工程促进了传统农业提质增效增收和都市生态农业健康快速发展。在工业发展方面，优质的水源助力提高企业的产品质量和市场竞争力。

完善供配水体系

随着工程效益的显著提升，更多人对南水的渴望也越来越强。为此，河南省在“十四五”规划中提出，优化南水北调水资源配置，合理扩大供水范围，科学布局调蓄工程，完善供配水体系，让中线工程综合效益得到有效发挥。按照节水优先、优水优用、先近后远、先易后难的水源配置思路，河南省要向省内水资源紧缺、水源单一的城市和无其他替代水源的深层地下水开采区扩大供水，范围将涵盖13座省辖市的76座城市及城乡一体化供水涉及的乡镇，扩大范围包含沈丘、项城、孟州、沁阳、林州、开封市区等26座市（县）。到2025年河南省将从南水北调配套体系就近引水，向中东部地区城市和工业供水，增加改善125万人用水问题，最终受益人口将达到2525万人。

河南省规划新建供水管道2742公里，新建观音寺、沙陀湖、鱼泉、马村等4座调蓄工程，形成以总干渠为纽带，以供水线路、生态补水河道为脉络，以调蓄水库为保障，辐射水厂及配套管网、河湖库网的供配水体系，并借此提升南水北调水资源在河南省的利用能力，增强南水北调来水丰枯变化下的调节能力，提高南水北调受水区城乡供水保障能力。

未来引江补汉工程实施后，南水北调中线工程年输水能力扩大至117.4亿立方米，可以更好地满足用水需求，服务中原大地，助力黄河流域生态保护高质量发展。

（王旭辉　许安强　《中国水利报》　2021年9月7日）

南水北调中线工程连续两年超过多年平均供水目标

11月1日，南水北调中线一期工程连续两年超过规划多年平均供水目标。按照规划，中线工程向沿线河南、河北、天津、北京4省市多年平均供水量约85.4亿立方米。2019—2020年调水年度，中线工程供水量达86.22亿立方米。刚刚结束的2020—2021调水年度，供水量达89.03亿立方米。

南水北调中线工程多年平均供水目标是在工程设计规划中，充分考虑水源区来水情况、工程输水能力、受水区用水情况等，综合得出的预期目标值。

在2019—2021年两个调水年度中，丹江口库区水源满足调水要求，中线工程经受了加大流量输水考验，受水区消纳能力逐步增强，从而实现了连续两年超过多年平均供水目标。

水源入库水量丰沛

2019年以来，丹江口库区水源满足调水条件。特别是2021年8月中旬以来，汉江上游持续降雨，丹江口水库水位不断上涨。10月10日14时，丹江口水利枢纽首次蓄水达到170米，创造了该枢纽工程建成以来历史最高纪录，也是水库大坝自2013年加高后第一次蓄满290亿立方米库容，为南水北调中线工程提供了重要的供水保障。

工程运行安全可靠

安全是南水北调中线工程的“生命线”。通水以来，南水北调中线干线工程建设管理局始终把安全生产放在工作的首位，全面落实人防、物防、技防等防范措施，深入推进三年整治行动，开展重要建筑物、要害部位的安全风险管控，利用水下机器人开展全线建筑物及重要渠段水下检查，积极消除重大风险隐患；进一步完善水质监测体系，开发多元生物预警技术，积极协调沿线地方政府及生态环境部门，协调处置保护区内污染源，2021 年总干渠Ⅰ类水质达标率为 80％，输水水质稳定向好。

在丹江口水库高水位运行期间，中线建管局采取加密巡查频次，加强变形、渗流等指标监测，加大水质监测、安全保卫等工作，确保加大流量输水和高水位运行安全。

目前，中线工程已连续安全运行 2516 天，实现了工程安全、供水安全、水质安全。

工程调度运行平稳

2020 年 4 月 29 日至 6 月 20 日，中线工程利用丹江口水库腾库迎汛的有利时机，实施了首次加大流量输水工作。特别是 2020 年 5 月初，工程首次实施设计加大流量 420 立方米每秒持续输水，工程质量和运行管理经受住了重大考验，整个加大流量输水过程历时 53 天，累计供水 18.56 亿立方米。

2021 年，随着丹江口水库水量增多，在水利部联合调度和统筹安排下，在中国南水北调集团有限公司的领导下，中线建管局周密部署精确调水，4 月 30 日将陶岔渠首入渠流量调整至 350 立方米每秒，9 月 3 日、10 月 7 日分别调增至 380 立方米每秒、400 立方米每秒，验证了工程大流量输水条件下运行能力。

全线调水精确精准

中线建管局根据年度来水情况和用水需求合理确定调水规模，制定年度调度计划，细化水量分配方案，精细化实施月调度，加强从水源到用户的全过程精准调度；完善输水调度协调机制和生态补水工作机制，主动对接地方用水需求，做好月度水量调度方案制定及执行，过程中配合地方完成供水计划临时调整；与沿线各省市建立水量数据共享机制，每日提供沿线分水流量、分水量等信息，同时建立年度内水量计量定期协商机制，协商解决水量计量差异并完成水量修正。

特别值得一提的是，今年中线工程面临持续大流量、渠首高水位、特大暴雨洪水的多重考验。在今年“7·21”特大暴雨期间，中线建管局在渠道槽蓄有限、沿线退水困难、险情不断发生的情况下，科学组织应急调度，共下达调度指令4300余门次，科学联调全线各节制闸，实现了正常供水。

地方消纳能力提升

在北京，南水北调水占北京城区日供水量的75%；在天津，南水北调水占天津城区日供水量的95%以上；在河北，80个市县区用上南水北调水；在河南，供水范围涵盖11个省辖市及7个县级市和25个县城，未在规划供水范围内的县市也纷纷提出用水需求。

中线工程在2020—2021调水年度中，总干渠陶岔渠首至北京团城湖64座节制闸（含惠南庄泵站、永定河控制闸）全部投入运行控制，全线累计分水128处，开足马力向沿线供水。持续推进生态补水常态化，2021年7月8日，中线工程完成向滹沱河、大清河等河流夏季生态补水任务，生态补水近2亿立方米；2021年8月28日，中线工程向永定河生态补水，永定河正式启动全线通水跨流域多水源调度，永定河首次实现自1996年以来865公里河道全线通水。

通水以来，中线工程已向北方50余条河流进行生态补水，补水总量累计达69亿立方米。

目前，南水北调中线工程供水范围已惠及沿线24个大中城市及130多个县，直接受益人口增加到2021年的7900万人。

监测数据分析显示，今年8月，北京市地下水水位与上月相比回升1.49米，全市16个区地下水水位普遍回升，最大值为平谷区，回升5.88米，其他区回升值在0.03米至3.61米。这都离不开南水北调的补水。

中线工程连续两年超过多年平均供水目标，已经成为优化水资源配置、保障群众饮水安全、复苏河湖生态环境、畅通南北经济循环的生命线，为京津冀协同发展、雄安新区、黄河流域生态保护和高质量发展等区域重大战略的实施提供了不竭“水动力”。

（张小俊 《中国水利报》 2021 年 11 月 9 日）

北京石景山区市民喝上南水北调水

历时 3 年建设的南水北调配套水厂——北京市石景山水厂近日正式并网通水。这不仅让石景山部分地区市民喝上了千里之外的“南水”，还为 2022 年北京冬奥会供水安全再增添一道“保险”。这是北京市水务系统扎实推进“我为群众办实事”实践活动的一项重要举措。

历时 3 年建设，改善供水水质

“明显感觉水的口感变好了。”正在泡茶的石景山居民孔大爷说，“现在烧水壶里面的水碱也没有以前多了。”据介绍，由于之前石景山地区没有大型水厂，加之地势较高，区域供水主要通过抽取地下水和中心城区输水，地下自来水硬度约 430 毫克每升。新水厂通水运行后，“南水”逐步替换本地地下水水源，区域自来水硬度也将下降至约 240 毫克每升，石景山居民家中“水碱大”的现象逐渐改善。

市自来水集团相关负责人表示，随着石景山区产业升级改造，居民生活用水和公共用水量迅猛增长。集团历时 3 年建设占地 6.1 万平方米的石景山水厂，满足区域经济快速发展的用水需求。工程包括输水、净水及配水、厂外市政配套等部分工程，能有效改善北京西部地区供水水质，进一步提高首都供水安全保障度。

“石景山水厂将采取‘逐步增加取水量、渐进扩大供水范围’的供水调度运行方式，确保水源切换后供水管网的适应性。”水厂工作人员说。在运行初期，水厂每日取用“南水”3.6 万立方米，根据管网运行情况，日供水量逐步扩大，最终日供水能力将达到 20 万立方米。

多级屏障工艺，确保用水安全

走进石景山水厂，看到来自南水北调杏石口分水口的“南水”，经过预臭氧、机械加速澄清、主臭氧、石英砂过滤、活性炭吸附、超滤膜等常规和深度处理工艺，生产出符合国家生活饮用水卫生标准的自来水，再通过配水泵源源不断输送到千家万户。

工作人员介绍，水厂采用的预加氯、预臭氧和预投加粉末活性炭等多道前置处理工艺，能有效应对原水水质的复杂化；臭氧氧化、活性炭吸附、超滤膜过滤等国际先进的深度净水处理工艺，确保出厂水安全优质；水厂各工艺单元优势互补，整体水处理工艺链条根据原水水质情况可跨越组合，提高水处理效率和水平。

“随着将来区域供水管网不断健全完善，我们将逐步加大石景山区自备井置换工作的力度，减少对地下水资源的开采，涵养地下水水源。”市自来水集团相关负责人说。随着石景山水厂供水量逐步扩大，水源将向中心城区补给，实现水厂经济优化运行，让优质的供水服务更广泛地惠及首都市民群众。

（袁媛 《中国水利报》 2021 年 11 月 20 日）

地方媒体报道

密云水库今起接收本年度南水，计划调水两亿余立方米

3 月 16 日上午，伴随着北京市水务局团城湖管理处调度中心的一声令下，南水正式进入泵站和渠道，缓缓流向密云水库。从今天开始，2021 年南水北调来水反向调入密云水库调蓄工作正式启动，今年计划调水两亿余立方米。

自南水进京之后，每年，南水都会通过南水北调配套密云水库调蓄工程进行反向输水。工程起点为团城湖调节池，终点为密云水库，全长 103 公里，通过 9 级泵站，沿京密引水渠向密云水库反向输水，增加密云水库储量。

团城湖管理处相关负责人介绍，为保证各级泵站在通水期能够顺利完成调水工作，确保主机组运行稳定进行，管理处结合各级泵站的实际情况，对各级泵站进行了全面系统的检查和试验，每站涉及具体检查内容百余项。

通水后，管理处将加强检查、巡视和调试，确保反向输水期间各泵站和设施的正常运转。

（叶晓彦　龚晨　《北京日报》　2021 年 3 月 16 日）

南水北调东线启动北延应急试通水

沧州市将引水 150 万立方米

5 月 10 日，山东省武城县节制闸开始提闸供水，标志着南水北调东线一期工程正式启动北延应急试通水。这次供水计划向津冀供水 4000 万立方米。其中，向河北省供水 300 万立方米，其中，衡水和沧州各 150 万立方米，预计水头近日即可到达我市。

据市水务局相关负责人介绍，这是南水北调东线一期工程继 2019 年之后，第二次向河北供水，也是我市今年首次东线引水。这次北延应急试通水，是在测试北延工程的河道输水能力和沿线各单位协调联动工作机制运作成效，为下一步实施东线一期工程北延应急供水工程常态化供水积累经验、做好准备。另外，利用这次引水，我市将通过援引长江水水源，向沿线各县（市）

河湖相机补水，置换深层地下水超采区农业用水，压减深层水开采量，回补地下水。这次调水线路主要利用南水北调东线一期工程现有输水线路，从东平湖引水至天津九宣闸，全长约450公里，引水至本月底结束。

据悉，南水北调东线一期工程北延工程项目北至山东德州，3月下旬，工程通过通水阶段验收，具备了供水条件。这一工程可向河北东部和天津供水，置换农业用地下水，缓解华北地区地下水超采状况，还可向衡水湖、南运河、南大港等河湖湿地补水，并为天津市和我市城市生活应急供水创造条件，将为京津冀协同发展和雄安新区建设等国家重大战略实施提供重要支撑和保障。

（贾世峰 《沧州日报》 2021年5月12日）

南水北调东线北延应急调水水头抵津

记者从市水务局获悉，5月24日12时18分，南水北调东线一期工程北延应急调水水头抵达九宣闸，标志着今年南水北调东线北延应急调水正式向我市供水。

按照水利部安排，此次调水将向我市供水700万立方米，有效补充南部地区农业灌溉及生态水源，为缓解南部地区缺水状况，推动地下水压采发挥重要作用。

据介绍，南水北调东线北延应急供水工程是南水北调东线工程的重要延伸，可向河北、天津等省市输送南水北调东线水源，置换农业用地下水，缓解华北地区地下水超采状况。同时，向衡水湖、南运河、南大港、北大港等河湖湿地补充生态水源，为京津冀协同发展、雄安新区建设提供重要水源保障。

2019年，南水北调东线北延试通水取得成功后，水利部进一步完善南水北调东线北延调水方案，并于今年5月10日再次启动南水北调东线北延应急调水，计划向河北、天津调水4000多万立方米。其中，向我市调水700万立方米，调水过程将持续至5月31日。此次调水将为华北地下水超采综合治理提供有力支撑，也将为今后北延应急调水常态化积累经验。

此次调水，市水务部门抽调专业技术人员全程跟踪水头，随时与输水沿线管理部门对接调度情况，做好境内调度安排、水量水质监测等各项接水工作；滨海新区，静海、西青等区加大输水沿线河道巡视巡查力度，全力保障输水安全。

（王音 《天津日报》 2021 年 5 月 25 日）

累计人工增雨约 42.88 亿吨

南水北调中线十分之一流水天上来

“南水北调的部分水源，是从天上巧取而来……”5 月 22 日，2021 年气象科技活动周在武汉市科技馆举行，“空中云水资源开发利用”技术引起人们的关注。在南水北调中线工程水源区云水资源开发中，使用人工增雨新技术，既可保护水源区生态环境，又助力向北输送一江清水。

从 2014 年南水北调中线工程进入调水期以来，人工增雨贡献了多少清水？湖北省气象服务中心人工影响天气科王明介绍，针对南水北调中线水源区的人工增雨，2014 年至 2020 年，飞机人工增雨作业 184 架次，地面火箭、高炮人工增雨 2813 次，累计增加降水 42.86 亿吨；今年又分别在 1 月 24 日、3 月 17 日、3 月 19 日和 3 月 30 日，共进行 25 次地面人工增雨作业，给水源区增水约 180 万吨，合计增水约 42.88 亿吨，而南水北调中线向北累计输水 348 亿吨，相当于约有 1/10 的水是从天上巧取而来。

什么样情况下进行水源区人工增雨？王明解释，一是符合一般人工增雨的条件，当云系发展到一定厚度（大于 2 公里），且云体外面也需要有充足的水汽通过辐合抬升不断补充到云体当中；二是正好人工增雨催化作业云团的降雨落区在水源区及附近。人工增雨不但可在湖泊水库增蓄、江河径流增水、森林草地增湿、地下水补给等方面发挥作用，还能洗尘以净化空气。

此外，活动现场展出的“梯调中心气象业务系统”，是为三峡调蓄“私人订制”的系统。上游的一次降雨会带来多大的来水？何时放水腾库容？几天能蓄水至175米？这些都能通过该系统得到答案。

（曾莉 《湖北日报》 2021年5月25日）

重现碧波荡漾，滹沱河、大清河、白洋淀完成夏季生态补水

7月9日，历时33天的2021年夏季滹沱河、大清河、白洋淀生态补水结束，滹沱河、子牙河、子牙新河以及南拒马河、瀑河、白洋淀、赵王新河、大清河两条补水线路共627公里河道全线贯通，补水水量达2.21亿立方米。

记者从水利部了解到，补水后，常年干涸断流的赵王新河、子牙新河、子牙河重现碧波荡漾，原死水河段水体流动性改善，水流再现。补水后，有水河长较补水前增加53公里，增加9%；形成有水水面面积约62平方公里，增加11平方公里，增加21%。

此次夏季补水，发挥了南水北调工程和当地水利工程的水资源配置作用，统筹调度丹江口水库、白洋淀、岗南水库、黄壁庄水库、安格庄水库、旺隆水库等，将汛前弃水通过河道有效补给到地下，为逐步修复华北地区河湖生态系统创造条件。

经初步测算，近1.24亿立方米水量入渗回补到地下，约占补水量的56%，填补了地下水亏空，涵养了地下水水源。与补水前相比，补水河道周边2公里范围内地下水水位平均回升0.33米，其中滹沱河沿线平均回升0.42米，大清河沿线平均回升0.1米。

经过补水，河道生物多样性改善明显。与补水前相比，赵王新河、子牙新河和子牙河在补水期间鱼类种类数分别升高25%、33%和20%。底栖动物耐污物种比例明显下降，生物群落结构在一定程度上得到优化。

（吴婷婷 《新京报》 2021年7月9日）

累计调水 400 亿立方米，南水北调中线工程受益人口增至 7900 万

截至 2021 年 7 月 19 日，南水北调中线一期工程自陶岔渠首累计调水入渠水量达 400 亿立方米，向河南省供水 135 亿立方米，向河北省供水 116 亿立方米，向天津供水 65 亿立方米，向北京供水 68 亿立方米。其中，向津冀豫生态补水 59 亿立方米。中线工程已成为京津冀豫沿线大中城市地区主力水源，直接受益人口增加至 7900 万人，比 2015 年通水 1 周年时的 3800 万受益人口增加 1 倍多。

中线工程连续安全平稳运行 2400 多天，水质达到或优于地表水Ⅱ类标准。

中线工程惠及沿线 20 余个大中城市及 131 个县，受益人口逐年攀升，目

前京津冀豫直接受益人口已增加至 7900 万人，比通水初期的 3800 万受益人口增加 1 倍多。

北京 1300 万群众喝上甘甜的南水，南水占主城区供水量的 7 成多，同时大兴、门头沟、昌平、通州等部分区域也用上了南水。南水已成为保障首都城区用水需求的主力水源。为更充分发挥工程效益，北京市累计完成市内配套输水管线约 130 公里，其中含团成湖调节池向密云水库反向输水管线 22 公里，实现了南水北调中线水与密云水库的连通。

（程功 《北京日报》 2021 年 7 月 19 日）

切实保障南水北调工程及沿线群众安全

7月20日清晨，航空港实验区党工委书记张俊峰深入辖区南水北调中线干渠防汛重点部位检查指导防汛排险工作。

张俊峰一行先后来到城李南桥右岸上游、庙后唐沟倒虹吸等防汛风险点进行检查指导，现场查看了南水北调防汛措施落实、防洪堤加固、导流明沟开挖、防汛抢险器材设备和物资筹备等情况及河道沟渠存在的防汛安全隐患。

张俊峰表示，提高政治站位，充分认识到南水北调防汛工作的重要性，各单位要加强组织领导，压实责任、细化任务，高度重视防汛救灾工作。航空港实验区领导班子成员和县处级干部以及办事处领导，要到分包办事处（村、社区）开展防汛救灾工作；要完善信息共享机制，做到部门联动、密切配合，加强汛期巡逻检查，及时排除南水北调工程沿线可能存在的风险隐患，强化各类预案的演练落实，不断提高应急处置能力，切实保障南水北调工程及沿线群众生命财产安全，确保安全度汛和供水平稳安全。

（王军方 《郑州晚报》 2021年7月20日）

河南推行南水北调河长制

推行南水北调河长制，设立南水北调中线水源地及干线工程省、市、县、乡、村五级河长；积极争取成立河南省南水北调工程管理局（或运行保障中

心），对全省配套工程进行统一管理；推进18个市、县（区）新增配套供水工程建设，进一步扩大供水范围；督促加快郑开同城东部等10个市、县（区）南水北调供水配套工程前期工作，力争工程早日开工建设……

记者9月29日获悉，省水利厅日前印发的《贯彻落实习近平总书记在推进南水北调后续工程高质量发展座谈会上重要讲话精神实施方案》（以下简称《方案》）确定了上述的工作任务。

《方案》从工程安全、供水安全、水质安全、后续工程、水资源节约集约利用、移民后期帮扶等六个方面进行安排部署。

据了解，工程安全方面包括干线工程红线内、外以及配套工程风险隐患排查和下穿越干线工程专项迁建项目排查。供水安全方面包括加强维修养护，确保配套工程良好运行；强化调度管理，实现精确精准调水；推动体制改革，形成“全省一盘棋”。水质安全方面包括干线工程保护范围违建设施及污染源

排查，力争更多项目纳入国家《丹江口库区及上游水污染防治和水土保持“十四五”规划》，设立南水北调中线工程河长制。

后续工程方面，我省协调推进新增配套供水工程建设，做好后续工程规划编报工作，积极向水利部、国家发改委汇报沟通，争取将鱼泉调蓄工程等项目纳入国家相关规划，并组织完成《四水同治规划》中《河南省南水北调水资源利用专项规划》和《河南省“十四五”水安全保障规划》，将南水北调中线的相关工程纳入规划。

水资源节约集约利用方面，积极争取黄河、南水北调水量指标，积极向国家发改委、水利部反映我省水资源需求情况，争取黄河和南水北调水量指标，为进一步强化受水区高质量发展提供水安全保障；推进地下水资源信息系统建设，尽快健全地下水监测网，实现地下水资源的动态管理，为合理布局开采、防止水质污染提供科学依据；健全节约用水考核机制，进一步加大节水工作考核力度，将节水作为约束性指标纳入当地党政领导班子和领导干部政绩考核范围。

移民后期帮扶方面，组织编制实施方案，加快推进实施美好移民村建设，丹江口库区移民村示范村 49 个，及早发挥效益；开展“学党史见行动，我为移民办实事”活动，深入基层，进村入户，全面排查处理移民村存在的房屋质量、生产安置、补偿补助等问题，为移民后续帮扶发展和工程持续稳定发挥效益创造条件。

（谭勇　彭可　于娇燕《河南日报》　2021 年 9 月 7 日）

刻 度 与 高 度

——写在南水北调丹江口水库170米蓄水之际

10月10日下午，丹江口水库开一高孔泄洪，出库流量达到1820立方米每秒。(湖北日报全媒记者　田悦　摄)

170米，一个普通的刻度，对中国水利而言，是一个全新的高度！

10月10日14时，是南水北调中线工程创造历史的时刻，大国重器南水北调中线的龙头工程——丹江口水利枢纽首次正常蓄水达到170米，创造了该枢纽工程建成以来历史最高纪录，圆满实现工程规划设计的目标和要求。

几代人的梦想实现了

丹江口水利枢纽工程最开始的勘测规划设计，正常蓄水位就是170米。人们期待这一天，整整等了60多年。半个多世纪，终于梦圆。

“南方水多，北方水少，如有可能，借一点来是可以的。”1952年10月，毛泽东主席首次提出南水北调的伟大构想。

大坝选址在哪里？经反复勘测与对比，最终选择了地质条件优越，能兼顾抗洪、发电、调水、通航等多项功能的丹江口。

1958年9月，丹江口枢纽工程开工建设。10万建设大军怀揣着向北方供水的光荣梦想，在汉水与丹江的交汇处摆开了战场。

不料想，由于三年自然灾害、财力不足等原因，工程建设一波三折。中间暂停施工，受国力所限，继续全部完成南水北调施工已难以承受。迫不得已修改最初设计，决定分两期施工。先建一期工程，大坝正常蓄水位由 170 米，降为 157 米。

进入 21 世纪后，北方缺水现象越发严重，南水北调越来越急迫。

2005 年 9 月，南水北调丹江口大坝加高工程开工。奔着 170 米蓄水目标，历时 8 年建设，2013 年底，丹江口枢纽二期工程顺利完工，坝高 176.6 米，正常蓄水位可达 170 米，并通过蓄水验收。

“几代人的目标终于实现了，千言万语无法表达。”10 月 10 日下午，站在坝顶，望着眼前的万顷碧波，83 岁的杨小云激动不已。

作为汉江集团高级工程师，杨小云参加了大坝初期建设和加高工程建设，在大坝工作整整 53 年。

综合效益全面发挥

丹江口水库 170 米蓄水，意味着什么？

“意味着丹江口水库防洪、供水、发电、航运、生态等综合效益得到全面发挥。对于今年丹江口枢纽工程验收具有重要意义。”正在现场检查防汛与 170 米蓄水的长江委副主任吴道喜告诉湖北日报全媒记者。

“沙湖沔阳洲，十年九不收。”丹江口工程建成以前，江汉平原屡遭水灾。仅 1935 年大水，下游 8 万多百姓丧生。丹江口枢纽一期工程建成后，防洪标准提高到 20 年一遇；随着二期工程建成，丹江口枢纽工程防洪标准由 20 年提高到百年一遇。

今年秋汛，汉江上游降水量 520 毫米，为 1960 年以来历史同期第一位。丹江口水库发生 7 次超过 1 万立方米每秒的入库洪水过程，其中 3 次洪水洪峰超过 2 万立方米每秒。丹江口水库秋汛累计来水量之大，为 1969 年建库以来历史同期第一位。遭遇如此大的洪水，在加高后的丹江口大坝拦截下，汉江防汛波澜不惊，中下游人民安居乐业。

2010—2014 年，汉江上游连续几年遭遇枯水年份，一些人忧心忡忡，提出了“丹江口水库是否有水可调”的疑问。

170 米蓄水，丹江口水库偌大的水面，作了最好的回答。丹江口水库蓄满水位，库容达 290 亿立方米，相当于中线一期工程 3 年的调水量。如今的丹江口水库，为北方 7900 万人民提供清洁干净的优质水源，还为中原、华北数十条河流进行了生态补水。

听说丹江口水库蓄水位达到 170 米，北京朝阳区居民叶晓彦激动地说："丹江口水库 170 米蓄水，为南水北调提供了充足水源，作为北京人，饮水更有保障了。"

加高大坝后，大坝上游的通航条件大大改善，通航能力从 150 吨提高到 300 吨，航运船只可直达陕西白河，为库区经济发展注入新的活力。

丹江口工程发电效益没有因为调水而减少。截至 10 月 9 日，今年丹江口电厂实现发电 44.5 亿千瓦时，超过去年全年发电收入。

170 米蓄水，为何姗姗来迟

2014 年 12 月 12 日，南水北调中线工程正式通水，距今已整整 6 个年头，蓄水验收也过了整整 7 个年头。此前，丹江口水库水位曾达到过 167 米，但每次快要触摸到 170 米时，水位回落。正常 170 米蓄水位，为什么姗姗来迟？

"丹江口水库是多年调节水库。在设计条件下，水库多年平均蓄满率约为 11%，这意味着大约平均每 10 年左右丹江口水库才能蓄满一次。"正在现场指导 170 米蓄水和防汛工作的长江水利委员会副总工程师陈桂亚说。

蓄水 170 米，对丹江口枢纽工程是个大考。这些年来，通过科学调度，统筹防洪、供水和发电，边进行试验性蓄水，边进行监测评估，逐步抬高水位。

今年，恰遇汉江降雨量丰沛，丹江口水库自 7 月 26 日第一次开闸，经历 4 轮泄洪过程，截至 10 月 8 日 11 时 41 分，累计启闭闸门 90 次。共发生 10 场入库洪峰超过 5000 立方米每秒的洪水。其中，9 月 29 日，最大入库洪峰 2.49 万立方米每秒，为 2012 年以来最大秋季洪峰。

截至 10 月 8 日，丹江口水库全年累计来水 601.80 亿立方米，为 1973 年建库以来次大值，仅次于 1983 年 761 亿立方米的年来水量。丹江口水库全年累计泄洪弃水 200.5 亿立方米。

正是人努力、天帮忙，丹江口水库今年成功实现170米正常蓄水位。

无怨无悔甘奉献

眺望库内，盈盈一库清水，平时显山露水的小山岭，在170米水位下，变成一座座孤岛。

“十堰市是南水北调中线工程核心水源区，丹江口水库一期二期工程建设，十堰作出巨大牺牲！大量好田好地被淹，外迁和内安移民奉献出了美丽家园。”长期关注库区移民的丹江口市干部陈华平介绍。

据统计，丹江口大坝加高后，十堰市郧阳区（原郧县）动迁6万余人，其中外迁3万余人，内安近3万人。移民外迁从2010年4月开始到11月下旬结束，不到7个月时间，完成了3万余人的千里大迁徙；到2012年9月，完成了近3万人的移民内安。在丹江口均州集镇，2012年搬迁近1100户，全镇22万亩田地、山林被淹，全镇4万余只网箱全部拆除。

2014年底，南水北调中线工程通水。郧阳区卧龙岗社区村民李含进约上几个老兄弟，租台小车，去了河南淅川的陶岔渠首。“那水面真是宽，水真是清啊！”他说，当地人听说他们是郧阳的，直竖大拇指点赞“你们郧阳的水真是好！”

回来以后，李含进有空就去扫街、巡河，看见垃圾捡一捡。李含进说，为南水北调，移民作出巨大牺牲，要让这种移民精神代代相传，保护好这一江清水。

保护一库清水，是十堰市的政治责任。在南水北调中线工程中，十堰市共移民搬迁18.2万人，清理库区网箱18.2万只，关闭规模化养殖场134家。全市还强力推进十年禁捕，1500艘有证渔船全部上岸拆解，6400多艘“三无”船舶全部分类处置，3000多名渔民全部“洗脚上岸”。

内安移民王瑞权也赶到现场观看蓄水，他激动地说：“看到大坝蓄水达到历史最高水位，作为一个农民，自己能为国家作贡献，我感到自豪和骄傲。”

（中朝　扬灿　红霞　应锋《湖北日报》　2021年10月11日）

南水北调中线已累计向河北省供水126亿立方米

从南水北调中线建管局10月28日在保定满城漕河渡槽举办的2021年南水北调中线工程开放日活动上获悉，南水北调中线一期工程自2014年12月正式通水以来，已累计向河北供水126亿立方米，直接受益人口达3000万人。中线水质稳定达到或优于地表水Ⅱ类标准，中线一期工程通过40余座分水口，联通配套工程128座地表水厂，在河北构建起安全的供水网络。

开放日活动以“清渠润北，幸福河湖”为主题，邀请沿线岗头小学100多名师生参与。工作人员以线上直播课堂的形式，介绍了南水北调中线工程、漕河渡槽、文化长廊等，让广大师生进一步加深了对南水北调工程的了解。

中线一期工程全线通水以来，沿线各地以总干渠为依托，加大总干渠水质保护力度，划定保护区范围，两侧规划建设绿化带，形成纵贯华北大地的千里生态走廊。2017年9月起，在保证沿线大中城市正常生活用水前提下，中线一期工程连年择机向河北实施生态补水。截至目前，累计补水超过45亿立方米，滏阳河、七里河、滹沱河、唐河、南拒马河、白洋淀等河湖恢复了勃勃生机。今年6月至7月，中线工程向滹沱河、大清河（白洋淀）生态补水，两条补水线路实现全线贯通。

（马彦铭 《河北日报》 2021年10月29日）

南水北调中线一期工程超额完成年度调水计划

11月1日，记者从中国南水北调集团获悉，南水北调中线一期工程2020—2021年度调水任务结束，向河南、河北、北京、天津四省市调水超90亿立方米，为水利部下达年度调水计划74.23亿立方米的121%，创历史新高，连续两年超工程规划供水量。

通水近7年来，中线一期工程累计调水超430亿立方米，为京津冀协同发展、雄安新区建设等国家战略实施提供了有力水安全保障。

中线一期工程向北京、天津、石家庄、郑州等20多座大中城市、130个县供水，已成为京津冀豫沿线大中城市主力水源，受益人口连年攀升，直接受益人口达7900万人，其中北京市1300万人、天津市1200万人、河北省3000万人、河南省2400万人。工程从根本上改变了受水区供水格局，改善了用水水质，提高了供水保证率，特别是河北省黑龙港地区500多万人告别了苦咸水和高氟水，人民群众的幸福感、安全感、获得感显著增强。

在加大流量输水状态下，本年度生态补水总量达19.89亿立方米，占水利部下达生态补水计划5.8亿立方米的343%。通水7年来，中线一期工程成为生态还原剂，累计向沿线50余条河流湖泊生态补水超69亿立方米，全面助力华北地下水超采综合治理和河湖生态环境复苏，部分区域地下水位止跌回升，生态环境得到有效改善，工程生态效益明显。

沿线地区特别是华北地区，干涸的洼、淀、河、渠、湿地重现生机，初步形成了河畅、水清、岸绿、景美的亮丽风景线。

（谭勇　《河南日报》　2021年11月1日）

湖北省加快建设南水北调水源生态保护协作区

确保“一库清水北送”，湖北当好“守井人”。11 月 15 日，记者从省生态环境厅获悉，自去年建立南水北调中线水源区生态保护协作体制机制以来，省直部门和十堰市、神农架林区扎实履责，协同防控取得一定成效。

据介绍，建立南水北调中线水源区生态保护协作体制机制，旨在保障中线水源区水环境质量安全，是全省生态文明体制改革的重大项目。在省生态环境厅牵头下，十堰、神农架积极开展水质保护联防联控。

十堰市郧阳区与陕西省商南县、河南省淅川县签订《丹江流域联合保护倡议书》，制订丹江流域联巡联防联控联治工作方案，建立长效机制；丹江口市与淅川县组成丹淅库区联合执法队，开展常态化联合巡查执法。

同时，十堰市强化流域污水协同处置，全力推进六大工程、22 项具体工作任务落地，神定河、泗河等河流水质，实现由劣Ⅴ类向地表水Ⅲ类、Ⅳ类跨类别提升；神农架林区持续实施宋洛玉泉河、大九湖黄羊溪小流域治理，对 13 座电站生态环保问题进行彻底整改。

为加强生活污染防控，十堰市持续开展城乡生活污水治理“提质行动”和城乡垃圾无害化处理“达标行动”，十堰城镇生活污水日处理能力已达 86 万吨，生活垃圾日处理能力达 4200 吨，全市畜禽粪污资源化利用率达到 89.26%；神农架林区主要农作物测土配方施肥技术覆盖率达到 95%以上，规模养殖场粪污处理设施装备配套率为 100%。

省生态环境厅相关负责人介绍，虽取得一定成效，但水源区内的联合执法的机制还需完善，落实力度需要加强，要更大力度地推进跨领域、跨部门、跨地区之间的综合执法、交叉执法，提升执法效力，有效解决“九龙治水”，始终保持生态环境保护的高压态势。

（胡弦 《湖北日报》 2021 年 11 月 15 日）

打造中原水网“主骨架”

——写在南水北调中线工程通水七周年之际

风光秀美的丹江口水库。崔培林　摄

位于淅川县九重镇的南水北调中线工程渠首纪念石碑。崔培林　摄

丹江绿色果蔬园基地，猕猴桃喜获丰收。资料图片

淅川县环境监测站工作人员正在对采样水质进行化验检查。杨振辉　摄

南水北调中线工程焦作城区段。资料图片

因为一项史无前例的水利工程——南水北调工程，1.4 亿人的生活得到改变、40 多座大中城市的经济发展格局得以优化。“古有京杭运河，今有南水北调”，纵贯中国大地的两条人间“天河”，已成为新时代中国的亮丽风景线。

南水北调东线、中线一期工程全面建成通水，沟通了长江、黄河、淮河、海河四大流域，初步构筑了我国南北调配、东西互济的水网格局。

5 月 14 日，习近平总书记在河南省南阳市主持召开推进南水北调后续工程高质量发展座谈会并发表重要讲话时强调，要加快构建国家水网，“十四五”时期以全面提升水安全保障能力为目标，以优化水资源配置体系、完善流域防洪减灾体系为重点，统筹存量和增量，加强互联互通，加快构建国家水网主骨架和大动脉，为全面建设社会主义现代化国家提供有力的水安全保障。

中线工程全面通水 7 年来，累计调水超 441 亿立方米，发挥了巨大的社会、经济、生态效益，沿线人民群众获得感、幸福感、安全感持续增强。北调的南水已成为不少北方城市供水新的生命线，我国北方地区水资源短缺局面从根本上得到缓解。

一张优化配置饮水网

通水 7 年来，中线工程在沿线已经初步构建起水资源优化配置的骨干水网：干线工程是纲，配套的泵站和管道是目，调蓄湖泊和水厂是结。纲、目、结有机结合，编织出我国从南到北从城市辐射乡村的一张水网。

南水北调配套工程承上启下，连接起总干渠和用水户终端，包括总干渠至自来水厂的引水渠道、自来水厂以及水厂以下管网。配套工程与主体工程同步实施、同步达效。

南水通过一个个分水口、上千个提灌站、十多个调蓄湖泊和数百个水厂，以及无数条地下输水管线，奔向城乡的工厂企业，流向千家万户。

“中线总干渠与配套工程在河南省形成了南北一纵线、东西多横线的供水水网，形状像一个鱼骨架。”省水利厅二级巡视员雷淮平说，全省南水北调配套管道长约 1460 公里，目前供水覆盖南阳、平顶山、漯河、周口、许昌、郑州、焦作、新乡、鹤壁、安阳、濮阳等 11 个省辖市和 41 个县（市、区）的 89 座水厂。

这两天，河南水投集团旗下中州水务副总经理车奇星很忙，忙着筹备在濮阳市召开的城乡供水一体化现场会。“我们成功探索出了‘一个水源覆盖城乡、一张水网集中供水、一个主体运营管理、一个标准服务群众’的濮阳模式，为全省城乡供水一体化提供合作方案和实施路径。”车奇星不无自豪地说。

河南水投集团是河南省南水北调配套工程建设主体，随着河南城乡供水一体化工程的大力推进，南水逐步走入工程沿线寻常百姓家。目前，我省 64 个乡镇的群众喝上了南水，实现了城乡供水同源、同网、同质、同服务。

一张环境提升生态网

中线一期工程连通自然河湖水系，形成了一张生态水网。通过生态用水的优化配置，促进了地上地下水生态系统的修复，提高了生态环境质量，满足了受水区人民群众对美好生活的需要。

南水北调工程自觉肩负起华北地区地下水超采综合治理的主力军作用。在丹江口水库来水丰沛时，中线一期工程加大流量输水，借机向沿线河流、湖泊、湿地补水。自 2016 年至今，累计向北方 50 余条河流实施生态补水，补水总量超过 70 亿立方米。

生态补水置换出了被城市生产生活用水挤占的农业和生态用水，地下水超采局面得到缓解，地下水位逐步上升，区域生态环境得到修复，改善了河湖生态与水质，社会反响良好。

沿线城市通过水源置换和生态补水，提高了供水量，用于河湖水系的生态用水相应增加，为打造水清、岸绿、景美的宜居环境创造了条件。许昌、郑州、焦作和南阳目前已通过国家水生态文明城市建设试点验收。

中线一期工程一张改善生态环境的大网已经形成。为促进水源地水质保护，丹江口水库周边所有城镇均实现了污水处理厂和垃圾填埋场全覆盖，污水和垃圾实现全面收集和集中处理。自 2007 年以来，我省在丹江口库区及上游共治理水土流失面积 2702 平方公里，水源区水土保持综合防护体系初步形成，水土资源的利用率显著提高，整体植被覆盖率明显提升，沿岸水生态环境显著改善。

一张经济循环发展网

水运关乎国运。南水北调带来的优质水源，提高了受水区水资源承载能力，形成了以工程为纽带的一批城镇和工业园区，织成了一张经济循环网，有力促进了产业结构优化调整，促进了沿线经济社会可持续发展。

以我省为例，水质保护倒逼产业结构调整。中线一期工程总干渠两侧水源保护区内的污染企业被关停，有可能导致水体污染的工业企业按计划逐步改造、外迁，促进了产业优化布局和转型升级。

近年来，在关停并转污染企业和养殖项目的同时，中线工程水源地和干渠沿线加快调整种养结构，推广生态循环农业，逐步限制、淘汰高污染工业项目，大力发展绿色、循环、低碳工业，一些地区初步形成了生态产业体系，发展增量不增污。

中线一期工程为受水区产业转型升级创造了机遇。在农业发展方面，缓解了城市用水挤占农业用水的矛盾，改善了农业生产条件，增强了农业抵御干旱灾害的能力。在工业发展方面，充足的水源为富士康、百威啤酒等工业项目落地提供了保障，企业的产品质量和市场竞争力进一步增强。

工程沿线过去受制于水的旅游业被盘活。郑州在市区段干渠两侧各 200 米范围，高标准规划建设了南水北调生态文化公园。许昌依托中心城区河湖水系连通工程，打造“五湖四海畔三川，两环一水润莲城”的城市景观，提升了城市发展品位。

河南省计划进一步扩大南水北调规划供水范围，包含沈丘、项城、孟州、沁阳、林州、开封市区等 26 个县（市、区）。规划新建观音寺、沙陀湖、鱼泉等 9 座调蓄工程，形成以总干渠为纽带，以供水线路、生态补水河道为脉络，以调蓄水库为保障，辐射水厂及配套管网、河湖库网的供配水体系。

“围绕国家水网建设和‘构建兴利除害的现代水网体系’重大要求，利用南水北调贯通我省四大流域的有利条件，着力构建系统完备、高效实用、智能绿色、安全可靠的全域水网，上下游贯通、干支流协调、丰枯期互补、多水源互济的流域水网，内连外通、蓄泄兼备、旱引涝排、生态宜居的区域水网，着力打造中原水网布局，不断优化域内水资源配置，持续提升水安全保障能力。”省水利厅党组书记刘正才说。

（谭勇　许安强　大河网　2021 年 12 月 12 日）

南水北调东、中线一期工程已累计调水 494 亿立方米

今天（12 月 12 日）是南水北调东、中线一期工程全面通水七周年。七年来，工程实现了年调水量从 20 多亿立方米持续攀升至近 100 亿立方米的突破性进展。截至今天，东、中线一期工程已累计调水 494 亿立方米，有效缓解了华北地区水资源短缺问题。

南水北调有效缓解华北地区水资源短缺问题

中国被联合国列为 13 个贫水国之一。中科院院士、中科院地理科学与资源研究所研究员刘昌明表示：“我国人均水资源占有量很低，只有世界平均的 1/4，特别是时空分布不均匀，北方地多水少，南方地少水多。除此之外，水资源的时间分配又集中在夏季，南水北调的必要性就在于平衡这种不均匀性。”

记者从水利部了解到，我国特定的自然地理条件导致水资源时空分布很不均匀，水资源空间分布与人口、生产力布局以及土地严重错位，加之部分地区长期不合理的水土资源开发利用，导致水资源短缺、水生态退化等问题并存。若以人均水资源量计算，我国最为“干渴”的地区并非沙漠广布的西北，而是华北地区。南水北调东、中线一期工程未建成通水之前，黄淮海流域人均水资源量仅为 462 立方米，为全国平均水平的 1/5。北京、天津所在的海河流域人均水资源量更是少得可怜，其中北京为全世界大城市中第一缺水城市，仅为 97 立方米，远低于国际公认的人均 500 立方米的“极度缺水标准”，仅为中东沙漠国家以色列人均水资源量 285 立方米的 1/3。

由于过度使用地表水、大量超采地下水，华北地区一度出现“有河皆干、有水皆污、地面沉降、海水入侵”等严重的水生态环境问题，华北地区地下水超采累计亏空1800亿立方米左右，超采面积达到了18万平方公里，沉降超过200毫米的面积达6.4万平方公里。

解决黄淮海流域、特别是华北地区“极度缺水”的最根本途径就是提升水资源调控能力，南水北调工程把富余的南方水资源调配到极度缺水的北方地区。

2020年、2021年，南水北调中线一期工程连续两年超过规划多年平均供水目标，其中2020—2021年度克服超强暴雨洪水袭击、新冠肺炎疫情反弹、极寒天气影响等多重困难，中线年度调水突破90亿立方米，完成年度计划的121%，给京津冀豫四省市净供水89.03亿立方米，远超规划多年平均供水规模85.4亿立方米。

截至2021年12月12日，南水北调东、中线一期工程已累计调水494亿立方米，其中中线一期工程累计调水超441亿立方米，东线一期工程累计调水入山东52.88亿立方米，有效缓解了华北地区水资源短缺问题，为推进京津冀协同发展、雄安新区建设等重大国家战略实施提供了有力的水资源支撑和保障。

南水北调水成为许多大中型城市的主要水源

南水北调东、中线一期工程建成通水之前，由于华北地区水资源过度开采使用和持续干旱，北京、天津、石家庄、济南以及多个城市发生供水危机。根据国土资源部有关研究机构分析，海河流域长期超采地下水，造成地下水位埋深大面积持续下降，京广铁路、津浦铁路沿线城市附近地下水漏斗不断扩大，城市水资源日趋匮乏，局部地区地下水资源已接近枯竭。

从2000—2014年南水北调中线工程通水之前，北京地下水位每年以1米的速度下降，累计下降13.87米，北京公主坟一带地下水位接近基岩。河北省东南部的衡水、沧州一带，由于长期饮用含氟量较高的深层地下水，氟骨病和甲状腺病等蔓延，严重危害当地人民群众健康。

南水北调东、中线一期工程建成通水后，为工程沿线40多座大中城市提供优质水源。由于水质优良、供水保障率高，受水区对南水北调水依赖度越来越高，南水北调水已由原来规划的补充水源跃升成为许多大中型城市的主要水源。

在北京，南水北调水占城区日供水量的 7 成以上，自来水硬度由过去的 380 毫克每升降低至 120 毫克每升，供水安全系数由 1.0 提升至 1.2；在天津，城区南水北调水日供水量接近 100%；在河南，十余座省辖市用上南水，其中郑州中心城区 90%以上居民生活用水为南水北调水，基本告别饮用黄河水的历史；河北省黑龙港流域 500 多万人彻底告别了世代饮用高氟水、苦咸水的历史；东线工程在齐鲁大地上形成了“T”字形“动脉”，为沿线居民提供了生活保障水和生产必需水。

水利部数据显示，南水北调工程全面通水 7 年来，受益人口已从通水之初的 1.1 亿人增加到目前的 1.4 亿人。

与此同时，7 年来，工程沿线河湖生态安全，生态环境得到有效改善，部分区域地下水位止跌回升。

工程助力京杭大运河改善通航条件

南水北调东、中线一期工程全面通水 7 年来，以 2016—2019 年全国万元 GDP 平均用水量 70.4 立方米计算，有效支撑了受水区 7 万亿元 GDP 的增长，增强了北方地区经济发展后劲，促进了地区间经济社会协调发展。

中国工程院院士王浩表示，南水北调工程建成通水后，通过跨区域调水，还极大改善了北方粮食主产区缺水问题，提高了粮食生产能力，进一步挖掘粮食增产潜力，增强国家粮食生产抗风险能力，保障国家粮食安全。

不仅如此，南水北调东线一期工程建成后，京杭大运河有效改善了通航条件，延伸了通航里程，增加了货运吨位，大大提高了航运保障能力，京杭大运河黄河以南航段从东平湖至长江实现全线通航，1000 吨至 2000 吨级船舶可畅通航行，新增港口吞吐能力 1350 吨，新增运力相当于一条“京沪铁路”，成为仅次于长江的第二条“黄金水道”，为南北经济大循环打通了一条重要的水路通道。

（吴婷婷 《新京报》 2021 年 12 月 12 日）

南水北调中线工程

七年来累计调水超 441 亿立方米

南水北调中线沙河渡槽工程。谭勇　李重阳　摄

每天，家住郑州市金水区的任海平都用南水烧水做饭。从小在郑州长大的他，目前负责南水北调中线工程河南分局辖区段的水质检测工作，对用上南水后自来水水质的变化印象深刻："以前的水口感不好，水垢较多，现在甘甜得多，水垢也少了。"

今年 5 月 13 日下午，习近平总书记来到陶岔渠首枢纽工程，实地察看引水闸运行情况，随后乘船考察丹江口水库，听取有关情况汇报，并察看现场取水水样。习近平总书记强调，要从守护生命线的政治高度，切实维护南水北调工程安全、供水安全、水质安全。

12 月 12 日，南水北调中线工程正式通水 7 周年。省水利厅传来消息，河南段持续保持Ⅱ类以上水质。

河南是南水北调中线工程的核心水源地和渠首所在地。"确保一泓清水永续北送"，是河南的责任，更是河南的担当。

早在设计之初，中线工程采取了全封闭、全立交加水源保护区的多道防线，成立水质保护中心，全线设立 4 个实验室、13 个自动监测站和 30 个监测断面，由点到线，由线及面，形成了网络化、立体化的水质监测体系，有效保证了"从丹江口到家门口，从源头到水龙头"的水质安全。

"不断完善工程运行、维护、应急管理制度机制，持续提升工程自动化调度、巡查、监管智慧化水平，加大水源地和总干渠沿线水源、水质、生态保护，全力保障水源地及总干渠水质持续稳定达标。"作为一名老水利，省水利厅党组书记刘正才是切实维护南水北调工程安全、供水安全、水质安全的见证者和实践者。

河南作为南水北调最大受水区，如今，郑州中心城区自来水八成以上为南水，全省 11 个省辖市、41 个县（市、区）、64 个乡镇全部通上南水，直接受益人口 2400 万人。

出河南，经河北，一渠清水送京津。在北京，南水占城区日供水量的 75%左右，全市人均水资源量由原来的 100 立方米提升至 150 立方米。在天津，一横一纵、引滦引江双水源保障的新供水格局已经形成。

据南水北调中线建管局数据显示，截至 12 月 11 日，中线工程已安全平稳运行 2556 天，7 年来累计调水超 441 亿立方米，累计向北方 50 余条河流进行生态补水 70 多亿立方米，工程沿线河畅、水清、岸绿、景美。

牢记嘱托，河南着力推进南水北调后续工程高质量发展——规划观音寺等 9 座调蓄工程，总库容约 29 亿立方米，估算总投资 896 亿元；规划南水北调新建供水工程、水厂及配套管网工程、生态补水工程，估算投资 510 亿元。随着“城乡供水一体化”让南水北调受水区版图不断扩大，一些非受水区如开封、商丘等地也有望用上南水。

（谭勇 《河南日报》 2021 年 12 月 12 日）

南水北调七年为河北分水逾 130 亿立方米

河北新闻网讯（河北日报记者马彦铭 通讯员徐宝丰）12 月 12 日，南水北调中线工程迎来全线通水七周年。从南水北调中线建管局获悉，七年来，

南水北调中线工程累计调水超过 440 亿立方米，其中累计为河北省分水超过 130 亿立方米，发挥了巨大的社会、经济、生态效益，沿线人民群众获得感、幸福感、安全感持续增强，为全面建成小康社会、落实国家“江河战略”、支撑重大国家战略实施、建设美丽中国等作出了巨大贡献。

全线通水以来，南水北调中线工程通过实施科学调度，实现了年调水量从 20 多亿立方米持续攀升至近 100 亿立方米的突破性进展。在做好精准精确调度基础上，利用汛前腾库容的有利时机，充分发挥工程输水能力，向北方多调水、增供水，2020 年、2021 年中线一期工程连续两年超过规划多年平均供水规模。特别是 2021 年，面对超强暴雨洪水袭击、新冠肺炎疫情反弹、极寒天气影响等多重困难，工程管理单位通过强化预警、预报、预演、预案等措施，科学精准调度，实现中线工程年度调水突破 90 亿立方米，完成年度计划的 121%。

七年来，南来江水成为河北省多个城市新的供水生命线。在长江水滋润下，河北省多地水安全保障能力显著提高，3000 万人受益，水资源短缺局面得到根本缓解，黑龙港流域 500 多万人彻底告别世代饮用高氟水、苦咸水的历史。通过生态补水等综合措施，中线工程累计向北方 50 余条河流补水 70 多亿立方米，推动了滹沱河、瀑河、南拒马河、大清河、白洋淀等一大批河湖生态环境显著改善，白洋淀水位始终保持在 7 米、水面面积保持在 275 平方公里左右，水质达到十年来最好水平。河北省统筹城镇与农村、饮水工程与地下水超采综合治理，有计划地整体实施农村生活水源江水置换。到 2020 年底，已完成 1354 万农村居民江水置换任务，枣强、清河、馆陶等 39 个县实现城乡供水一体化。今年以来，已新增江水置换人口 818 万，预计到 2022 年底全省南水北调受水区 2872 万农村人口将喝上长江水。

（马彦铭　徐宝丰　《河北日报》　2021 年 12 月 13 日）

南水北调通联系统报道

报纸类

南水北调：保障群众饮水安全的生命线

作为中国广袤大地上的新水脉，南水北调工程将长江水系的水源源不断输入淮河、黄河和海河流域，滋养着沿线 40 多个大中城市，300 多个市县区和乡村。从此，水甜了，受水区居民告别苦咸水，喝上优质水；水足了，百姓不再为饮水而发愁，1.2 亿人因南水而受益。

南水北调工程通水六年多来，400 多亿立方米的南水千里北上，作为“国之重器”的战略性基础设施，显著地改善了居民用水条件，大大地提高了城乡的供水安全保障水平。这条新的解渴生命线，让沿线各地在用水方面诸多受益，特别是在保障京津冀等华北地区大中城市饮水安全方面发挥了至关重要的作用。

水资源安全事关民生

水是生命的源泉，居民生活离不开水，国家发展离不开水。古语云：“水利兴而后天下可平”。2011 年中央一号文件明确提出，水是生命之源、生产之要、生态之基，其中水作为生命之源的作用首当其冲。

习近平总书记在 2014 年中央财经领导小组第五次会议上指出：“水安全是涉及国家长治久安的大事，要从全面建成小康社会、实现中华民族永续发展的战略高度，重视解决好水安全问题。”

究竟何谓水安全？一是关乎国民生存的饮用水安全，提供维系经济社会正常运行的水资源保障。二是涉及国家安全的水安全，包括维护国家的经济安全、生态安全和社会稳定的水利保障。

从国家安全的角度讲，水安全服务于国家的总体安全，服从于国民经济和社会的可持续发展。从民生的角度讲，保障水安全，解决水资源短缺，满足人民对优质水资源、健康水环境的需求，是实现人民群众对美好生活追求的关键一环。

我国水资源时空分布极不均匀，干旱缺水对我国很多地区经济社会发展造成重大制约。目前，我国人口已经超14亿人，城镇化率已经达到了56%。据资料显示，2000年以来，京津冀地区水资源形势、经济社会发展状态、生态环境建设要求等都发生了巨大变化，加之雄安新区的建设发展，对水资源的需求量逐步增大，提高供水保障率越发重要。

2020年10月，党的十九届五中全会审议通过了国民经济和社会发展第十四个五年规划纲要，指出了经济社会发展的主要目标，明确要求保障能源和战略性矿产资源安全，维护水利、电力、供水、油气等重要基础设施安全，提高水资源集约安全利用水平，以确保国家发展安全保障要更加有力。其中，水利安全处在重要位置。

据资料显示，南水北调中线一期工程计划2008—2020年基本缓解受水区城镇生活和工业用水安全，二期工程计划于2020—2035年实现充分保障受水区城镇供水安全，相机补给河湖生态和地下水。东线一期工程基本缓解受水区城镇供水、农业应急抗旱用水安全，二期工程保障受水区城镇供水及农业抗旱用水安全、基本保障主要河湖生态用水安全，确保用水安全的功能定位始终贯穿于工程运行期。

实际上，由于城乡供水一体化、城镇化进程加快，2000—2018年南水北调工程受水区生活用水量和用水比例明显提高。受水区对南水北调工程的依赖越来越大，工程战略保障地位日益凸显，已成为保障群众饮水安全、支撑国家重大战略实施的生命线，保障这条生命线的安全是一项重要任务。

饮水安全的基础是供水安全，保证持续供水安全的前提是保证工程安全。南水北调工程不可替代的战略功能和综合效益，对做好安全工作提出了更高的要求。南水北调工程从规划到建设、运行，诸多矛盾和问题贯穿始终，工程安全问题始终存在。中线工程要实现全年365天24小时不间断供水，保障供水安全，工程面临的挑战异常严峻。东线工程全线、中线工程的大部分属于开放的输水线路，涉及的行政区域又很广，极易受到沿线点源、面源的污染，突发性污染事故带来的污染风险增加了安全保障难度。极端天气影响大、工程检修难度大、设备设施维护复杂等问题对工程安全提出考验。

南水北调工程的重要战略地位，需要我们思想上高度重视，行动上尽职尽责，把确保安全作为第一要务和刚性约束，全力建设好、守护好南水北调这条事关群众饮水安全的生命线。

饮用水安全保障成效初显

南水北调东中线一期工程全面建成通水六年多来，随着工程受益范围不断扩大，受益人口不断增多，我国“四横三纵、南北调配、东西互济”的水资源配置格局在初步形成，调水沿线供水结构发生了改变。

作为优化水资源配置、促进区域协调发展的重大工程，南水北调工程在运行管理中，不断增强安全保障能力。工程的安全平稳运行，保证了高品质南水的充足提供，满足人民日益增长的美好生活需要。

截至目前，东中线一期工程已累计调水400多亿立方米，保障了我国北方地区城市生活用水安全。南水不仅成为北京市、天津市、石家庄市、郑州市等40多个大中城市的主力水源，而且也成为250多个县级以上城市的水源。山东省“丁”字形南水北调骨干网，与黄河、当地河渠共同构建了山东省供水大网络，有效保障了山东省供水安全。胶东半岛实现了南水全覆盖，南水已成为胶东半岛的饮水生命线。

南水北调工程还促进了工程沿线水质改善。“南水北调的水太好了，我们村里的水井、地里的水井都干枯了好多年了。南水来了，井里又都有水了，打上来就能喝，都是甜的。”河南省卫辉市香泉河附近的村民，在南水北调通水后感受很深。

通水六年以来的实践证明，保安全供水首先必须确保工程安全。中线工程利用大流量输水、冰期和汛期运行等工作，积累了大流量输水调度数据和运行经验；全面推进“两个所有”、实施“双精维护”，让工程管理求精、求细，提升维护工程质量，打造精品工程，确保工程安全。东线工程克服管理体制未厘顺带来的不利因素，统筹推进工程安全监管工作，制定安全管理制度，项目法人加强工程管理，工程总体运行安全平稳。

保供水安全必须确保调度安全。为了提升中线工程的输水能力，针对不同的工况和运行条件，优化运行调度方案，工程运行风险进一步降低，工程安全更加稳固。东线工程优化调水管理，以设施设备的先进完好、管理举措的标准规范和信息化调度技术充分应用，不断提升工程安全管理水平。

保供水安全必须确保水质安全。中线工程通过增强水质监测、装备及应急处置能力，使水质在输水过程持续稳定达标。东线工程加强风险防控，制订应急预案，项目法人联合开展水质风险排查，开展应急演练，加强与地方政府的协调，不断提高水质监测水平，使工程水质整体处于地表水Ⅲ类水质标准，江苏段水质部分断面的部分指标可达到或优于地表水Ⅱ类水质标准。

南水北调工程效益的持续发挥，较大程度上改变了受水区的供水格局，成为受水区的重要水源，同时显著改善了城市饮用水水质，不但让工程成为了群众饮水安全的生命线，也发挥了保障国家水资源安全的重要作用。

供水安全饮水生命线提供保障

“中线工程承担京津冀豫四省市供水重任，做好运行安全工作责任重于泰山。要全面强化风险意识和责任意识，牢牢守住安全底线。”中国南水北调集团公司董事长蒋旭光在部署中线工程冰期输水工作时说。这不仅是对冰期输水工作的要求，也是对南水北调日常安全工作的要求。

安全，是开展运行管理工作的核心，是长期稳定输水的工作主线，也是运行管理工作必守的底线。

保证工程安全，要不断强化安全意识。南水北调工程线长点多，各类维护队伍、人员多，管理行为复杂。受维护人员安全意识水平参差不齐，作业人员分散等因素影响，安全管理难度很大。必须全员、全方位、全过程，层层落实安全责任制，采取有力措施保障安全，强化安全意识。工程途经的城市村庄众多，渠道外安全风险始终存在，外来危化品及污染源入渠的问题也威胁调水安全。要坚持对渠道周围居民群众做好安全警示教育，增强沿线群众的安全意识。

要强监管，补短板，提升工程管理水平。继续深入贯彻“水利行业强监管，水利工程补短板”的水利改革总基调，严格落实各项整改措施，狠抓“两个所有”，深化实施“双精维护”，持续开展标准化规范化建设。着力构建东线工程运行管理长效机制，充分发挥项目法人主体责任，加强顶层设计，完善制度体系，保障工程建设安全有序开展。做好日常工程运行调度，紧盯冰期和汛期，完善安全风险防控体系和应急管理体系，消除威胁供水安全的风险隐患，开展风险项目排查。提早做好冰期输水各项准备，完善冰期输水预案，做好冰期、汛期应急队伍的锻炼和管理。建立健全东线工程防汛管理体系，完善各级协商联动机制，确保工程安全。

在已建工程和后续工程效益的基础上，加快南水北调后续工程建设，增强工程供水能力。李克强总理在中国南水北调集团有限公司成立时批示："要科学扎实有序推进南水北调后续工程建设，着力提升管理运营水平，保障国家水安全和保护生态、服务经济建设和人民生活改善、促进高质量发展。"加快后续工程建设，是党中央、国务院的要求，也是南水北调工程作为群众饮水安全生命线，提高保障能力的需求。我国历史上的极旱灾害显示，涉及黄、淮、海、长江四大流域的南北同旱概率极大，如果碰上百年一遇的干旱，丹江口水库也可能无水可调，要保障中线工程供水持续稳定难度很大。必须全力推进雄安调蓄库、观音寺调蓄水库、引江补汉工程建设，积极谋划中线其他调蓄水库项目，弥补水源保障不足、调蓄能力不够的短板。加快推进东线北延应急供水工程的建设收尾工作，将供水范围扩展至津冀，增强保障南水北调工程沿线供水安全的能力。

采取全方位的保障措施，通力协作保水质安全。千里调水，水质是焦点。南水北调工程水质安全保障涉及调水区水源地保护、沿线地区的水污染防治，以及水质监测。为群众提供优质的有安全保障的南水，需要水源区、管理单位、地方各级政府及有关方面通力协作，全面保护工程水质。

南水千里奔流滋润华夏大地，造福亿万人民，成为华北人民渴求的生命线。未来，这条奔涌流淌的蓝色生命线，将持续输送甘甜的生命源泉，让华北大地生生不息。

（宋滢　中国南水北调集团中线有限公司宣传中心）

南水北调：畅通南北经济循环的生命线

南水北调东中线一期工程全面通水六年多来，社会效益、经济效益和生态效益有目共睹：供水量超过 400 亿立方米，相当于调了黄河一年三分之二的水量。在受水区约 4 万亿元 GDP 增长的成绩单里，南水北调水功不可没。长江水利委员会长江科学院教授级高级工程师吴志广认为，东中线一期工程初步打通了长江水向华北和山东半岛等缺水地区的供水通道，不仅产生了巨大的供水经济效益，还推动了受水区经济社会平稳发展。

实践将继续证明：南水北调不仅促进京津冀协同发展、雄安新区建设、黄河流域生态保护和高质量发展等国家战略实施，而且是确保畅通南北经济循环、实现我国南北共同富裕的重要保障。

优化产业结构　促进经济增长

“畅通经济循环的有效手段在于深化供给侧结构性改革。”中国人民大学国家发展与战略研究院副教授刘晓光日前表示。过去五年，我国坚持供给侧结构性改革，完成了去产能、去库存、去杠杆、降成本、补短板的阶段性任务，这是我国经济面对新冠肺炎疫情冲击保持韧性和弹性的原因所在。

作为实现我国水资源优化配置、促进经济社会可持续发展、保障和改善民生的重大战略性基础设施，南水北调东中线一期工程初步填补了北方水资源短缺的短板，提高了受水区水资源承载能力，有力地促进了水源区和受水区产业结构不断优化升级和社会经济高质量发展。

在中线工程总干渠两侧水源保护区，河南、河北关停并转污染企业和养殖项目，推广生态循环农业，大力发展绿色、循环、低碳工业，优化产业结构。

2010 年，百威英博（啤酒）集团欲落子新乡卫辉。当时，卫辉市城区供水全靠挤占农业用水。百威啤酒最终在卫辉市建厂，南水北调中线工程是重要因素。卫辉市南水北调配套水厂向啤酒厂供水后，啤酒产量、销量齐齐上扬。现在来看，百威英博（河南）啤酒生产基地项目对拉长河南省农产品产业链、改善和调整产业化结构、推动相关产业发展具有重要的意义。

中线一期工程每年为郑州航空港区供水 9400 万立方米，这也是吸引富士康落户郑州航空港区的重要条件。南阳市镇平县石佛寺镇玉器市场国内闻名，地下水却严重超采。石佛寺镇用上南水北调水后，玉雕之乡活力充盈。

东线一期工程建设初期，山东省治污压力很大。2003 年，山东省在全国率先发布实施第一个地方环境标准——《山东省造纸工业水污染物排放标准》。在地方标准的引导下，先进企业投巨资突破技术难关，带动整个行业的转型发展；一部分企业逐步转变原料和产品结构，“换了个活法”；还有一部分企业与先进企业兼并重组。2013 年，山东省麦草制浆造纸企业虽然由 220

家锐减到10多家，产量反而增加2倍多，利税增加近4倍，COD排放全部达到“常见鱼类稳定生长”再排向环境的治污水平。

中线工程为河北沿线工业企业提供了稳定可靠的水源，降低了能耗，提高了产品质量。邯郸钢铁、马头电厂、定州华电、保定长城、深州阳煤集团等10多家骨干工业企业用水得到保证，也为传统工业企业调结构、转方式、促转型创造了机会和空间。“我们生产奶制品的水源换成了南水后，节约了2%成本。”河北石家庄君乐宝乳业660工厂相关负责人作出总结。

中线一期工程水源地摒弃粗放式靠山吃山、靠水吃水的做法，蹚出了一条产业发展与生态保护深度融合、生态效益与经济效益同步提升的新路子。农业上，重点发展软籽石榴、薄壳核桃、大樱桃等有机水果，打造出一批农产品名优品牌。工业上，改造提升传统产业，培育壮大新型产业。服务业上，发展全域旅游，群众收入不断增加。

生态保护成为产业转型、提质增效的强力助推器。在东线工程源头，江都市通过生态倒逼，现今企业求新求变谋转型的热情高涨，很多传统制造业企业主动转型，打“生态牌”“科技牌”“强链补链牌”，形成了一道绿色转型的风景线。

东线江苏境内工程已经成为苏北地区经济社会发展的命脉。东线一期工程将调水与航运有机联系起来，不仅改善了京杭大运河的通航条件，还提高了航运能力，成为助力沿线地方经济快速发展的加速器。

南水北调工程水源区通过提高生态质量，探索如何充分利用环境资源推动转型发展、绿色发展，打通了“绿水青山”向“金山银山”转化的“路”和“桥”。水源区和受水区的实践证明，只要坚持“绿水青山就是金山银山”发展理念，持之以恒地贯彻落实，就能形成生态保护与经济社会发展互促共进的生动局面。

对口协作共赢　定点帮扶脱贫

中线工程是惠及沿途的供水线、生命线，也是沟通南北的亲情线、友谊线。受水区与水源区以水为媒、因水结缘。按照《国务院关于丹江口库区及上游地区对口协作工作方案的批复》和《丹江口库区及上游地区对口协作工作方案》，由北京对口协作河南、湖北两省相关市县，天津对口协作陕西相关市县。

双方签订战略合作协议，建立地方领导互访、部门间协商推进、“各区包县”等工作机制，通过项目投资、产业对接、设立基金、引进技术、互派干部、专业培训等多种举措，为水源区相关市县提供多方面协作支持，推动落实一批特色农业种植、扶贫车间、农村电商等项目，建设一批生态旅游、生态农业等特色小镇，建成一批特色农产品研发等基地。

南阳中关村科技产业园是北京中关村与南阳市政府对口协作的产物。产业园里的南阳创业大街是首个建设于地级市的街区形态创新创业聚集区，这一选择既有南水北调“京宛合作”的因素，也与南阳自身的基础有关。

目前，南阳创业大街与北京“中关村创业大街”对接和互动，逐渐成为区域性创新资源配置平台和集聚枢纽。过去籍籍无名的淅川县中线工程渠首陶岔村，现在已经成为一张旅游名片，打造的北京特色小镇，吸引了全国各地的游客。

原国务院南水北调办和水利部每年签订郧阳区定点扶贫责任书，投入和引入帮扶资金，培训基层干部和技术人员，帮助销售农产品，以看得见的水利工程项目为抓手，助力郧阳区脱贫。

先后选派6名干部到郧阳区挂职。曹纪文任郧阳区青山镇周家河村第一书记期间，引进香菇种植，发展小水果和茶叶，发展乡村养生旅游产业，加强基础设施建设，促进贫困村脱贫致富。陈伟畅挂职郧阳区领导，在19个乡镇建设袜业扶贫车间，成为全区两大主导产业之一……

据统计，2013年以来，北京市累计投入协作资金55亿元，实施对口协作项目1300多个，投资总额超400亿元；互派挂职干部400多人次，培训专业人才上万人次。通过对口协作，水源区相关市县开阔了眼界、引进了项目、培训了人才，有力促进了水源区生态保护和高质量发展。

“十三五”期间，陕西省汉中市连续四年组团参加洽谈会，安康市在天津市多次举办名优特色产品合作项目推介会。自津陕对口协作以来，陕西省水源区累计与天津市开展经贸交流活动1500余人次，签约资金近300亿元。

截至2020年，天津市安排对口协作陕西省水源区资金19.2亿元，支持生态环保、产业转型、经贸交流、社会事业、脱贫攻坚建设项目328个，对于提高水源区水涵养功能、保护水质安全、促进产业结构优化和改善民生等发挥了积极作用，初步形成了南北共建、互利双赢新格局。

畅通经济循环　补齐发展短板

2019 年 8 月 26 日，习近平总书记在中央财经委员会第五次会议上指出，经济重心向南转移是我国区域经济发展出现的新情况。

研究表明，创新和产业升级是影响南北经济差异变化的关键性因素。只有加大对北方的有效投资，形成新的增长动能，促进北方在创新和产业升级两个方面的追赶，才能遏制南北经济差异快速扩大。

当前，我国正在积极构建以国内大循环为主体、国内国际双循环相互促进的新发展格局。我们必须紧密结合国家重大战略部署，扎实推进南水北调后续工程，构建起以南水北调工程为骨干的国家大水网，为经济大循环提供强有力的水资源支撑和保障。

南水北调东中线一期工程批复总投资达 3082 亿元，工程建设创造了众多就业岗位，促进了社会稳定和群众收入的增长，平均每年拉动国内生产总值约 0.12 个百分点。工程建成运行后，又带动了工程运行管理、维修养护、备品备件更新等相关产业和企业的集聚与发展。

水资源格局决定着发展格局。2019 年 11 月 18 日，中共中央政治局常委、国务院总理李克强主持召开南水北调后续工程工作会议时强调，必须坚持以习近平新时代中国特色社会主义思想为指导，遵循规律，以历史视野、全局眼光谋划和推进南水北调后续工程等具有战略意义的补短板重大工程。

目前，东中线后续工程前期工作进展相对缓慢，后续工程筹融资模式、运行管理体制机制有待破解。随着推动西部大开发形成新格局、黄河流域生态保护和高质量发展等国家战略深入实施，建设南水北调西线工程以保障国家粮食安全、能源安全、生态安全显得更为迫切。全力推进南水北调后续工程建设这个发展轴，有利于促进南方和北方的互动，增强北方经济增长的活力。

畅通南北经济循环，要适应受水区和水源区经济社会高质量发展要求。必须坚决贯彻“三先三后”原则，以水定城、以水定地、以水定人、以水定产，加大受水区节水力度。在需求端通过行政、市场等综合手段，坚决抑制不合理用水需求；在供给端通过水资源科学配置和有序调度，满足合理用水需求。

畅通南北经济循环，要完善市场机制，改革水价政策。运行初期水价没有真实反映工程成本和水资源价值，既不利于工程效益发挥，也不利于地方节水，影响工程长效运行。厘顺水价机制，要综合考虑工程供水成本和水质，合理定价，实施行业差别和阶梯水价，建立水价调整机制，保障工程良性发展和长期运维安全。其中，政府和用户要合理分担工程成本：企业和居民用水户承担供水成本，政府则承担生态和农业抗旱用水成本。只有建立起有效的生态补偿和效益分享长效机制，才能提高水源区水量水质保障水平，实现南北共赢。

畅通南北经济循环，还要结合京杭大运河修复和沿线生态复合廊道建设，打造幸福运河。“我们必须主动对接长江大保护、大运河文化带建设等战略部署，深入实施大运河文化旅游带、京杭运河绿色航运示范带、东线源头生态带和江淮生态大走廊等‘三带一廊’工程。”江苏省水利厅厅长陈杰说。

“确保东线工程成为畅通南北经济循环的生命线”是习近平总书记对今后一个时期南水北调工作的殷切期望。站在全面建设社会主义现代化国家新征程的历史起点上，我们只有努力把南水北调工程建设成为水资源保护有力、水工程运行协同、水文化内涵丰富、水经济产出高效的民心工程，才能切实保障工程水源区和受水区的经济共同繁荣及社会协同发展，南北共同富裕。

（许安强　中国南水北调集团中线有限公司宣传中心）

南水北调中线工程累计调水400亿立方米

截至2021年7月19日，南水北调中线一期工程自陶岔渠首累计调水入渠水量达400亿立方米，向河南省供水135亿立方米，向河北省供水116亿立方米，向天津供水65亿立方米，向北京供水68亿立方米。其中，向津冀豫生态补水59亿立方米。中线工程已成为京津冀豫沿线大中城市地区主力水源，直接受益人口增加至7900万人。

至今，中线工程连续安全平稳运行2400多天，水质达到或优于地表水Ⅱ类标准。工程优化了水资源配置格局，保障了群众用水安全，复苏了沿线河湖生态环境，受水区人民群众的获得感、幸福感、安全感显著增强。

由辅变主　优化供水格局

中线工程通水近7年来，工程供水由“辅”变“主”，已由规划受水区沿线大中城市生活用水的补充水源，转变为主要水源，改变了京津冀豫受水区供水格局。中线工程各受水城市的生活供水保证率从最低不足75%提高到95%以上。

工程供水目标达效速度由“慢”变“快”，中线工程调水量逐年递增，通水6年即达效，2020年度实际供水86.22亿立方米，超过中线工程规划多年平均供水规模。

随着调水量的递增，受水区用水需求由“弱”变“强”。沿线各省市在节水优先的前提下，高效利用南水北调水源，北京已3个年度、天津已连续5个年度加大南水用水水量，河南、河北两省年度南水用水量呈逐年增加趋势。

中线工程惠及沿线20余个大中城市及131个县，受益人口逐年攀升，目前京津冀豫直接受益人口已增加至7900万人，比通水初期的3800万受益人口增加1倍多。

北京1300万群众喝上甘甜的南水，南水占主城区供水量的7成多，同时大兴、门头沟、昌平、通州等部分区域也用上了南水。南水已成为保障首都城区用水需求的主力水源。为充分发挥工程效益，北京市累计完成市内配套输水管线约130公里，其中含团城湖调节池向密云水库反向输水管线22公里，实现了南水北调中线水与密云水库的连通。

在天津，1200万人受益，南水已成为天津城区生活用水的主要水源，14个主城区居民全部用上南水。为提升农村居民饮水质量，天津建设集中供水厂，延伸自来水管网，逐步用南水北调水代替地下水源，基本实现城乡供水一体化。

河南郑州、南阳、平顶山、漯河、周口、许昌、焦作、新乡、鹤壁、安阳、濮阳等11个省辖市，以及邓州、滑县等40个县级市的2400万群众全部用上南水。

河北3000万群众受益，中线工程供水范围已覆盖石家庄、邯郸、邢台等7个省辖市，以及定州、辛集等90余个县级市。中线总干渠与河北配套工程构筑起安全供水网络体系，通过40余座分水口、128座地表水厂，将优质的南水送达受水市县。

生态补水　改善河湖环境

南水北调中线工程在优化供水格局的同时，发挥着重要的生态功能。通过生态补水，促进沿线河湖生态持续恢复，水环境持续改善，为淮河、海河、黄河流域河湖水系健康，水生态系统良性循环，沿线地区特别是华北地区地下水超采综合治理提供了重要支撑。

截至目前，中线工程累计向北方 48 条河流生态补水达 59 亿立方米，其中，华北地区地下水超采综合治理河段回补 37.89 亿立方米。河湖水质提高，水生态系统修复，区域水环境质量和宜居性明显提升。

如今，河南、河北境内白河、滏阳河、七里河、瀑河、大清河等多条河流水清岸美。白洋淀蓄水量达 3.67 亿立方米，水面面积达 267 平方公里，水质持续好转，湖心区水质稳定为Ⅴ类，达到近 10 年最好水平。天津市海河水位升高，河道水质明显改善。北京永定河、潮白河水量丰沛，重现清水灵动、鸟语蛙鸣的自然景观。

6 月 7 日至 7 月 9 日，中线工程向滹沱河、大清河等河北省多条河流实施夏季生态补水，中线总干渠补水总量达 1.14 亿立方米。此次补水，助力滹沱河、瀑河、南拒马河生态环境持续向好，子牙河、子牙新河等已断流的河道重现生机。

补水后的滹沱河，流水潺潺、波光粼粼。与 2018 年补水前相比，滹沱河沿线两侧 10 公里范围内，地下水水位回升 0.54 米。良好的水环境带来了生态的改变，滹沱河广阔的水面有效调节两岸的温度和湿度，对温度的调节在 4 摄氏度左右，湿度调节超过 20%，生态回补效果明显。石家庄市启动滹沱河综合整治工程、滹沱河生态修复工程等一系列工程，经过整治和修复，形成了 2680.54 公顷水面、10398.82 公顷绿地。

由于南水的持续补充，近年来，北京逐步关停自备井、大幅压采地下水，还利用南水向重点水源地及城市河湖补水，地下水水位显著回升。水务部门数据显示，自 2016 年起，北京地下水水位开始“止降回升”，目前平原区地下水埋深已累计回升 3.72 米。

枯泉复涌了，延庆、昌平等京郊地区干涸多年的山泉，在通水后陆续出现了复涌现象。臭水沟“摘帽”了，居民使用后的南水进入再生水厂处理后，再注入河道，凉水河、清河、北运河等曾被冠以臭水河的城市河道终于“摘帽”，河边的居民楼都升级成了“河景房”。充沛南水，源源不断为北京注入新活力，让北京构建出蓝绿交织、水城共融的生态城市新格局。

精准调水　确保“三个安全”

深入贯彻落实习近平总书记在推进南水北调后续工程高质量发展座谈会重要讲话精神，站在守护生命线的政治高度，推进科学管理，提高工程运行管理能力和水平，确保工程安全、供水安全、水质安全。

实施“双精维护”，强抓工程安全。一方面，实施“精准定价”。对工程土建、绿化日常维修养护项目，列出标准化工程量清单，提高项目定价的透明化、科学化。另一方面，实施“精细维护”。从编制维修养护项目方案，到选择维护单位，从评定过程质量进度，到安全文明施工，每个环节求精、求细，打造了生命线精品工程。

为确保供水安全，中线工程运用高新科技手段，建设自动化调度闸控系统，实现水位、流量、闸门开度等调度信息的自动采集和各类闸门的远程自动控制。结合全线的水情、工情，科学制定和下达调度指令，各级调度机构精准开展输水调度。“统一调度、集中控制、分级管理”，实现了调水过程自动化、远程监控可视化、运维管理信息化。

为保障一渠清水永续北送，中线工程建立由“1 个中心、4 个实验室、13 个自动监测站、30 个固定监测断面”构成的水质监测体系，利用先进的检测设备对水体进行定期“体检”。通过视频监控、电子围栏等智能设备与工程巡查、水质日常巡查、警务室人员实现联动配合，及时发现并处置水质异常情况。中线建管局北京分局水质检测员李燕说：“惠南庄水质自动监测站每天开展 4 次监测，监测 12 项指标参数。目前中线工程水质稳定或优于地表水Ⅱ类。”

实施“智慧中线”建设，依托信息化手段，开发自动化调度与决策支持系统、工程巡查维护实时监管系统等，采用 IT 技术、移动技术、GIS 技术等先进技术，借助自动化可视化技术，推进了中线工程 44 个管理处全场景视频智能分析，为工程安全运行保驾护航。

（胡敏锐　王旭辉　中国南水北调集团中线有限公司宣传中心）

丹江口水库实现防洪安全和水库满蓄双目标

水库水位首次蓄至170米

10月10日14时，丹江口水库水位蓄至170米正常蓄水位（如图），这是水库大坝自2013年加高后第一次蓄满。水库蓄满将有效增加后续向南水北调中线供水的可调水量和汉江中下游的供水量，提升工程供水保障能力。

丹江口水库蓄水位达到170米设计高程，是对中线工程质量、工程设施、管理水平的一次全面检验，将为中线工程竣工验收创造良好条件。

国家防总副总指挥、水利部部长李国英多次主持会商，分析研判汉江流域水雨情、丹江口水库蓄水形势，强化丹江口等干支流水库群联合调度，统筹安排部署秋汛洪水防御和汛末蓄水工作。长江水利委员会科学精细调度以丹江口水库为核心的汉江上中游干支流控制性水库群，在确保防洪安全的前提下，充分利用洪水资源，实现了丹江口水库首次蓄水至正常蓄水位的调度目标。

一是加强会商研判，全面部署防御工作。坚持每日滚动会商研判，强化监测预报预警，及时启动水旱灾害防御Ⅲ级应急响应，派出 5 个工作组赴陕西、湖北、河南省协助指导洪水防御工作。

二是联合调度丹江口等控制性水库，有效应对汉江罕见秋汛。水利部及长江水利委员会先后发出 46 道调度令，精细调度丹江口等水库，会同陕西、湖北、河南省水利厅，科学精细联合调度丹江口、安康、石泉、潘口、黄龙滩、鸭河口等干支流控制性水库拦洪和削峰、错峰，合理增加南水北调中线一期工程供水流量。通过联合调度，汉江上游干支流控制性水库群拦蓄洪水总量约 145 亿立方米，其中丹江口水库累计拦洪约 98.6 亿立方米。

通过水库拦洪，平均降低汉江中下游洪峰水位 1.5～3.5 米，缩短超警天数 8～14 天，避免了丹江口以下河段超保证水位和杜家台蓄滞洪区分洪运用，极大减轻了汉江中下游防洪压力。

三是统筹防洪和蓄水需求，提前谋划丹江口水库汛末蓄水工作。水利部组织长江水利委员会批复了丹江口水库 2021 年汛末提前蓄水计划，根据来水情况逐日动态优化调整。特别是 10 月 1 日以来，发出 11 道调度令，精准控制泄洪流量和蓄水进程，精细合理控制库水位，确保防洪安全和水库满蓄双目标的圆满实现。当前，各项安全监测数据表明，丹江口水库大坝运行状态正常。水利部和长江水利委员会将继续密切监视汉江流域雨水情，强化水库大坝及库区安全监测，继续做好丹江口水库调度，充分发挥丹江口水库综合效益。

据了解，今年秋汛洪水期间，丹江口水库适时拦洪和削峰、错峰，在确保安全的前提下分阶段逐步抬高运行水位，易址重建的中线陶岔渠首大坝首次经受 170 米设计水位考验，大坝运行平稳，各项安全监测指标在设计范围内，防洪调水效益显著。

为确保工程运行安全，中线建管局加强值班值守，加密坝前引渠、大坝坝体、左右岸坝肩、廊道、厂房等重点部位运行状况监测和巡视检查，及时开展坝前清漂工作。加大水质监测频次。加强与丹江口水库管理单位以及地方政府的沟通联系，确保工程安全、供水安全、水质安全。截至目前，南水北调中线工程累计向北方输水423.6亿立方米。

（综轩　中国南水北调报）

相关链接：

在设计条件下，丹江口水库多年平均蓄满率约11%，这意味着大约平均每十年丹江口水库才能蓄满一次。

今年8月下旬以来，汉江发生超过20年一遇的秋季大洪水。据统计，秋汛以来，汉江上游降水量520毫米，较常年偏多1.5倍，为1960年以来历史同期第1位。丹江口水库发生7次超过10000立方米每秒的入库洪水过程，其中3次洪水洪峰超过20000立方米每秒，9月29日最大洪峰达24900立方米每秒（为2011年以来最大）；丹江口水库秋汛累计来水量约340亿立方米，较常年同期偏多约4倍，为1969年建库以来历史同期第1位。

中线一期工程超额完成年度调水计划

年度调水超90亿立方米　创历史新高

11月1日，从中国南水北调集团公司获悉，南水北调中线一期工程2020—2021年度调水任务结束，年度向北方调水超90亿立方米，占水利部下达年度调水计划74.23亿立方米的121%，创历史新高。中线一期工程通水近7年来，累计调水超430亿立方米。

今年5月，习近平总书记视察中线陶岔渠首枢纽工程，并主持召开推进南水北调后续工程高质量发展座谈会，为南水北调工程运行管理工作指明了方向，为后续工程高质量发展提供了根本遵循。在党中央、国务院坚强领导下，在水利部统一指挥下，中国南水北调集团公司党组深入学习贯彻习近平

总书记关于南水北调的重要指示精神，深刻领会“南水北调是国之大事”深刻内涵，牢记“四条生命线”“三个事关”初心使命，克服超强降雨、极寒天气、新冠疫情反弹等重重困难，带领集团全体干部职工始终坚守在运行管理、应急抢险一线，以守护生命线的政治高度，确保了工程安全、供水安全、水质安全，向党和人民交出了一份满意的答卷。

防汛抢险筑安澜

今年以来，南水北调中线一期工程沿线共发生10次强降雨过程，降雨量和持续时间均超常年，尤其是郑州地区，降水量突破历史极值，工程经历了建成通水以来降雨强度最大、影响范围最广、破坏力最强的特大暴雨洪水考验。

面对汛情，中国南水北调集团公司坚决贯彻落实习近平总书记关于防汛救灾工作的重要指示精神，认真落实李克强总理重要批示要求，在国家防总和水利部的统一指挥下，加强与地方防汛部门沟通协调、密切配合，加强工情水情监测和调度运行管理，强化责任落实和值班值守，保障信息畅通，确保各项指令迅速、及时执行到位；充分利用工程防洪信息管理系统和自动化调度决策支持系统等科技手段，与水利部信息中心、中国气象局建立信息互通共享机制，精准掌握全线雨水情信息，为积极应对险情、科学精准调度提供了第一手资料。

针对多轮强降雨，中线工程调度工作提前预判、快速反应、灵活应对、动态跟踪，几十座节制闸、退水闸、控制闸全线联调，累计下达调度指令4300多门次，稳定控制陶岔渠首入总干渠流量和渠道水位。在强降雨影响区域范围，提前预置抢险资源，布设87个驻守点，累计投入抢险人员7650余人次、设备1600余台次；与沿线省市防汛部门建立联防联动机制，实现了应急抢险互相支援，确保及时发现险情并快速处置，确保工程安全度汛。

疫情防控保安全

2020—2021调水年度，中国南水北调集团公司将疫情防控和保证供水作为压倒一切的政治任务，迅速应对，严格遵守属地疫情防控规定，从严落实疫情防控和运行保障工作措施，做到守土有责、守土担责、守土尽责。

1月初，河北石家庄市新冠肺炎疫情反弹，全省全面恢复至2020年年初疫情防控级别状态。为确保工程安全平稳运行，中线建管局河北分局在人员到岗率仅有25%的情况下，牢记工程安全、供水安全、水质安全的初心使命，充分发扬南水北调精神，以更加精细、更加严格、更加坚决的工作作风确保了一渠清水持续北送。7月底，河南郑州市出现超强降雨，同时新冠肺炎疫情出现反弹，中线建管局河南分局迅速制定疫情防控和运行管理工作保障方案，全面加强工程巡查和应急值班值守，全天候24小时监控现场重点部位，有效保障了中线工程输水正常运行。

冰期输水战严寒

2021年极不平凡。1月，我国北方多地出现罕见极寒天气，北京最低气温降至零下20摄氏度，为1966年以来最低，中线一期工程全线不连续冰盖总长达37公里，最厚处为15厘米。河北境内总干渠面临疫情、冰期双重压力。

为统筹做好冰期输水和疫情防控工作，中国南水北调集团公司提前组织开展冰冻灾害突发事件应急演练，充分发挥冰情观测信息化平台作用，及时传递冰情信息，提前预警冰情，抢占防御先机，在多个重要部位驻守应急抢险队伍，通过融冰、扰冰和拦冰等现场一系列应急措施，实现了关键时刻“拉得出、顶得上、抢得住”的应急目标，确保了冰期输水平稳安全。

生态补水美华北

2020—2021调水年度，按照水利部统一安排，中线一期工程加大生态补水力度，为华北地下水超采综合治理发挥了重要作用，6月7日至7月8日，向滹沱河、大清河（白洋淀）夏季生态补水1.14亿立方米，推动了滹沱河、瀑河、南拒马河等河流生态环境持续向好。8月至9月，首次通过北京段大宁调节池退水闸向永定河生态补水，助力永定河实现了865公里河道自1996年以来首次全线通水。

8月下旬以来，汉江发生秋季大洪水。丹江口水库累计来水量340亿立方米，较常年同期偏多约4倍，为1969年建库以来历史同期第1位，10月10日丹江口水库首次蓄水至正常蓄水位170米。在水利部联合调度和统筹安排下，中线一期工程充分利用洪水资源加大流量向北方调水，推进生态补水常态化。9月3日，中线一期工程开启2020—2021年度加大流量每秒超380立方米输水；10月7日，陶岔渠首入总干渠流量达400立方米每秒。

在加大流量输水状态下，本年度生态补水总量达19.89亿立方米，占水利部下达生态补水计划5.8亿立方米的343%。通水7年来，中线一期工程成为生态还原剂，累计向沿线多条河流湖泊生态补水超69亿立方米。沿线地区特别是华北地区，干涸的洼、淀、河、渠、湿地重现生机，初步形成了河畅、水清、岸绿、景美的亮丽风景线。

（许安强　王乃卉　陈宁　任秉枢　中国南水北调集团中线有限公司）

全面通水七周年　筑牢“四条生命线”

中线河北段渠道与高速公路、铁路多层立体交叉。徐宝丰

12月12日，南水北调东、中线一期工程全面通水7年。工程累计调水494亿立方米，发挥了巨大的社会、经济、生态效益，沿线人民群众获得感、

幸福感、安全感持续增强，为全面建成小康社会、落实国家“江河战略”、支撑重大国家战略实施、建设美丽中国等作出了巨大贡献。

2014年12月12日，东、中线一期工程全面建成通水，习近平总书记作出重要批示，强调“南水北调工程功在当代，利在千秋。希望继续坚持先节水后调水、先治污后通水、先环保后用水的原则，加强运行管理，深化水质保护，强抓节约用水，保障移民发展，做好后续工程筹划，使之不断造福民族、造福人民。”2020年11月13日，习近平总书记视察南水北调东线工程源头江都水利枢纽时强调，“南水北调，我很关心。这是国之大事、世纪工程、民心工程。”“确保南水北调东线工程成为优化水资源配置、保障群众饮水安全、复苏河湖生态环境、畅通南北经济循环的生命线。”2021年5月13—14日，习近平总书记视察南水北调中线工程源头陶岔渠首和丹江口水库，并在南阳主持召开推进南水北调后续工程高质量发展座谈会，强调南水北调工程事关战略全局、事关长远发展、事关人民福祉，充分肯定了南水北调工程的重大意义，科学分析了南水北调工程面临的新形势新任务，深刻总结了实施重大跨流域调水工程的宝贵经验，系统阐释了继续科学推进实施调水工程的一系列重大理论和实践问题，为推进南水北调后续工程高质量发展指明了方向、提供了根本遵循。

南水北调全体干部职工认真学习贯彻习近平总书记关于南水北调的重要指示批示和重要讲话精神，全面贯彻落实党中央、国务院决策部署，全面推进南水北调后续工程高质量发展，充分发挥南水北调工程“四条生命线”的重要作用，为全面建设社会主义现代化国家提供有力的水安全保障。

重塑供水格局——
“优化水资源配置”的生命线

东、中线一期工程全面通水7年来，年调水量从20多亿立方米持续攀升至近100亿立方米。2020年、2021年中线一期工程连续两年超过规划多年平均供水规模。2021年面临超强暴雨洪水袭击、新冠肺炎疫情反弹、极寒天气影响等多重困难，在水利部统一指导下，中国南水北调集团通过强化预警、预报、预演、预案措施，科学精准调度工程，中线年度调水突破90亿立方米，完成年度计划的121%，逆势创历史新高。目前，南水北调水已成为不

少北方城市供水新的生命线：北京城区 7 成以上供水为南水北调水；天津市主城区供水几乎全部为南水。随着南水北调东线北延应急供水工程正式通水，天津、河北等地的水安全保障能力进一步增强。

东、中线一期工程综合效益的充分发挥，给国家水网建设提供了重要理论依据和实践依据。习近平总书记指出，“要加快构建国家水网主骨架和大动脉，为全面建设社会主义现代化国家提供有力的水安全保障。”目前，在推进南水北调后续工程高质量发展领导小组的统一部署下，各有关部委、单位正在积极开展南水北调总体规划评估、后续工程规划设计和有关重大专题研究，中线引江补汉工程即将开工建设。

保障和改善民生——“保障群众饮水安全”的生命线

南水北调工程全面通水 7 年来，近 500 亿立方米的优质水源源不断地流入北方千家万户。据统计，截至 2021 年 12 月 12 日，中线一期工程累计调水超 441 亿立方米，东线一期工程累计调水入山东 52.88 亿立方米。通过推进铁腕治污和持续强化监督管理，南水北调工程水质长期持续稳定达标，东线工程输水干线水质全部达标，并持续稳定保持在地表水水质Ⅲ类以上；丹江口水库和中线干线供水水质稳定在地表水水质Ⅱ类以上。由于水质优良、供水保障率高，受水区对南水北调水依赖度越来越高。在北京，自来水硬度由过去的 380 毫克每升降至 120 毫克每升；在河南，十余座省辖市用上南水，其中郑州中心城区 90％以上居民生活用水为南水北调水，基本告别饮用黄河水的历史；东线工程在齐鲁大地上形成了“T”字形“动脉”，不仅为沿线居民提供了生活保障水和生产必需水，也成为了应对频繁发生的大旱的“救命水”。

习近平总书记在视察中线工程时强调，“要从守护生命线的政治高度，切实维护南水北调工程安全、供水安全、水质安全。”面对今年自建成通水以来降雨强度最大、影响范围最广、破坏力最强的特大暴雨洪水袭击，在水利部的统一指挥下，中国南水北调集团始终坚持人民至上、生命至上，严格落实“四预”措施，取得了防汛保安全的重大胜利，有效确保了首都及沿线地区供水安全和人民群众生命财产安全。

促进生态文明建设——
“复苏河湖生态环境”的生命线

绿色始终是南水北调工程的底色。《南水北调工程总体规划》提出，南水北调的根本目标是改善和修复黄淮海平原和胶东地区的生态环境。全面通水7年来，通过水源置换、生态补水等综合措施，有效保障了沿线河湖生态安全。东线沿线受水区各湖泊，利用抽江水及时补充蒸发渗漏水量，湖泊蓄水保持稳定，生态环境持续向好，济南“泉城”再现四季泉水喷涌景象；中线已累计向北方50余条河流进行生态补水70多亿立方米，推动了一大批河湖重现生机；2020年华北地区浅层地下水水位较上年总体回升0.23米，持续多年下降后首次实现止跌回升；北京市平原地区地下水位连续6年回升；密云水库蓄水量于2021年8月23日突破历史最高纪录的33.58亿立方米。2021年8—9月，首次通过北京段大宁调压池退水闸向永定河生态补水，助力永定河实现了1996年以来865公里河道首次全线通水。

南水北调工程运行7年来，牢固树立绿色发展理念，尊重自然、顺应自然、保护自然，充分利用汛期洪水资源加大生态补水力度，中线自9月3日以来一直以380～400立方米每秒的加大流量调水。2020—2021年度完成生态补水近20亿立方米，是年度计划的3倍多，生态补水超过供水总量的1/5，已成为南水北调的重要供水目标。随着生态文明建设的深入推进，南水北调将始终坚持绿色调水，助力绿色发展，着力打造新时代生态水利工程的典范和样板，并积极推进新能源、生态环保等业务拓展，为促进生态文明建设、助力“双碳”目标实现作出积极贡献。

完善要素市场化配置——
“畅通南北经济循环”的生命线

南水北调工程在加快培育国内完整的内需体系中充分发挥水资源保障供给作用，打通北方水资源制约的痛点、堵点，通过构建国家水网将南方地区的水资源优势转化为北方地区的经济优势，北方重要经济发展区、粮食主产区、能源基地生产的商品、粮食、能源等产品再通过交通网、电网等运输到

全国各地，畅通南北经济大循环，促进各类生产要素在南北方更加优化配置，实现生产效率效益最大化。全面通水 7 年来，累计向北方调水近 500 亿立方米，以 2016—2019 年全国万元 GDP 平均用水量 70.4 立方米计算，有效支撑了受水区 7 万亿元 GDP 的增长，切实增强了北方地区经济发展后劲，为京津冀协同发展、雄安新区建设、黄河流域生态保护和高质量发展等区域协调发展战略实施提供了强有力的水资源保障。

李克强总理于 2019 年 11 月 18 日在南水北调后续工程工作会议上指出，“进一步打通长江流域向北方调水的通道，有助于提高我国水资源支撑经济社会发展能力，优化国家中长期发展战略格局。”中国南水北调集团正深入学习贯彻习近平总书记重要指示和李克强总理讲话精神，扎实做好南水北调工程建设运营、构建国家水网、拓展涉水多元业务三件大事，在服务和融入新发展格局中贡献国资央企的力量。

进入全面建设社会主义现代化强国新征程，建成国家水网将是中国共产党团结带领全国人民在第二个百年奋斗新征程上的又一伟大壮举。习近平总书记在推进南水北调后续工程高质量发展座谈会上强调，“水网建设起来，会是中华民族在治水历程中又一个世纪画卷，会载入千秋史册。”宏伟的蓝图已经绘就，全体南水北调人必将胸怀“国之大者”，赓续红色基因，弘扬伟大建党精神，以舍我其谁的勇气和魄力，以只争朝夕的责任和担当，为实现这一世纪梦想奋勇前行，在新时代新征程中赢得更加伟大的胜利和荣光！

（宗轩　中国南水北调集团有限公司）

新媒体类

扫码阅读——生日快乐！南水北调东、中线一期工程全面通水七周年（李萌 中国南水北调集团中线有限公司宣传中心）